JN068767

笑いを学問する

研究の歩みを回顧して

井上　宏　著

関西大学出版部

まえがき

　私のこれまでの著書は、それぞれの時点でその研究の成果をまとめたものであった。本書は、研究へとつながった要因や人やチャンスなどとの巡り会いを回顧し、そのプロセスを書いている。大阪で育った幼少年時代から振り返っており、この時代は戦中・戦後の厳しい時代であったが、記録として残しておきたかった。

　書くに当たって、目次にあるような一覧表があったわけではない。定年退職後は、在宅で過ごすことが多くなり、暇々に思い出すままに書き進めていった。私は日誌をつける習慣がなく、予定行事は手帳に残しているだけで、まさに思い出すままに綴っていくことになったが、時系列に沿うように思い出を繰っていった。

　私の研究テーマを振り返ると、三つの大きなテーマがあった。「大阪の文化」「メディア研究」「笑い学研究」ということになろうか。一見違ったテーマに見えながら、私の中では三つは矛盾なく関連を持ちながら共存していた。関西大学での主たるテーマは「メディア研究」で、講義やゼミは、このテーマの下に開講してきたが、機会があれば、学内であるいは学外で「大阪の文化」を語り、「笑いとユーモア」についても話をしてきた。

第一章「大阪で生まれて育って」は、私の大阪での生い立ちを語る。研究テーマとなる「大阪の文化」は、私自身が大阪で生まれ育ったことと切り離して考えることはできない。なにわ言葉、商家の育ちや地域の影響を受けたことは勿論である。戦前の疎開先での話、戦後復興を遂げていった大阪ミナミのことなど、振り返って書いている。

第二章「テレビ局で働く」は、私がテレビ局に就職し、テレビマンとして経験した仕事を振り返る。テレビという新しいメディアについての研究が目覚める。私は、テレビ局で一三年間仕事をした後、三七才で大学の専任講師として転職する。テレビ研究は、同時に番組研究と重なり、大阪局制作の「お笑い系」番組を通じて「大阪の笑い」への関心も深まっていく。テレビ創成期の話は、記録としても残しておきたい話である。

第三章「大学の教員になって」は、私が大学に転職してからの話で、テレビ研究では、「テレビ広場論」を展開し、「テレビ映像論」を論じる。同時に「大阪の笑い」への関心を一層深めていき、「お笑い」の現場にも足を運び、「生活の中の笑い」を体感する。教壇では「大阪の大衆芸能」についての講義も担当し、「笑学の会」を発足させて、「笑い学」への傾斜を強めていく。

第四章「アメリカでの研究生活」では、私の初めての海外留学となる四九才での経験を語る。アメリカの「ニューメディア研究」を目的として、関西大学からの在外研究員としてインディアナ大学で一年間の寮生活を送る。数々の苦労や失敗を重ねる。この留学経験が縁となって、後に米国フルブライト委員会からの招聘を受けることになり、二度目の渡米生活を経験する。大学内で居住しながらの国際交流の体験を綴る。

第五章「『笑い学研究』と『メディア研究』を生かして」は、私がアメリカから帰国してから、私が取り組んだ事業や企画の実施について語る。「日本笑い学会」の創設、「総合情報学部」設立への参加、「国際ユーモア学会」の開催など、実際に取り組んだ事業の経験について回想する。私の「情報メディア論」の「最終講義」には、「現代コミュニケーション・ライフ考〜『現実世界』と『メディア世界』のはざまで」と題をつけた。

第六章「大学を定年退職してから」は、私が六七才で定年退職してからの活動について書いている。一番大きな出来事は、私が大病を患ったことである。七〇才の時に心臓を患い大手術を受け、一カ月の入院を余儀なくされる。この大病の意味は大きかった。幸いにしてその後元気を回復して活動を続けることができるようになる。外からの依頼される仕事は、専ら「笑いとユーモア」に関する講義や講演が多くなり、「笑いを学問する」方に傾斜し、自ら学会誌『笑い学研究』に投稿したり、学会で研究発表に臨んだりするようになる。

そして現在、八五才の時点で、その「学問する」道のまとめをしておこうと思った次第で、「笑いを学問する」道の終わりは、私にはまだ見えていない。これからも考え続けていくことになるし、それがまた楽しみにもなって、余生が生きていけそうな気がしている。

エッセー風に回顧してきた研究の歩みを通観すると、キーワードで言えば、「おおさか」「メディア」「笑い」ということになるが、私の中では、この三つは矛盾することなく一つのものとして収まってきた。それは何故なんだろうと自問すると、それら三つの底に通奏低音のようなものが響いているように思われるのである。それは「バランス」（均衡・平衡・折り合い）という考え方ではなかろうか。

大阪にある「商は笑なり」の考え方、「テレビ広場論」「現実世界とメディア世界のはざまで」、そして「笑いのバランス論」と辿ってみると、矛盾がなくつながりを感じてしまうのである。

この「バランス論」の追跡が、私の「笑い学研究」の根底にあったように思われる。人間の心身は、バランスを保っていてこそ元気だし、個人は他者との親和関係があればこそ生きていける。個人にあっても世界においても矛盾が同時的に存在し、その中を人間は生きていくわけだから、「矛盾のバランス」は重要な課題である。その「バランス」に「笑いとユーモア」が役だっていると考えたのである。

人間には、必ず「死」が訪れる。バランスが破綻するわけである。「死」との「折り合い」はとても難しい。本書の最後となった「ユーモアのこころ」は、その難しさの一端を物語る。

全編を読まれて、こうした著者の思いを感じ取っていただければ幸いである。とは言え、そんなことにこだわらず、個々の「語り」に関心を持って読んでいただくことが第一で、その一つにでも興味を持っていただければ幸いである。その上で、全体への印象を持っていただければ、望外の喜びである。

井上　宏

目　次

第四章　アメリカでの研究生活

第一章　大阪で生まれて育って

1 学校嫌いの幼少年時代

私自身は、商売の経験はないが、大阪の商家で育ったということが、私に随分と影響していると思われる。父親は大阪の船場商人として、金物問屋の「池芳」の三代目芳兵衛を名乗っていた。初代は、池田屋芳兵衛と言って、池田屋の次男であった。長男は茂兵衛、三男は徳兵衛と言った。明治に入って福井を名乗るが、次男芳兵衛は、別に井上を名乗って一家を構えた。

店は博労町三丁目にあった。心斎橋からだと、北にまっすぐ歩いて数分のところに博労町はあって、「池芳」は、その心斎橋筋から僅か東に入って、数十メートルのところにあった。御堂筋を渡れば、すぐのところに難波神社があって、子ども時代、そこによく遊びに出かけたことを思い出す。

「池芳」の建物は、私の記憶には、ぼんやりと外観が浮かぶ程度であるが、大阪大空襲（一九四五年（昭和二〇）三月）で焼け残った土蔵は、記憶が鮮明である。戦後に疎開先から大阪に戻ってきて、まわりを歩いた時、焼け残った土蔵を見たのである。

今は、その土地もとっくの昔に売り払われてしまって、もちろん土蔵もないが、その「池芳」の表に掲げられていた木製の看板が、私の手元に残っている。父の弟が「池芳」を継いだが、戦災で家が焼失した時に、看板を守って逃げたものと思われる。弟は、その看板を持って、帝塚山の土地で「池芳」を長らく営んでいた。子どももいなかったので、死亡した後、甥に当たる私が、その看板を託されることになった。私の兄も既に亡くなっていたので、託される順番としては私になった。

看板には「金物仕入処」（そのように読める）の文字が書かれてあって、一番上には、大きな引き手金具の実物が嵌め込まれている。おそらく軒先にぶら下げられていたものであろう。幕末から数えても、おそらく一五〇数年以上は経った看板ではないかと思われる。文字こそ薄くなっているが、嵌め込まれた金具の金メッキは剥げていない。木にも反りはなく、このままでも軒にぶら下げて使えるのではないかと思える程である。

この看板を父の弟が、戦争の被害からも大事に守り続けたのは、その価値が充分に感じ取られていたからであろう。この看板さえあれば、また商売が出来るという思いがあったのかも知れない。しかし、戦後は、引き手金具商は、生活様式の洋風化で、衰退して行くだけとなって、「池芳」も消えてしまった。本来なら「池芳」を継ぐべきであった私の父は、インテリア事業を起こしていたことで、戦後も生き抜けたというのは、歴史の皮肉かも知れない。結局は、私の手元に看板だけが残ったというわけだ。

父親の仕事は今で言えばインテリアの仕事ということになる。センスのいる商いであったが、「旦那遊び」が結構役立ったようである。日本画や俳画をよくし、書も上手であった。部屋のデザインなど器用にスケッチする腕を持っていた。謡曲を習い、邦楽・邦舞も習うという多趣味の人であった。学校は船場商人が通った大阪市立天王寺商業を卒業しており、英語を読む能力も身につけていた。

長男が今宮中学（現 今宮高等学校）に入学した時に、英語を長男に教えていた。英語が教えられるのかと感心して横で眺めていたのを覚えている。当時の商人としては、教養ある商人と言ってよいかも知れない。博労町にあった本家を弟に譲ってしまい、私の子どもの頃は、今は靫公園になっている西区靫上通り二丁目に移っていた。

私が生まれたのは、一九三六年（昭和一一）一月七日で、生まれた場所は、北区の富田町であったと母から聞かされたが、幼くて私の記憶にない。記憶がはっきりあるのは、靫の家からである。博労町の家を覚えているのは、住んでいたのではなくて、よく遊びに行って、それが記憶に残っているからだと思われる。

靫幼稚園に二年間通い、西船場小学校に入学するが、勉強は嫌いで、外で遊ぶのに熱心であった。虫が好きで夏には、トンボ取りに熱中する。家のすぐ近くが西区の永代浜で、材木置き場として使われていたのか、丸太の材木が浮かんでいたのを覚えている。この浜でトンボ取りをするのであった。

近くに仲良しの友だちが一人いて、ある日、二人だけで永代浜にトンボ取りに出かけた。短い棒の先に糸をつけ、その先にオスのトンボをくくりつけて、それを廻してメスが絡むところを取り押さえるという寸法である。棒はできるだけ川の水面に突きだして、岸壁ぎりぎりのところに片足を乗せ、川に乗り出すようにして、糸の先のオスを廻す。

トンボに気がゆきすぎて、足が滑って、わたしは川に頭からドボンとはまってしまった。友だちは助けようとトンボ取りの棒を差し出してくれるが、それに手が届かない。泳ぎはまだ知らなかったが、浮いてばたばたしていたようである。本人は泣きもせず、一生懸命泳ごうとしていたという。

幸い近くで木材を扱っていた大人がいて、駆け参じてくれて助けられたが、父親にきつく叱られたのを覚えている。それでもトンボ取りの熱中は止まなかった。一メートル位の糸の両端に紙に包んだ小石をぶら下げ、空のトンボめがけて放り投げるのである。紙の小石をエサと間違って、トンボがよって来たところに糸が絡むと、トンボは小石の重りで落ちてくる。それを素早く取り押さえて、トンボに絡んだ糸を外してやる。

空のトンボばかり見て走っていて、大きな石ころに躓いてころんだことがあった。石に睾丸をぶつけて大けがをしたのであった。このときは、母親が手当をしてくれ、どつかれはしなかったが、大事なところを怪我してと、叱られたのはもちろんであった。

母親からは、私はやんちゃな子で、喧嘩を始めるというと、長い竿だけを持って出かけたのだからと、よく聞かされた。家の門を入ると長い路地になっていて、この路地に洗濯を干す竿竹がいつも置いてあった。これが小学校一年生で昭和一七年頃の話しである。

一九四一年（昭和一六）一二月八日には、日本は「対米英宣戦布告」をしていて、昭和一七年四月一八日に米陸軍機による東京・名古屋・神戸への初空襲があった。私は西船場小学校に入学するが、市内よりはより安全な地域へということで、南海電車の住吉公園駅の近くに引っ越しをした。

元旅館であったのであろうか、庭も広くて大きな樹もあって、緑に囲まれての大きな邸宅であった。もちろん転校で、二年生で私は晴明丘小学校にかわった。住吉公園から東天下茶屋まで、南海上町線のチンチン電車に乗って通学したのであった。

幼稚園や小学校入学時のことなど、少しは覚えていてもよいのだが、それがまるで覚えがないのである。先生の名前も顔も思い出すことがない。「勉強ごっこ」をして遊んでいる集まりに、「そんなアホなこと、止めとけ止めとけ！」と邪魔して入って、親に叱られたことなどが甦るだけである。

住吉公園の家での思い出は、犬が飼えたことであったし、夏には蝉取りが楽しめたことであった。二年生になっても一向に勉強に励むことがないので、親が心配をして家庭教師をつけた。しかし、本人にやる気がないものだから、家庭教師が帰った頃を見はからって、うまく帰宅するという有様であった。そんなことが続いたので、家庭教師の方が、教えるのは無理と諦めてしまった。親から叱られたのはもちろんである。この一件があってから、私はまわりから「勉強ぎらい」というレッテルを貼られてしまった。

私が犬とよく遊ぶので、親は犬を遠ざけなければならないと思ったのであろう。私は犬を捨てに行くように迫られる。遂にその日が来て、家から歩いてかなり遠方の大和川の河原に捨てに行けと命じられる。私は、仕方なく犬を連れて大和川まで歩き、河原で犬をはなしてやる。遠くへ消えた時に私が姿を隠して、大和川を後にする。帰りの道は、犬を失って元気をなくしたのであろう、かなりの時間をかけて家にたどり着く。家に着いたら、何と犬が先に帰っているではないか。びっくりすると同時に喜んだのは言うまでもない。それから、親は犬のことを諦めてしまった。

二年生の晴明丘小学校で経験したことで、覚えていることがある。一九四三年（昭和一八）のことになるが、校門に米国と英国の国旗が敷かれていて、それを踏んで門をくぐらなければならないということがあった。昭和一八年は、日本の軍隊が、ニューギニア、ガダルカナル、アッツ島と相次いで敗退し、戦況が悪化の一途を辿っていた。何故覚えているのかと思うと、子ども心に、何をさせられるのかと何か不自然なものを感じていたからだと思われる。校舎には、横に大きな漢字で「鬼畜米英」と書かれた垂れ幕がぶら下げられていた。「キチクベイエイ」と読まされていたが、何のことかよく分かっていなかった。

2 疎開先での田舎暮らし

室内装飾業に転じた父親は、戦時下においては、注文がすこぶる増えて、よく儲けたようである。空襲に備えて、明かりが外に洩れないように、どんな建物も窓にカーテンを必要とした。軍需に関する工場・事務所は率先してカーテンを用意した。私の父親はその一端を担って働き、収入を得ていた。住吉公園に大邸宅を購入できたのも、お金があったからだと思われる。そんなことを見通して、インテリアの仕事を始めたわけではなかったであろうが、時代の必要がそういう流れを作っていったのだと思われる。

元々趣味人でもあった父親は、籾時代では、仕舞の師匠に自宅まできてもらって稽古に励んでいた。こういうことは、商売人の家ではよくあったそうである。そんなときに、私と姉が同時に稽古をつけさせられるのであった。謡曲の一節を諳んじるように言われたりもした。客人が来ると、それを披露させるのである。

成人してから思ったことは、幼いときの稽古事が、意外や芽を吹き出すことがあるということであった。私は大学時代に、能楽部に入って謡をやりだしたが、それも子ども時代の稽古事がよみがえってのことと思われた。

家には初代桂春団治のレコードがあって普段の日でもそれを楽しんでいたし、私は父親に寄席に連れてもらった記憶がある。どの寄席だったか思い出せない。店と家とはくっついていたから、店では事務や職人の店員が、いつも冗談を言い合ってよく笑っていた。家には、いつも笑いの空気が流れていて、私自身も店の人によく遊んでもらった。

一九四四年（昭和一九）に入ると一月から疎開が始まり出す。学童疎開はまず縁故疎開から始まりだした。縁故先がなく家庭の事情で疎開が困難な児童のため、集団疎開が行われた。私の父親は、早くに縁故疎開を選び、父親の弟の妻の実家を頼ることになった。滋賀県野洲郡中洲村の大字新庄というところである。私だけが、まずそこに預けられた。昭和一九年早々のことで、中洲村には雪が積もっていたのを覚えている。小学校二年生の冬のことであった。遠縁とは言え、会ったこともない人のところに、いきなり預けられたわけである。

出発の前夜に家族全員が集まって、何か記念の品をもらった記憶がある。革の財布であったようだが、はっきりと覚えてはいない。中にお金が入っていたのかも知れない。親にとっても子にとってもつらい出来事であったわけであるが、つらいことは忘れるということか、私には詳しい記憶が甦ってこない。

一九四四年（昭和一九）一一月には、Ｂ29による初の東京空襲があり、一九四五年の一月早々には、大阪市も初めての空襲を受けた。度々の空襲を予測して、父親は、市内の叔にあった荷物を住吉の家に集めて、そこから疎開先の中洲村に送る計画を立てていた。商売で儲かっていたから、かなりの荷物が用意され、滋賀県に送るのに貨車が用意されたと聞かされていた。

三月一三日に「大阪大空襲」があって、市内は一面が焦土と化し、私の叔の家は全焼した。その大阪大空襲を、中洲村の疎開先から私は見ていた。大阪方面に変な明るさと真っ黒な雲が立ちこめているのを見て、大人たちが「大阪が燃えている」と語っていた。

その後も、大阪は波状的に何度も空襲に襲われ、ついに住吉公園にあった家にも焼夷弾が落ちて家は全焼、引っ越し間際の荷物も全部焼けてしまった。周辺に緑もある住吉公園なら焼夷弾も落ちないだろうと思って、大きな家を買って（土地は借地）、荷物も集結させたのであったが、それが全部焼けてしまったのであった。住吉の家は、一軒家で、その一軒だけが、狙い撃ちされたかのように燃えてしまったのである。

無念さはあったであろうが、ものは考えようで、当時としては、家族の命に別状がなかったことが幸いであったわけである。家族は住む家もなく、一家揃って中洲村の縁故を辿って疎開することになった。多少の着物や反物、宝石、骨董品など僅かな品は持ち出せたのか、それらが疎開先での生活の糧となってくれたのであった。

家族は私の疎開先の親戚の家を紹介され、その離れ屋敷に一時的に落ち着いた。喜んだのは私である。会えなかった家族と会える、母親と一緒に住めるということで喜びいさんで、母親の元に駆けつけた。

しかし、狭くて寝るところがないから、もうしばらく辛抱しろと母親に言って聞かされる。六人兄弟姉妹の一番下の弟は、まだ乳飲み子で手がかかっていた。

道端に沿って流れる小川に沿ってとぼとぼと引き返すと、小川に小魚が固まって泳いでいる。魚でも家族が一緒なのに、そんな思いで見つめていたのであろう、何故かその小川のシーンを鮮明に覚えているのである。やがて、家族は全員が住める屋敷を借りて、引っ越ししていったが、その時には私も引き取られていった。

疎開先には子どもがいなかったので、そこのおばあちゃんがよく面倒をみてくれ、若夫婦にも可愛がってもらった。預けられた当座は、よく泣いていたという。大阪の親に手紙を書きなさいということで、書かされたわけだが、それがなかなか書けなくて、泣きながら書いたことを思い出す。

疎開先では、客人を預かるという姿勢ではなく、田舎の子どもとして育てるということであった。田んぼの草取りから稲刈り、肥やり、ワラ仕事、何でもやらされた。一番嫌だったのは、田んぼでの仕事で、蛭が足にくっつくことであった。ブトに噛まれて掻いた後などにすぐくっつくのである。

生活の激変振りもさりながら、言葉の違いもあり、友だちづくりが大変で、おばあちゃんや若夫婦が、近所のガキ大将に、仲間に入れて遊んでやってくれるように、よく頼んでいた。いじめもあったと思うが、つらい思い出は何故か覚えていない。特別に親しい友達も出来なかった。

自分から興味をもったのは、小川や池で小魚を釣ることであった。近くの野洲川で泳ぐことを覚えたのも三年生の時であった。一九四四年（昭和一九）の夏のことであったが、私が川で泳いで流され溺れかかるという事件が起こった。上級生達と一緒だったので難を逃れたのだが、これが父親の耳に入って、頭をどつかれて厳しいお説教をくらった覚えがある。

一九四五年（昭和二〇）の四月に四年生となって、私はすっかり田舎の子どもとして成長し、友だちも出来て愉快に田舎生活を楽しんでいた。

後に大阪に戻って、都市生活が始まるが、この時代に過ごした田舎生活が、私に「自然とともに過ごす生活」を強く印象づけたように思われる。

3 兎を連れて大阪に戻る

一九四五年（昭和二〇）八月一五日、日本は戦いに敗れて、戦争終結の「玉音放送」が、正午にラジオを通じて流された。お天気のとても良い日で、私は朝から近くの池に一人で魚釣りに出かけていた。昼が近づいてきたので家に戻ると、庭先に人が集まってラジオに耳を傾けていた。戦争が終わったことを教えられた。「やっぱり負けたか」という思いで、特別の感慨を抱くことはなかった。父親は、商人としての判断から、早くからこの戦争は負けると言っていたので、その影響であったと思う。「負けた」と聞いて驚きはなかった。終戦の日は、私には「真っ青に晴れ渡った暑い日」という印象として残っている。

小学校四年生であるから、「将来何になりたい？」と訊かれれば、「軍人さんになりたい」と答えて不思議ではない時代であったが、私にはそんな考えは全くなく、勉強が嫌いで、先生方の言うことを余り聞いていなかったように思われる。野原や河原の自然が好きで、虫取りや魚釣りに夢中になっていた。不思議なことに、一年生から四年生になるまでの先生の名前と顔を思い浮かべようとしても、誰一人浮かんでくる人がいないのである。学校が嫌いだったのだと思われる。不思議と言えば不思議であるが、転校が頻繁すぎたせいもあるかも知れない。

父親は、売り食いをしながら田舎で長く暮らすのは困難と考えたのであろう、と言って焦土と化した大阪にすぐに戻れるわけはなく、大阪に出やすい所に居を構え直すことを考えた。滋賀県大津市の粟津にいったん引っ越して、そこから大阪の復興ぶりを見ることにしたのである。家は粟津駅の間近にあって、琵琶湖から歩いて一〇分ぐらいのところにあった。瀬田川の流れの手前に位置していた。魚釣りをしたり泳いで遊ぶのに適していて、私は気に入っていた。

私は中洲小学校から膳所小学校に転校となった。四年生の秋頃であったと思う。粟津の家では、家に隣接してかなり大きな畑があった。自給のための野菜を作り、鶏も数羽飼っていた。私は兎を飼ったし、犬も飼った。そうした動物の世話は専ら私の役目であった。疎開先での田舎で身につけた生き方が、結構役にたったわけである。野菜の種類も多く、面積も広かったので、農家のおじさんが時々手伝いにきていた。何でもできるおじさんで、畑仕事の仕方や生きた鶏のさばき方なども教えてくれた。

兎を飼うのは、友だち仲間の間で流行っていて、自分の兎を持ち寄っては、自慢し合って遊んでいた。毎日の餌取りが大変であったが、仲のよい友人と一緒に取りに行くのが楽しみで、それを日課としていた。

父親は、畑仕事もしたが、時々は大阪の様子を見に行っていた。売り食いと畑からの収穫では、家計は楽ではなかった。大阪の闇市でズルチン（人工甘味料）が売れるからというので、その自家精製を手伝ったことがあった。石鹸も作って売りに行っていた。父親は、何とかして収入を得るのに必死だったようだ。私と言えば、兎や鶏の餌取り、それに琵琶湖が近くだったから、魚釣りにも忙しかった。釣った魚は自分で料理して家族の食に供していた。夏には、毎日泳ぎに行き、魚や蜆をとって帰るのが楽しくて仕方なかった。

とは言うものの、勉強にも少しずつ目覚めだし、四年生の終わりには、通知簿に初めて四が現れた。五段階評価であるが、それまではオール三がいつもの成績であった。本を読む楽しさを覚えだしたのも、五年生ぐらいからだったようである。学校の先生の影響が強かったと思う。仮名のふった講談全集などを特別に貸してもらった記憶がある。

六年生になると、クラスでも目立つほどに成績がよくなっていた。担任の先生が、滋賀教育大付属の中学校を受験しないかと薦めてくれる。クラスでトップの種村君という優秀な男の子がいて、二人して受けろということになり、受験したが、私だけが落ちてしまった。私にしてみれば、成績は上昇してきていたが、彼ほどにできたわけではないので、落ちても無理はないと諦めははやかった。

一九四八年（昭和二三）三月に私は膳所小学校を卒業した。一年生から数えて四つの小学校を転々としたが、一番よく覚えているのは在校期間も長かった膳所小学校である。

父親は、大阪の復興を確認して、昭和二三年の春に大阪に戻ることを決心する。私は地元の中学校にいったん入学するが、早々に大阪の中学校に転校することになった。新しい大阪の家は、南区の日本橋三丁目にあった。大阪に戻るについて、私は飼っていた兎と別れ難く、どうしても大阪に連れて行くと言い張って、兎小屋と一緒にトラックで運んでもらった。裏庭で兎を飼う場所はあったが、餌に不自由をすることになり、親の勧めで、兎は売られていった。兎を手放すことはショックであったが、それを機に私は都会に適応して行くことになった。

中学校でバスケット部の選手に

一九四八年（昭和二三）四月に大阪に舞い戻った。一九四四年（昭和一九）早々に疎開しているから四年ぶりということだが、時代の激変を経てのことで、親たちの苦労は並大抵のものではなかった。子どもたちは六人いたから、食べさすだけでも大変である。大阪では、まず日本橋三丁目交差点の北西の角家に落ち着いた。

父親は、戦前には小さな工場をもって職人さんも置いていたが、戦後は全てが戦災にあってしまったので、自らは工場を持たず、得意先から家具やカーテンの注文をとるという、戦前からの仕事を再開した。

私は、心斎橋の大丸百貨店の近くにある大阪市立南中学に編入となった。日本橋三丁目からは、通学路が千日前や道頓堀、心斎橋筋や御堂筋で、小学校時代からすると、環境の激変であった。

一学期が始まって間もない頃で、編入したその日に、担任の山口清先生から、いきなり「ボール遊びは好きか」と訊かれて、「好きです」と答えると、それで私はバスケットボール部への入部が決まってしまった。山口先生は、バスケットボール部の監督であったのである。この山口先生が中学卒業までのクラス担任で、理科と数学の受け持ちであった。

教育熱心の熱血先生で、面倒見がよい一方でよく怒る先生であった。黒板の前で問題を解かされてできないと、白墨の粉がついたチョーク消しで頭を叩かれるか、頭を小突かれて黒板にデボチンをぶつけるかの罰があった。

ほっぺたにビンタをくらった覚えもある。ある日、保健の女の先生の机の上に小さな醤油瓶がおいてあったので、誰かがそれにインクを混ぜてしまった。先生がそれをもし振りかけたら面白いと、四、五人がわいわいと騒いだ、のはよいが、本当に弁当にかけられてしまったのである。

保健室を掃除していた連中が呼び出され、「誰がやったのか」と山口先生から詰問され、騒いだ連中が手を挙げる。私もその中にいたわけだが、全員がほっぺたに大きなビンタをくらってしまった。「痛い！」と思うが、それでお終いである。

山口先生の罰の与え方は厳しかったが、罰の理由は明確で、一度叱ればそれっきりで、後に持ち越すことは一切無かった。生徒たちはそのさばさばしている性格に惹かれていた。私はバスケットボール部に入っていたので、成績が下がるとバスケットを辞めさすぞ！と、よくおどかされた。私の成績は、一年生からずっと良かったというのではなくて、学期が進み、学年を重ねる毎に良くなっていった。高校受験が迫ってきた時期には、クラスの上位にいて志望校が受験できることになった。

三年間、一貫して山口先生が担任であったことが幸いであった。先生は理数の担当で、自らすすんで補習授業やテストを行い、厳しい先生であったが、生徒への愛情もまた人一倍強い先生であった。今日風に言えば「体罰」ということになるのであろうが、その時代では生徒も親も先生の「暴力」とは思っていなかった。「厳しい先生」ではあったが、生徒のためによく尽くしてくれる先生でもあった。

私の運動神経からすれば、バスケットボールが要求する敏捷さに欠けているのではないかと思っていたが、私はチームの中では背が高く、センターを受け持っていた。コートの端から端まで素早く走らねばならないポジションで、動きが鈍いと先生からは容赦ない檄が飛んだ。「お前は牛か!」と怒鳴られるのである。

ある試合で、私は何を錯覚したのか、敵のリングにシュートを決めたことがあった。「お前はアホか!」と怒鳴られたのは言うまでもない。私はそうした罵倒の言葉に、だんだんと強くなっていったようだ。もう失敗はするまいという決意と同時に、叱られる免疫力もついていったようである。それも小学校時代の疎開先での経験の延長で考えればたいしたことではないわけであった。何しろ六人の兄弟姉妹であったから、学校で先生にどつかれたとか、嫌なことがあっても、いちいち親に話すこともなかった。友だちと話し合って笑い合っていた。お互いに失敗談を笑い合うのが痛快ですらあった。

私の兄とは、六才の差があって、兄は小さいときから長男として育てられ、勉強もよくできて、高校の実力テストでも一、二を争う実力を持っていたという。私は、小さいときから家庭教師を忌避してしまう程に勉強が嫌いであったが、中学に入って高校受験を目指さなければということになって、進んで勉強しだしたのである。理数に関しては、傍に兄がいて、質問ができたというのも有利な条件であったと思う。

高津高校受験の日、珍しく母親が付き添ってきてくれた。クラスの参観日でも滅多に顔を出したことのない母親がついてきてくれたのである。母親からすれば、私の大事な一日を共に過ごしてやろうという気持ちであったと思う。何しろ六人の子どもを育てたのであるから、こまかく面倒をみるなんてできるはずがなく、疎開時代の私のことなど思い返していたのではないか。私にすれば、とてもうれしい一日であった。

試験が終って、運動場に出てくると、母親が心配そうに「どうだった?」と訊いてくる。母親は、私が勉強嫌いで出来が悪かった、という印象を持ち続けていたから心配していたのであろう。私が自信たっぷりに「よくできたと思う」と言うと、「ほんまかいな」と笑ってくれた。この時の母親の笑顔が深く印象に残って、今でも忘れられないでいる。

5 大阪ミナミの空気を吸って

中学、高校を通じて、私の生活圏は専らミナミであった。と言ってもそんなに範囲は広くなく、北は長堀、南は恵比須町、東は松屋町、西は御堂筋ぐらいまでで、ぶらつくのは千日前、道頓堀界隈が中心であったであろうか。

一九四七年（昭和二二）に復活した「戎橋松竹」は、千日前通りと御堂筋の交差点西南角にあって、そこには父親に連れられて寄席を楽しんだ覚えがある。戦後の上方演芸の復興は、この復活した「戎橋松竹」とＮＨＫラジオの「上方演芸会」にあると言われている。両者が鮮明に記憶に残っているのも、父親をはじめとして家族そろって「お笑い」が好きだったからであると思われる。私が後に「大阪の笑い」に特別に興味を抱くようになったのも、家庭のなかにあった笑いが基になっているような気がする。

道頓堀の中座は、松竹新喜劇の常設劇場で、お正月には決まって正月興行があり、父親が枡席を予約していて、家族そろって見に行った。「一年はまず笑うことから始めて」という父の考え方の実践であったのであろう。子ども達は、芝居が好きではないが、美味しいものが食べられるという理由でお供をしたわけだ。父が実にありがたい経験をさせてくれていたのも、成人してから理解できたことである。

この時代の娯楽の王者は映画であった。日曜や祭日には、映画館が満員になった。一九四九年（昭和二四）には『青い山脈』が大ヒットし、満員の客にまじって観た覚えがある。繁華街には、どこからかヒット曲のメロディーが流れていて、『異国の丘』や『銀座カンカン娘』『長崎の鐘』などが、自然に耳に入ってきていた。

家が日本橋三丁目にあったから、中学校へは道具屋筋を北に上がって千日前を真っ直ぐ、大劇や歌舞伎座を横に見て、道頓堀に突き当たり、中座、松竹座の前を通って御堂筋に出て北に歩くというコースが普通であったが、道頓堀から心斎橋筋に折れて大丸の方に歩く時もあった。帰りは、行き当たりばったりであったが、松竹座、浪花座、アシベ劇場、常盤座、大劇などの映画館前では、宣伝用のスチール写真や看板を見ながら帰ったものである。これが楽しみであった。学生同士で映画館に入ることは禁止されていたが、鞄を隠して切符を買った時もあった。

現在の「なんばグランド花月」があるところは、大きな空き地になっていて、臨時の興業が行われていた。木下大サーカスが大きなテントを張ったり、時には小さなストリップ劇場ができたりしていた。ストリップ劇場の看板やスチール写真は、中学生にとってはとても刺激的であった。「なんばグランド花月」の前身であった「なんば花月劇場」は、私の中学生時代は「千日前グランド劇場」と言って、洋画封切の豪華な映画館であった。

心斎橋を歩くのも楽しみだった。「北極」のアイスキャンデーがおいしかった。蒲鉾の「大寅」では、母親からの言いつけの買い物をよくしたものだ。豚まんの「蓬莱」、パンの「木村屋」、カステラの「長崎本舗」、少し北に歩いてケーキの「平野屋」「不二家」、喫茶店では「プランタン」などが思い出される。大丸前の「宇治香園」のお茶の香りも忘れられない。

心斎橋を歩くのを「心ブラ」というが、友だちと連れだって歩いたものだし、父親とも一緒によく歩いたものである。洋品店、宝飾店、靴、瀬戸物、呉服、楽器、お茶、書店、昆布、レストラン、ケーキ、喫茶店、パチンコ屋など、古い店もあり新しい店もあり、さまざまな店が雑然と並んで、と言っても無秩序ではなく、ある種のまとまりがあり、その中を歩いていると何故か気分が落ち着くのである。

当時のミナミは、商店を営みながら家族が住んでいた。朝だと店の前を掃除する人がいたし、夏だと夕刻には打ち水をしていた。子ども達も住んで道路で遊ぶ街であったから、それなりの秩序があって、繁華街と言っても、今日のようなパチンコ店と風俗営業のけばけばしい看板も目立たず、生活の臭いがあった。

集客の目玉は映画館であったから、映画館がひしめき、街には映画音楽が流れ、映画の匂いで満ちていた。街の様相は、テレビが普及するようになり、映画の斜陽化が進み出すようになって変わっていった。

映画の人気と同時に、戦後はラジオの娯楽番組が人気を呼び、私の中学時代はラジオをよく聞いたものである。『鐘の鳴る丘』『二十の扉』『えり子とともに』『とんち教室』などを聞いていた覚えがある。それに、一九四九年（昭和二四）にＮＨＫラジオ第二放送で始まった『上方演芸会』は、一番楽しみの番組であった。芦乃家雁玉、林田十郎の司会で「いらっしゃいませ」「こんばんは」で始まり、上方の漫才が次から次へと紹介されていった。中学生時代は、よくラジオを聞いていた。

一九五一年（昭和二六）に民放ラジオの新日本放送（後の毎日放送ラジオ）と朝日放送ラジオが始まって、ＮＨＫラジオとあわせて三局のラジオが競い合った。私がよく聞いていた番組では、新日本放送の「お笑い横町」（東五九童、松葉蝶子）、ＮＨＫの「アチャコ青春手帳」や「お父さんはお人好し」（花菱アチャコ、浪花千栄子）、朝日放送の「お笑い街頭録音」（中田ダイマル・ラケット）、が思い出される。こうした番組は、ラジオが一家に一台しかなかったから、私だけでなく家族揃って聞いていたように思われる。

やがてテレビが登場してくるが、家庭に与えた影響は衝撃的であったと言ってもよい。我が国でテレビ放送が始まるのは、一九五三年（昭和二八）二月のことだが、大阪でテレビが見られたのは、一九五四年（昭和二九）三月一日に開局したNHK大阪テレビ局からであった。民放テレビが見られるようになるのは、一九五六年（昭和三一）一二月一日に大阪テレビ（OTV）開局からで、一九五八年（昭和三三）になって読売テレビと関西テレビが開局する。一九五九年（昭和三四）には、大阪テレビが朝日放送に、新日本放送は、毎日放送と改称してテレビ局も開局。テレビは、「街頭テレビ時代」を経て家庭に急速に普及しだし、それに応じて映画観客数が、一九五九年（昭和三四）頃から急に減少に転じ、映画は斜陽産業と言われるようになった。

私は一九五四年（昭和二九）に高津高校を卒業し、大学受験に失敗、二浪することになって、一九五六年（昭和三一）に大学入学を果たす。この間にもテレビの普及は著しく、私が大学在学中の大阪はテレビ・コメディーのブームで沸き立っていた。

一九五七年（昭和三二）に中田ダイマル・ラケットの「びっくり捕物帖」（朝日放送）、一九五八年（昭和三三）には「やりくりアパート」（大阪テレビ）、一九五九年（昭和三四）には毎日放送の「番頭はんと丁稚どん」、同年九月には読売テレビの「とんま天狗」、一二月には「親バカ子バカ」と続く。

私は、一九六〇年（昭和三五）に読売テレビに就職したが、この時期はコメディー・ブームが続いているときであった。一九六一年（昭和三六）に朝日放送の「スチャラカ社員」、一九六二年（昭和三七）に

「てなもんや三度笠」が始まる。

大学時代は、下宿にテレビはなく、大阪の自宅に戻ったときにしかテレビは見られなかったが、今から思えば何処で見ていたのか記憶が定かでないが、一九五九年（昭和三四）時代のコメディーをよく覚えているし、読売テレビに就職してからも、読売テレビの「とんま天狗」「親バカ子バカ」をはじめ、朝日放送の「スチャラカ社員」や「てなもんや三度笠」もよく見ていた。

父親の個人商店の浮き沈み

父親の室内装飾業は、戦前の顧客を頼りにしながらであったが、戦後は事務員の一人か二人を雇うのがやっとというような規模であった。船場商人の誇りはあったであろうが、焦土と化した大阪を見ては、そんなものは何の頼りにもならないと思ったことと思う。要は個人の実力、「知恵と才覚」の発揮しかないのであった。

景気の動向は、小さな商店ほど影響を受けやすい。景気の良い時、悪い時、浮き沈みが激しいのである。個人商売では、銀行から融資を受ける時、大概は自分の家を抵当に入れているから、不景気になると、家を手離してしまうことになる。お金が無くなったら、小さな家に引っ越し、儲かったらまた大きな家に引っ越しということになってしまう。

戦災で元の家が全焼して、資産が無くなってしまったということが、どれだけのショックであったかを想像するのは難しい。戦災で命を亡くした人も大勢いたので、命が助かっただけでも有難いと思わねばならなかった。父親の頑張りには、そんな思いもあったであろうが、何と言っても、目の前に六人の子どもがいたわけで、子ども達を食わせなければならないという思いが切実であったと思われる。商売の再起を図るにも資力がなかったから、戦前からの縁故を使い、商売人としての知恵と才覚を使うしか手はなかった。

少し波に乗れば、ちょっとましな家に、失敗したら小さな長屋に引っ越しを、大きく成功したら大きな家に、というように、父親の商売如何によって、よく引っ越しをした。戦前から数えると、疎開や戦災があったが、中学一年生までに、五回引っ越しをしている。大阪に戻ってきて、日本橋三丁目に落ち着いたのが五回目である。

やっと大阪に戻ってきて落ち着いたと思ったら、商売が上手く行かず、その家を売って小さな家に引っ越さざるをえない羽目になり、近くの河原町三丁目に引っ越した。当時のたばこ専売公社の北側にあった二階建ての長屋の一軒であった。親子八人が住むには手狭で、思い出して見て、六人の子どもがどうして寝ていたのか不思議な感がするぐらいである。一階の部屋は食堂も寝室も勉強部屋も兼ねていた。私の勉強机はなく、大きなちゃぶ台がその代わりになっていた。

親にしてみれば先ず子どもに食べさすことが第一で、苦労をしたことと思うが、悲壮感はなかった。中学生の私ときたら、部活でお腹を減らし、家族中で一番食欲旺盛であった。夕食時、私の前にだけコッペパンが一つ置いてあって、「宏はそれを食べてからご飯にするように」という時もあったが、みんなは笑っていた。

時代全体が物のない時代で、私の家が特別に貧乏であるという感じはなかった。父親にすれば浮き沈みがあるのが商売、いいときもあるし悪いときもある、何とかなるものだといつも楽天的であった。不思議なことにまた何とかなっていったのである。

私は、中学に入って、バスケットボール部に入部したが、シューズが必要であった。それを買ってもらった時は、飛び上がらんばかりに嬉しかった。犬が欲しいと言っていた私に、父親がシェパードの子犬を親戚からもらってきてくれた。これも忘れがたい嬉しい事であった。世話係は、もちろん私であった。家が狭いということもあってか、父親は、子ども達をよく外に連れて行ってくれた。寄席の戎橋松竹にも連れて行ってもらったし、中座や歌舞伎座にも連れて行ってもらった。大晦日には、値切って歩く「心ぶら」が大きな楽しみであった。

大学生の兄が結核にかかって、自宅療養することになり、一部屋を独占することになった。狭い家が一層狭くなったわけである。結核の死亡者が多かった時代で、当時は保険のきかない薬で高価なストレプトマイシンを手に入れなければならなかった。父親が奔走していたのを覚えている。おかげで兄は一年の休学だけで復学できたのであった。

私はと言えば、飼っていたシェパードが大きくなってよく吼えるので、兄の療養の妨げになるということで、親戚に預けることになった。犬も私に一番なついていたので、悲しい別れとなった。

高校三年のときであったが、商売も順調で儲かったのであろう、河原町三丁目から阿倍野区の松虫に引っ越しすることになった。庭つきの大きな古家を買ったのであった。私にしてみれば、画期的な引っ越しであった。高校三年になって初めて、自分の勉強部屋が持てたのである。

引っ越しでは、私の大学時代にまた引っ越しをしている。阪急沿線の豊中で、住宅街にあって立派な庭付きの家であったが、借家であった。持ち家から借家への引っ越しであったから、家を売っての資金が必要であったものと思われる。借家ではあったが、綺麗な住宅街にあって、通りがかりの人が見たら、リッチな人が住んでいるのかなと思わせる見事な邸宅であった。

高校生ともなれば、父親の後について、店の手伝いをする機会も出てきた。大学に行くようになっても、夏休みなどに父親の後について得意先をまわったりした。手伝いと言っても、得意先にお歳暮やお中元を届けたり、重たいカタログを持参したりする程度のものであったが、父親は商売の仕方についてよく話しをしてくれた。

昭和三〇年代であったが、父親は外車のオペルを運転手付きで使いだした。何故外車のオペルであったのか。この車に乗って得意先の会社に着くと、守衛さんはじめ誰もが一目置き、目立つのであった。それが目的であったわけである。それは看板であり、信用を獲得する手段であった。

父親が着る背広は、いつも一流の仕立てで既製品ではなかった。ネクタイは自分で選んで買っていた。何故そんなことに気配りをするのかと言えば、どんなに不景気で落ち込んでいても、相手に貧相な印象を与えてはいけないという父親の哲学があった。ネクタイは派手目で、それが話題になる位のものでないと駄目であった。

お歳暮配りも徹底していた。会社の受付から電話交換手までを含めて配るので数が多かった。私が何故そこまで気を使うのかと訊いたら、会社の重役さんと会うためには、適切な時間や居所を知っておく必要があるが、そういう人達が教えてくれるのだから、受付嬢も交換手嬢も大事な存在でお世話になっているのだということであった。商売にはそういう気遣いも必要なのかと納得させられた。

戦前は「船場の旦那さん」と呼ばれながら、商売に当たったと思われるが、戦後においては、会社も何もかも無くし、身一つで自分なりの商売を立ち上げなければと頑張って、見事に戦後の混乱を乗り越え、従業員一人の会社を作って、子ども六人を育ててあげたのである。子どもで父親の仕事を継ぐものはなく、父親は、子どもの希望を聞き入れ、五人が大学を出た。

父親の商売は、戦前の「船場の旦那」を身につけていたからこそ、それを戦後の混乱期に生かして、成功した人と言えると思う。「旦那」としての教養、遊び、人柄が指摘できる。例えば、得意先の接待でも、通常はゴルフやバー・クラブなどが多かったが、父親は戦前流で、色街のお座敷を使い、芸妓衆などを入れての遊びで、昔嗜んだ芸をよく生かし、普段の付き合い相手には、舞や踊りの稽古会に顔を出すなど、戦前に身につけた教養が生かされていた。

父親は一九〇三年（明治三六）生まれで、二代目芳兵衛の長男で、三代目芳兵衛となり、若い時から芳兵衛を名乗っていた。私の世代は四代目になるのだが、私の長兄は四代目を受け継がずに六〇才で他界した。私も継いでいないから、四代目は空いたままである。江戸時代の池田屋時代の古い看板が、私の手元に残っているので、最早商売とは関係ないが、私が四代目を継げる立場にはいるわけである。

7 高校生時代の甘い夢

中学三年生頃から、私は兄の影響で身近にあった兄の本を手にするようになっていた。『チボー家の人々』や『ジャン・クリストフ』、『狭き門』などを読んでいた。

高津高校に入って、一層文学に興味を示すようになっていった。作文が苦手だったにもかかわらず、高校に入ってからは、読後感を文章に綴るなど、自分でノートを作ったりするようになった。この頃は先生の影響も大きく受ける。

英語の秋山敏先生は、受験英語などとは関係なく、エドモンド・ブランデンという英国の詩人の原書を読んでくれた。初めて手にする原書であった。高校生にとっては全く新しい世界の発見で、刺激的な授業であった。英語表現の美しさ、描写の巧みさを語ってくれた授業が新鮮で、今でも記憶の底に残っている。

阿蘇、熊本、雲仙など南九州への修学旅行を済ませ、その感想文の提出が求められた。佐野愛子先生担当の国語の時間であった。その時、予期に反して私の書いた作文が、褒められて、みんなの前で読むことになった。こんなことは初めての経験で、うれしく思うと同時に、自分にもちょっとはましな文章が書けるのだと自信を得ることになった。

高二の時に文学好きの友人が、同人雑誌に参加しないかと誘ってくれた。校内サークルの雑誌ではなくて、顧問を持たない自由な雑誌であった。都島工業高校、清水谷高校、夕陽丘高校などの生徒が混じっていた。雑誌の名は『我記』と言って、詩、小説、評論、エッセーを内容としていた。

雑誌は四号まで出たが、私は二号から投稿している。記念にと思って保存しておいたのであろう、手元に全部が残っていた。日付を見ると、創刊号が一九五三年（昭和二八）二月二六日発行。高二の終わりである。二号は四月、三号が六月、四号が九月となっており、高三で、普通なら受験勉強に忙しいはずなのに、エッセーや評論を書いているのである。そんな余裕があったのかと不思議であるが、実際はそういうことで、のんびりと構えていたとしか思えない。

私の心の中には、将来、文筆家になりたいものだという夢が生まれだしていた。文学に親しむにつれて、そんな夢が湧き出していた。そうはいうものの、三年生になるといよいよ進路を決め、どの大学のどの学部を受験するのかを具体的に決めなければならない。私は、それがなかなか決まらないのであった。親はと言えば、行きたいところに行ったらええがな、別に行かなくてもええよ、という調子であった。ただはっきりしていたことは、私には兄への対抗意識があったのであろう、京大に行った兄には負けてられないという気持ちがあった。兄が、京大の経済学部に入っていたので、京大には行きたいが、私は経済学部には行かないと決めていた。

将来文筆家を志すにしろ、初めから文学部に行くことはないだろう、医者になったり、建築家になったりして、その傍ら文筆に精を出すという道もあるではないかと甘い夢を見ていた。森鷗外は医者であって小説家でもあったではないか、などと現実の自分を評価する目を持っていなかった。

私が二浪をさせて欲しいと父に頼んだ時は、経済的にはしんどい時期であったが、「絶対にこれが最後だぞ！」ときつく念を押されて私の希望を受け入れてくれたのであった。

今日の親のように「せめて大学を出ておくように」とか「何大学へ行け」とか「何学部へ行け」とか、親の口出しは一切なかった。本人が頑張れば応援してやるというにすぎなかったが、これが有り難かった。長男が京大経済学部を選んだことについては、父親が勧めたのかどうかは分からないが、長男の方からすれば、父の商売を気にしていたことは確かである。父の後を継がねば、という気持ちがあったのかも知れない。理数系の科目が得意だったから、工学部か理学部に進んでいたら、兄の人生も変わったものになっていたのにと、私はよく思ったものだった。私は、次男であったし、おまけに子どもの時代は、勉強嫌いで「外で遊ぶのが大好きな子」という評価があったので、親からそれほどの期待をかけられていなかったと思う。それが幸いしたようである。

将来何をするつもりなのか、夢だけがあって、なかなか定まらない。でも志望校をきめて受験の手続きをしなければならず、担任の化学の高橋ウキコ先生に相談したら、受けたかったらどこでも受けたらいいよという返事。高橋先生は楽天的で、一浪もよし二浪もよし、頑張ってできるのであればよし、というわけで、結局自分の人生は自分で決めろという指導であった。私にとっては、こうした大ざっぱな指導が幸いした。初年度は阪大工学部を受験して失敗、次年度は京大工学部と京都府立医大を受けて失敗、三回目に受けたのが京大文学部で、この時に合格する。

当時の京大は、受験科目が八科目で、理系と文系の区別はなく、全て同じ問題の試験であった。今日のように、特別に医学部が難関ということでもなかった。全学部、理系文系関係なく同じ問題であった。受験勉強はいつも八科目であったので、理系から文系に乗り換えることが容易にできた。結果論としては、工学部や医学部などを諦めて、最初から文学部を受けておればよかったわけだが、浪人時代に実力がついたのは確かであった。

8 時計台が見える下宿生活

京都大学文学部に入学したのが一九五六年（昭和三一）、当時新入生は総数一二〇〇名、一クラス四〇名で、第二外国語（英語、独語、仏語）の選択によってクラスが分けられ、私は独語のクラスで、L２と称していた。名簿では消息不明も物故者もいるが、職業欄を見ると、大学の教員か高校の教師、あるいは新聞社、出版社、テレビ局、他に変わったところで、僧侶、神職の人もいる。

一回生のときは宇治分校で、二回生になって京都の吉田学舎に学ぶ。一、二回生は、全て教養部所属で、三回生で各専攻に分かれて行くが、二年間一緒に過ごしたクラスということがあって、まとまりがよい。大学の同窓会は、この教養部時代のクラスで行っており、私の場合は独語クラスで、その時代に教えを受けた独語の佐野利勝先生を招いて旧交を温めてきたが、先生が他界され、その後は私達だけで集まっている。

先生の一周忌のときは、京都の長岡京市にある西山浄土宗総本山光明寺に集まった。大きなお寺で、どんな場所でどういう順序で進むのか、私は一向に分からず、案内の若いお坊さんの後をついていくだけであった。この案内のお坊さんが、お経をあげてくれると思っていたら、案内だけして消えてしまう。

クラスには四人の僧侶がいて、この日は三人が出席していた。この三人は、自分たちで法要を済ませる段取りをしていたのであろう、三人が順番にお経をあげだしたのである。一番最初は浄土真宗の嬰木君で、私は初めて聞かせてもらうお経であったが、その読経の声、調子が実に上手くて、うっとりとさせられてしまう。こんな読経があるのかと思った位である。あの世の佐野先生もさぞやびっくりではないかと思わせられた。

一九五六年（昭和三一）当時の京大では、教養部の一回生は宇治の分校に通わねばならなかった。大半の学生は、宇治周辺に下宿をしていた。近くに遊郭で有名だった中書島があった。一九五六年（昭和三一）五月には売春防止法の公布があって、遊郭は転業を迫られていた。手っ取り早く学生下宿に転業する業者も現れた。さっそくそこに下宿を決めた友人を訪ねたことがあるが、部屋の内装というか、天井にまで彩色された画がなまめかしく、こんな部屋で落ち着いて勉強できるのかな、と尋ねたことがある。

私は、大阪市阿倍野区の松虫に住んでいたから、通えないことはなかったが、京都市内に下宿したくて仕方がなかった。家を出てみたかったのである。賄い付きの下宿を早々と決めたが、長くは続かず、外食で過ごす下宿に引っ越した。東一条の八百屋さんの二階で、京大の時計台が間近に見えた。時計台が見えるのが自慢だったし、学校が近かったので、よく友だちが出入りした。

この当時の下宿は、夏は扇風機、冬は火鉢があるだけであった。洗濯は、衣類を洗濯板に押しつけてこすするという方法だつた。たばこは「いこい」、飲む酒は清酒なら二級、ウィスキーならトリスぐらいのもので、余分のお金がなかった。

文学部に入って何をするのか。私は高校時代から同人雑誌『我記』というのを仲間と作って、評論めいたものを書いており、将来は作家になるか、シナリオライターになるか、そんなことを夢みていた。大学に入ると、高校時代からの仲間が教育学部に入っていたので、語らって、同人グループを作ろうと宇治分校で呼びかけた。ポスターの呼びかけで八人が集まった。初顔合わせであったが、意気投合して新しい文学サークルを作ることになった。途中で部員の出入りがあって、詳細は思い出せないが、最後まで六人が同人であり続けた。工学部の学生が一人いたが、彼は後に文学部（英文科）に転部した。学部別では、教育学部が一人いて、他は皆文学部であった。

グループの名前は、『ネリパ』（新文学団）と名付けられた。メンバーは、いずれも未来の作家、評論家、シナリオライターを夢見ていて、新しい文学集団を樹立せんとする意欲をもっていた。日本の文学状況を変えてみせんと志は高かった。ネリパというのは、ネオ・リテラリー・パーティの略で、私たち同人はこの名前が気に入って、新しい風を起こすのだと元気があった。雑誌の発行と読書会を行うという形で活動を続けた。

記念にと思って保存しておいたのであろう、創刊号が見つかった。日付は、一九五六年（昭和三一）一二月一五日となっている。創刊の辞「声明」を読んでみると、これから天下に打って出ようとするまことに勇ましい「声明」で、まさに青年の覇気が溢れ出た文章と言える。私が起草した文章ではないが、その一部を紹介しておこう。

「近代文学の歴史は文学流派の歴史である。文学運動の歴史である。（略）この雑誌が新しい文学運動の実験の場として認識され、単に文壇出世の踏み台として意識されてはならないことである。文壇小説を文壇の現状をいたずらに反映して既成の文学に挑みかかろうとする主張がなくては、苦しい財源の中から雑誌を出す意味はないと考える。（略）我々の暗中模索が、我々の実践が、そして我々の小さな、しかし偉大な価値を有するであろう真理の実践が、やがて一つの新しい契機となって、時代の文学に何物かを付加え、飛躍と変革をもたらさんことを欲するのである。革命的なロマンチシズムに陶酔することなく、単に文学青年の集団に堕することなく、（略）我々の主体性を確認し決して空中に楼閣を築くことなく、常に足下をみつめて、我々はここに文学を更には、世界を探求して行き、自己の文学的理想の確立につとめ、その「精神の可能性の具体化」を指向するものである。」

『ネリパ』は三号（昭和三二年一二月一六日発行）まで発行して終わった。同人の仲間が分裂してとかの理由ではなくて、原稿が集まりにくくなっていって、そうなったようである。一方での読書会は、不定期ではあったが卒業まで続けていたように思う。読書会では、一人では読みにくい難しい哲学書や長編小説を取り上げることが多かった。私にとっては、『ネリパ』は、志の実現はともかくとして、文章を書くこと、本を読むことの勉強の場になったことは確かである。

9 哲学科社会学専攻で学ぶ

『ネリパ』の読書会では、日本の作家では野間宏、椎名麟三、安部公房などの現代作家のもの、外国ではショーロホフ、ロマン・ロラン、バルザック、D・H・ロレンスなどの長編小説、評論ではルカーチ、サルトル、マルクスなどを取り上げた。読書会は、私の下宿であるいは喫茶店でやり、議論がつきなかった。終わりを知らないと思えるほどに議論した時もあった。今思い出すと、やっぱり若さがそうさせたのだろうと思われる。

私の好みとしては、ルカーチが気に入っていて、ルカーチの文芸評論や芸術論に親しんだ。私は戯曲にも興味を示し、ギリシャ悲劇からシェークスピア、モリエール、イプセン、チェーホフ、テネシー・ウィリアムズ、アーサー・ミラーなどを読み漁っていた。三回生になって、哲学科の社会学を専攻し、卒論に「芸術社会学」を選んだことについては、『ネリパ』時代の読書会が影響したものと思われる。

同人雑誌については、諦めがつかなかったのか、私は就職してからも試みている。読売テレビに就職したが、会社の中でまた同人雑誌を出すことに意欲を燃やし、四人の仲間と語らい『西戎』という雑誌を発行した。私は評論とテレビシナリオを書いている。第一号が一九六三年（昭和三八）一月二九日の発行で、一九六六年（昭和四一）三月に第三号を出して終わった。高校の時から同人雑誌を作って「創作」を夢見ていたのであろうが、「創作」は夢で終わってしまった。しかし、副産物はあった。テレビの研究や評論の文章を書く機会が訪れたとき、私は進んで原稿を引き受けて書いた。書くことに興味こそ覚え、苦痛にはならなかった。テレビ局から大学に転職するきっかけになったのも、そうした論文を書いていたからであった。

大学時代のL2の同窓会となると、独語の先生であった佐野利勝先生を招いていたが、私はこの先生に五九点をつけられて、三回生には仮進学となった（六〇点未満が仮進学）。そんな記憶も重なってだが、佐野先生がテキストに採用したマックス・ピカートの論文が強く印象に残っている。そのおかげで、卒業後に先生翻訳の著書は次々に買い求めていた。『騒音とアトム化の世界』『人間とその顔』『われわれ自身のなかのヒトラー』『沈黙の世界』『神よりの逃走』（いずれも、みすず書房）などである。

大学のクラブ活動では、私は京大観世会に入って謡曲を習っていた。一回生の時、高校の延長でバスケットボール部にも入ったが、その年の夏の合宿に参加して、体力的にとてもついて行けないことが分かって退部した。浪人二年の間に体力が確実に落ちていたことが分かる。宇治分校から吉田学舎に移って、京大観世会に入部した。謡曲は、私の父の影響だと思われる。子ども時代に受けた稽古が甦ったような感覚があり、竹生島が見える海津大﨑寺での合宿に参加をした。琵琶湖に向かって声を一杯に出す快感に酔ったのであろうか、稽古を続けることになり、卒業まで続けた。師匠は片山慶次郎先生であった。

その学生時代の謡曲が、卒業してから役立つことがあった。大学の教員になって、一九八五年（昭和六〇）に、関西大学から在外研究員の資格をもらい、一年間、アメリカのインディアナ大学で研究する機会が与えられた。その時、知人で大学の芸術学部で能について発表する人がいて、「羽衣」を謡えないかと聞かれ、少しならと答えてしまった。卒業以来、練習などしていないにもかかわらず、少しならと、うっかり答えてしまったのである。「何とかなるか」と度胸を決めて、アメリカの職員や学生の前で謡うことになった。教授達は大変喜んでくれて、私は面目をほどこしたわけである。その時、どこで何が役に立つか分からない、ということを実感する。

三回生で、文学部は哲学科、史学科、文学科の三科に分かれ、更にその下の専攻別に分かれて行く。専攻は全部で三三あったが、学生は一二〇名であったから、中には学生よりも教員スタッフの方が多いという専攻もあった。

私が社会学を選んだのは、社会学を学びながら創作ができるのではないか、創作に社会学が役立ってくれるのではないか、そんな虫のよい考えに基づいていた。社会学専攻に所属して、社会学の講義を受けてみると、「社会学は社会学者の数だけある」と言われ、これは勉強しにくいなと思ったが、境界がはっきりせず、何でも研究できそうな曖昧さが自分には適しているのではないかと思え、社会学が気に入ってしまった。その時の教授は、臼井二尚先生、助教授が池田義祐先生であった。

臼井先生のゼミは、学部生と大学院生とが一緒であったし、社会学全体の教室行事もいつも、学部と院との参加が求められた。「生活共同の場」が大事という考え方であったと思うが、私はそのおかげをこうむっていた。卒論のテーマや指導では、院生とオーバードクターの先輩にお世話になった。臼井先生は、頭の先から声が出るような、自分が面白いと思うと一人で笑ってしまうようなところがあって、面白い先生であったが、怒ると頭から湯気が出るぐらいに真剣に怒る先生であった。

ゼミの時間で、こんなことがあった。三回生の時のゼミは、発表するのが初めてということで、緊張しての発表になるのだが、発表者が途中でつまづいて、前に進めず、暫く黙り込んだりしながらも続けようとした時、臼井先生が突然声を張り上げ注意をされた。どんな注意だったか中味は思い出せないが、今日の発表に備えて何をしていたのかと、それこそ頭から湯気が立ち上るかのような声で怒られたのであった。学部生も院生も一緒のゼミであったから、聞いているみんなが驚いたわけだが、ゼミに臨む先生の思い入れ、気合いを感じさせられたわけである。叱られた学生はショックを受けたのか、それからゼミには顔を出さなくなった。それからの臼井先生は、私にとってはこわい先生という印象であった。

一九八六年（昭和六一）の春、アメリカでの在外研究から帰国して、その報告をと思って家内を連れて、京大裏の神楽丘の自宅を訪ねた。初めての自宅訪問である。玄関から階段まで、本が溢れていたことを覚えている。緊張の面持ちで二階に案内されたが、先生は愛想がよく、まさに好々爺の感じであった。自慢のステレオを聴かせてもらったり、大事とされていた珍しいスライドを披露して下さったりした。家内は、「優しい先生」と言ってくれ、私自身の先生に対するイメージが一変した。先生は一九九一年（平成三）三月に他界、享年九〇才であった。せめてもう一度お訪ねし、謦咳に接しておけばと悔やまれた。

10 大阪のテレビ局に就職

今日では、新卒の就職となると、三回生の春頃から始まっているようである。私が卒業した一九六〇年頃には、経済界と大学側との「就職協定」というのがあって、就職試験は、四回生の夏休みを越えてから始まっていた。

私は、一九六〇年三月の卒業で、就職が内定したのは、五九年の秋であった。つまり、四回生の夏休み明けから就職試験が始まったのである。この当時は、卒業する大学生の数もそんなに多くなかったのであろうと思うが、大学には、四年間をきっちりと勉強させようという空気があった。私は、文学部だったからかも知れないが、「会社訪問」というものを経験していない。ペーパーテストの第一次就職試験を受けて、合格した人だけが、次の面接試験に臨んでいた。筆記試験は、各社とも九月ごろに集中していた。夏休みは何をしていたのかと言えば、卒業論文を仕上げるのに四苦八苦していたわけだ。四〇〇字詰め原稿用紙で五〇枚以上という条件がついていたので、必死で書いていた。調べ物をしたり、院生の人に教えをこいに行ったりもしていた。

一九六〇年（昭和三五）三月に、私は大学を卒業する。当時、文学部には、まず「会社に就職する」という雰囲気がなかった。他の文系学部と違って、「優」をいくつ揃えなければいけないとか、そんな雰囲気はまるでなかった。

文学部はまず一般会社からの求人が少ない。世間も文学部出身の学生を期待していなかったようである。従って、進路としては、大学院に進学するか、高校の先生になるか、新聞社やテレビ局、出版社などのマスコミ関係に進むかという程度で、一般の企業からは殆ど求人がなかった。求人には「学校推薦」何名というような条件がついているところがあった。テレビ局が大体そうであった。学校推薦は、成績順かと思っていたら、学部事務所の前でジャンケンで決めていた。のんびりした雰囲気であった。

私は、新聞社と放送局を数社受けた。気持ちは放送局の方にあった。朝日放送の学校推薦はジャンケンで負けて受けられず、会社の縁故を探して推薦をしてもらう必要があった。読売テレビは、最初から縁故の推薦者を求められ、推薦してくれる人を探すのが大変であった。私は商売をする父親に縁故を探してもらった。朝日も、読売も見つかって、やっと試験が受けられたのであった。競争率が何倍であったかは忘れたが、人気は高く、相当な倍率だったと思う。

縁故で試験を受けていると、一番先に合格発表があった会社に、即座に返事をしなければならなかった。朝日放送も最終面接まで臨んでいたが、読売が一番早かったので、読売テレビに入社がきまった。

私は親からこれ以上の面倒は見かねると言われていたので、何が何でも就職しなければと思っていた。今日のような親のすねをかじる「フリーター」や「ニート」（卒業後進学せず、就職せず、家事もせずという若者）などは考えられもしなかった。

私には、もともと大学院への進学意欲があった。私の指導教授で、社会学の臼井二尚先生のところに相談に行った。先生の答えは明確で、「大学院に進んで研究の道を歩むのならお金がいる。アルバイトをせずにやっていけるのか」という問いかけがあった。私は「お金はありません。親からは期待できませんのでアルバイトをしなければなりません」と答えたら、「それなら就職しなさい。大学院は学問をするところで、アルバイトをしているような時間はない」と厳しくさとされてしまった。学問への道は厳しいものだなと思った。実際にはアルバイトをしていた院生もいたが、私は何も反論せず、素直にその言葉を受け取った。親からは、面倒を見るのは卒業までと言い渡されていたので、アルバイトなしでの進学は不可能であった。

就職して会社のこともある程度分かってきた三年目位であったと思う。研究への思いが募ってきて、池田義祐助教授（当時）の自宅を京都に訪ねた。これから大学院で勉強したいと思うのですがという相談である。池田先生はやさしい先生で、私の言葉によく耳を傾けてから、当時の大学院の状況を説明された。社会学の博士課程を終えても今は就職がなく、オーバードクターが大勢いるというのが現状で、学問すると言っても生活の目処が立ちませんよと、さとされた。池田先生は、私がテレビの現場で仕事をしていることを生かして、現場で勉強する方法もあると、私に現場の価値を説いて下さった。そこで、私は進学の思いをきっぱりと断ち切って、職場に帰っていった。その時は、将来自分が大学で教えるなどとは、夢にも思っていなかった。

その当時、テレビはまさにニューメディアで、日の出の勢いで成長し、社会的影響力の強いメディアとして脚光を浴びていた。「テレビとは何なのか」と、さまざまなテレビ論の展開があった。私自身もテレビの現場で「テレビとは何なのか」を問うていた。

テレビ局では、考査課をふりだしに企画事業、営業、番組企画、編成といった部署を回り、組合では書記長、執行委員などを経験していた。いろんな経験と思考を重ねながら、私はその思考を論文に書いていた。幸い、読売テレビは『YTV　REPORT』という業界研究誌を発行していて、それに寄稿のチャンスがあった。それに日本民間放送連盟が発行する『月刊民放』という雑誌や朝日放送発行の『放送朝日』という雑誌からも寄稿のチャンスが与えられた。エッセーやまとまった論考を、チャンスがあれば書いていた。仕事をしながらの執筆であったが、自分の考えが活字になることが楽しく、それがまた仕事への励みとなっていた。そうした私の論考が、大学関係者の目に触れていたのであろうが、私は知るよしもなかった。

第二章　テレビ局で働く

1 テレビ局の「モニター」という仕事

今日のテレビは、画像が途中で切れたり、乱れたりすることなく、番組とCMは切れ目なくつながり、時間通りきれいに流れていく。画像が中断するなどの事故を目にすることがない。私がテレビ局に入社した頃は、殆どの番組が生放送で、事故はつきものであった。

入社して配属されたのは、審議室考査課という職場であった。一九六〇年（昭和三五）当時のことであるが、通称「モニター」と呼ばれていた。放送を交代勤務で監視する仕事である。番組とCMが無事に放送されているかどうかを見守って、事故が起これば、画面と時計を見ながら記録をとっていくのである。何分何秒から何秒まで画像断、画像乱れ、あるいはアナウンサーの言い間違い、コマーシャルの画像断、音声途中切れ、時にはテロップの字の間違い、ニュースの読み間違いなど、それらを秒単位で記録していくのであった。

当時は、ビデオテープは貴重品で、特別な番組制作に使われることはあっても、事故の記録用に使うということはなかった。殆ど全てが生放送の時代であったので、映像が切れたり乱れたりの技術的な事故がよくあった。今日のようにコンピュータ制御で機器が動いて番組とCMが切れ目なく流れていくというようなことはなく、マスター・ディレクター（通称MDと呼んでいた）が出すキューに従って、番組が切り替わり、コマーシャルが挿入された。コマーシャルも当時は、フイルム、スライド、テロップと、動画と静止画とが入り混ざり、それらのセットされた機器をディレクターのキューの指示で動かしていたのである。それらの仕事を秒刻みで行っていて、今から思えば神業と言ってもよいぐらい、事故が起こらなかったら不思議なぐらいのものであった。

モニターは、秒針を見ながら記録用紙に書き込んでいくのであるが、最初に先輩からこの仕事を教えられたとき、こんな神業的なことが出来るのかと危ぶんだものである。テレビ画面と大きくまわる秒針を見ながら、咄嗟にペンを走らせることがとても難しく、パニックを起こさんばかりに緊張してしまうのであった。人間の感覚というのは恐ろしいもので、慣れてくると一秒が長く感じられるという感覚が生まれてきて、事故が記録できるようになっていった。

民間放送は、広告によって成り立っているから、番組もCMも商品で、それが無事に放送されたのかどうかは重要な問題である。生放送は、放送の時間が過ぎれば後に残る証拠は何もなく、誰かが責任をもって見届けておかなければならないし、事故があれば記録を残さなければならないのであった。

記録には、記録者のミスも考えられるから確認を必要とした。技術的な事故は、技術局に出向いてTD（テクニカル・ディレクター）から事故現象の確認と事故原因を教えてもらって記録に残す。テロップの文字の間違いやアナウンサーの読み間違いなどは、当該部署に電話をするか出向くかして確認をとる。文字の場合だと証拠が残るが、アナウンサーの言い間違いは、「言った」「言わない」の口論になる時もあり、当事者が認めないというケースもあって、この確認作業はなかなか骨の折れる仕事であった。

記録書が出来上がると、真っ先に営業にまわされた。営業はスポンサーへのお詫びや事故の補償について話し合いをする必要があったのである。自社の提供番組についてはモニターをしているスポンサーもあるが、番組提供であろうとスポット提供であろうと、広告主は局を信頼して広告費を払っていたわけで、モニター記録は、厳正で公正でなければならず、そう考えると重要な仕事であったわけだ。

その当時、友人からテレビ局で何をしているのだと尋ねられ、私は「テレビを見るのが仕事でね」と答えると、「テレビを見ているだけで給料がもらえるのか」と揶揄されたものである。二時間見ては二時間休んでという周期でテレビを見る。同僚がドラマ制作や報道の現場で活躍しているのをみると、羨ましく思ったものである。ドラマの企画やシナリオが書けるとか、そんな仕事をしたいものだと思っていた。

大学に転職して思ったことだが、このモニター時代にありとあらゆる番組を見ていたことがすごく役に立った。「テレビとは何か」を考えるに当たって、ドラマだけとか報道番組だけとかではなくて、早朝番組から深夜番組にいたるまで、あらゆるジャンルの番組を見ていたことが役立ったのである。多くの「お笑い番組」も見ていたことは言うまでもない。

新聞なら全ての情報を紙面で見届けることが出来るが、放送は時間メディアなので、テレビ局の人間であっても、早朝から深夜まで一通りくま無く見届けるということはまず不可能と言わなければならない。テレビ局に勤める人間だから、放送番組についてよく知っているだろうと思うのは錯覚で、ごく一部の番組しか知らないのが実情である。局内では社員モニターが一番よく見ることができる立場にあった。

とは言え、「見る」作業は退屈で、時折眠気が襲ってくる。一日の放送が始まる早朝番組を見ていなければならない時は、特に辛かった。眠気が襲ってくるので、立って見るとか、眠気とたたかいながらのモニターであった。その時は、早く配置転換してもらえないかという思いが強かった。仕事の評価というのは、即断できないもので、このモニターの仕事が後のテレビ研究に役立ってくれたのであった。

 労働組合の結成で初代書記長に

読売テレビに就職した一九六〇年（昭和三五）当時、読売テレビ局には労働組合がなかった。大阪の民放局で、既に組合があったのは、毎日放送と朝日放送だけである。後発の読売テレビと関西テレビには、未だ組合がなかった。会社の設立は一九五八年（昭和三三）八月であり、テレビという新しいメディアに取り組み、社員は毎日の番組制作に追われていた。現場では、週一度の休日も満足にとれず、時間外労働は際限なくあったし、組合のある毎日放送や朝日放送と比べると、給料もボーナスにも大きな差があった。

テレビの仕事が何よりも好きという連中が大半で、若さにまかせて仕事に没頭していたが、彼らとて、いつまでも不規則での長時間労働に耐えるのは難しく、中には体調を崩す人もあった。多くの人が、組合結成の必要を感じながらも実際に結成に漕ぎつけるのは容易でなかった。社内では、過去に一度そうした結成の動きがあったが、会社側からの介入でつぶされたという話しが流布していた。

しかし、労働条件を良くし、賃金を他社並にするためには、やはり組合の結成が急がれる。いつまでもこのままの状態では良くないと感じている社員は多かった。私もその内の一人であった。先ずは結成をはかる準備会を組織する必要があった。情報を絶対に洩らさないようにという趣旨で「石の会」という名の会が作られた。私もそうだが文学部出身の者が大半で、労働法など法律の類など読んだことのない連中ばかりであった。従って先ずは組合結成の根拠、法律の勉強などから始め、先輩に当たる朝日放送や毎日放送の執行委員から話しを聞いた。

「石の会」は、信頼のおける有志に働きかけ、メンバーも少しずつ増えていった。私は一九六〇年（昭和三五）入社で三期生ということになるが、二期生も一期生も混じっての秘密結社的なグループができていった。廊下で仲間と会っても、仕事で関係のない者同士が話し合っていると、怪しまれるから素知らぬ顔をするようにとか、そんな気の使い方をしていた覚えがある。

準備にどれだけの時間を費やしたのか定かな記憶はないが、長い時間は危険で早く結成すべしという考えがあった。結成大会は、一九六一年（昭和三六）四月二一日、桜宮公会堂で行われた。北区岩井町にあった会社から桜宮公会堂は遠くはなかったが、バスをチャーターして会社前から走らせた。小雨が降っていたのを覚えている。仕事を終えた人は、どんどんバスに乗って欲しいということにして、午後七時から大会が始まった。

役員候補は事前の準備会で用意されたものであったが、私は書記長に選ばれてしまった。入社して日も浅い私がどうして書記長をしなければならなくなったのか、準備会の一員ではあったが、先輩の一期生も二期生もいるではないか。そんな気持ちがあって、自分が書記長に選ばれるなんて、考えてもいなかったのである。結成を目前にしての準備会で、役員候補を決めなければならず、委員長候補になった一期生の人が何故か私を書記長にと望んだのである。そうまで言われるなら「やってみるか」と決断はしたが、書記長がどんな立場の役職なのかもよく自覚しないまま引き受けてしまうことになった。

結成大会の四月二一日は、民放の経営者が年に一度集まる「民放大会」の日で、会社幹部の殆どが東京出張で社を留守にしていた。私たちは、幹部がいない日を選んだのであった。幹部がいたら、即座に妨害が始まると考えたからである。何しろ社員は、会社との何らかの縁故関係があって入社している人が多かったので、「組合に加入するな!」の圧力は予想しておかなければならないことであった。私自身も紹介された縁故のお蔭で入社試験が受けられ、合格していたのである。この幹部が留守の間の結成は、後々まで「泥棒猫」のようだと言われたが、結成大会には加入率七二・四%（『民放労連』縮刷版　一九七二）を確保し、組合は無事にスタートをきることができたのである。

結成大会では、今から思えば当たり前の「祝祭日の完全公休化」「休暇の完全消化」「賃金体系の明確化」などがスローガンに掲げられていた。組合ができると、職場の空気が変わりだした。職場集会が開かれ、これまで閉ざしていた口を開くようになったのである。時期は夏に入り、夏季手当の要求案作りが始まった。

学生時代は、どちらかと言えば文学青年で、同人雑誌の発行経験はあっても、運動団体の経験は何もなく、一年少しの社歴の人間が、書記長の任を果たさなければならないことは、余りにも荷の重いことであった。よくその任を果たせたとすれば、組合結成に燃えた時代の空気がそうさせたと思わざるをえない。六月に入ると、東京の日本テレビに組合が結成され、一〇月には関西テレビにも結成されるなど、各地の民放に組合が結成されて行き、時代の中での燃え上がる高揚があった。その影響を受けていたことは確実である。

結成されて間もない組合が初めて会社と丁々発止の団体交渉をすることになるのは、その年の夏季手当闘争であった。初めての賃金の要求であった。『民放労連』（縮刷版）第七一号によると、その時の組合要求は「本給×四＋二万」で九万五〇〇〇円。会社回答は「本給×三・二」で六万一五六五円となっている。この差をめぐって交渉が行われたが、組合は初めての交渉で、団交を応援するために大勢の組合員が廊下で座り込むなど、大いに盛り上がった。だが「他社水準への到達」目標が果たせず、要求が簡単に通らないことを実感せしめられ、課題と同時にエネルギーも持ち越されることになった。

3 無期限ストライキに突入

一九六一年（昭和三六）の夏、初めての「夏季手当闘争」を経験して、「要求を勝ち取る」とは言うものの、会社の壁がいかに厚いものであるかを、組合員は初めて実感する。不発のエネルギーは残り、それはそのまま次の「年末手当闘争」に引き継がれることになる。もちろんこうした背景には、他の民放の「年末闘争」が活発に進行していて、その影響を受けて読売テレビ労働組合の活動もあったということがある。朝日放送の年末闘争では、組合は盛り上がり、スト権行使でラジオ、テレビともに停波するという事態が起こった。全国的に見ても、この年はテレビ創生期の「大荒れの年」となった。

読売テレビでは、本給×四+二万五〇〇〇円=九万八三八〇円を要求して交渉に入った。今日とは比べようがないが、この額の獲得が容易ではなく、スト権を樹立して初めてのストライキを打った。スト通告の書類を作り、会社に手交するのは書記長の私の役割であった。通告をした初めての時は、労働者の権利行使ではありながら、この通告で本当に職場放棄が可能になるのかと、信じられない気持ちであった。スト権は「伝家の宝刀」と言われ、本当は抜かないで決着がつけば、一番よいのであったが、いったん抜いてしまうと、それに頼るようになってしまうのも事実であった。

交渉の決裂が続けば、会社に対する闘争手段がエスカレートしていかざるを得なくなる。組合員の士気が盛り上がり、対決はエスカレートしていった。ストライキによって業務を停止し、番組と広告の全ての放送中止を迫ったのである。つまり停波に会社を追い込むことで交渉を有利にしようと考えてのことであった。朝日放送の場合は、ストライキの結果、実際に会社が停波してしまっていた。

読売テレビのストライキは、一一月に入って、波状的に時限ストが打たれ、ピケも強化されていったが、交渉は難航し、一二月七日には、二四時間のストを敢行してしまう。ピケラインは厳重に張られ、夜は道路上にドラム缶を使ってかがり火を焚き、寝ずの番をして持ち場を守るという、まるで戦国時代のような、ものものしさであった。というのは、あの手この手を使ってのピケ破りを警戒したからであった。

振り返ってみただけで、あんなことがよくぞ行われたと感心してしまうぐらいに、組合員は燃えていた。これまでに鬱積していた不満や抗議の感情が吹き出たと言ってもよかった。「私たちは正しい要求をしているのだ」という自信に満ちていた。私自身にしても、正義感に燃え、恐い者知らずという感じであった。

組合員の士気は高かったが、読売テレビの場合は、会社を停波に追い込むというわけには行かなかった。東京キーステーションの日本テレビの番組が生駒の送信所へ送り込まれるという「垂れ流し」放送になり、大阪ローカルの番組と広告は飛んだが、日本テレビの番組がそのまま放送されて「停波」には至らなかった。

「垂れ流し」放送は、一二月一〇日から始まり、団交は持たれるが進展なしで、一二月一二日に組合は全面無期限ストを打った。最後の手段である。そうしておきながら地労委に斡旋を申請したのである。会社も斡旋を受けることに同意し、交渉の場が地労委に移された。斡旋は一二月一四日に始まり、公益委員を前に、双方が事情を説明するわけである。組合側の説明は専ら書記長の私にまかされた。途中で何回も休憩を挟むが、その日は徹夜になり、一五日の昼になって、地労委の斡旋案が出された。組合はその日のうちに臨時大会を開催し、斡旋案を受諾。翌一六日午前零時をもって全面無期限ストを解除。一二二時間一五分という民放の組合始まって以来の大ストライキを敢行してしまったのであった。

斡旋案では、手当の増額もあり、休日協定や専従協定の要求も認められたが、「申し合わせ事項」というのがあって、会社は組合に対して一切の責任を追及しないが、今回の争議に関し「陳謝文」を書くということが条件に入っていた。つまり詫び状を書かないと、幹部の責任を問うということを意味していた。組合としては、当然の権利を行使してきたわけだから、何故詫び状を書かねばならないのか、という議論になるのは当然である。

私は「詫び状」が今後の組合活動を制約するものになるのかどうか、その点を特に心配した。斡旋の経過の中で、専門の弁護士に相談をしたが、そういう性質を持つものではないという確認を得て、私は「詫び状」を書くことに同意した。これで争議が終結できるし、犠牲者を出さなくて済むという、最も警戒していたことが避けられるのだからよいではないか、という気持ちであった。犠牲者を出せば、処分撤回闘争を組まねばならないことは明白であった。闘争が続くわけである。

臨時大会は、大きなスタジオを使って、午後八時から開かれた。説明は専ら書記長がすることになった。質疑応答も書記長、怒鳴られ叱られするのも書記長の役割であった。

一番揉めたのは「陳謝文」の件であった。正しいことをしてきて、何故詫びなければならないのか、執行部は間違ったことを指導してきたのか、というまさに正しい意見が噴出した。詫び状の話しを聞いて一層闘志を燃やす人もあった。

私にとって、この終結大会の説明役は、一つの試練になったと思う。組合員の言い分が正しくて、にもかかわらず、詫び状を書かざるをえない理由を明らかにしなければならなかったのである。苦しくて難しい場面であった。組合員の方でも、意外な報告を納得するのには時間が必要であった。深夜に終結大会は終了した。

4 「営業」から「番組企画」へ

組合の初代書記長を引き受けてしまったばっかりに、たった一年しか経たない間に、年月をかけて経験するであろうさまざまな経験を一挙にしてしまった感があった。身体も酷使していた。年が明けて一九六二年（昭和三七）を迎えたが、酷い口内炎に見舞われることになった。ものが喉を通らないという、殆ど何も食べられないという状態になった。原因は過労と栄養失調ということであった。栄養失調と聞いて驚いたが、組合活動での外泊が続き、まともな食事をしていなかったのが原因のようであった。暫く休暇をとって静養することになる。組合そのものも「闘争疲れ」で活力低下の状態が続いた。

私は元の仕事の「モニター」に戻るが、間もなくして同室の企画事業課に移って、スタジオでの公開放送の観客を集めたり、番組で募集した懸賞募集の抽選をして当選者に連絡をとるなどの仕事をするようになる。この間に、私は同じ職場にいた同年入社の女性に恋をして、プロポーズをしてしまうことになる。社内の噂には疎かったのだが、「ミスよみうりテレビ」と言われていたそうである。

一九六三年（昭和三八）五月に機構改革があって、モニターの仕事は営業局に移った。それと同時に私は、またモニターに復帰し、暫くその仕事をしたが、すぐに営業の外勤にまわされることになった。営業の仕事にも慣れてきた頃、私達は七月二八日の暑い日に結婚式を挙げた。日本橋三丁目にあった松坂屋百貨店の結婚式場に於いてであった。列席者には、会社の役員と同時に前年度の組合役員も同席していた。会場では、予定はしていなかったのだが、当時流行の「青年歌集」が歌われ、後に会社役員の方が「労働歌を歌わせられた」とぼやかれたと言う。

テレビ営業の外勤というのは、スポンサーに番組とスポット（厳密には時間）を売るために、広告主と広告代理店を回って歩くことが仕事である。今日では、販売業務はすべて広告代理店を通じて行われているのであろうが、私の営業時代は、広告主に直接出向いてセールスすることもあった。「井上に外勤は勤まるのか」と心配をしてくれる同僚もあったが、私は別に違和感もなく現場に溶けこんでいった。仲間には、広告代理店や新聞社などの営業経験者が多かったから、私のような外勤は珍しかったかも知れない。

得意先で交わす会話は大阪弁であるのだが、いわゆる商人の使う大阪弁で、得意先を訪問すると、まずは「まいど！」の挨拶から始まる。この「まいど！」も私には何の抵抗感もなかった。私は、大阪商人の家で育ったから、商売人の家庭環境は子どものときから馴染んでいたせいであろう、商いの現場に入ると、商人が使う大阪弁がすらすらとでてくるのであった。

私は後に『大阪の笑い』とか『大阪の文化と笑い』といった著書を出して、大阪商人のことについて論じているが、私自身が営業活動を実際にしたのは、このテレビ局での営業だけである。この営業体験は、一年間で短いものであったが、私自身は父親の手伝いで商売に触れていた体験も重なって、面白く過ごせたのを覚えている。この体験は、後に「大阪」について考える材料を与えてくれることになったが、何よりの収穫は、放送局の「営業」について知ることになったことである。番組やスポットの値段がどのようにして決まり、スポンサーから局にどのようにしてお金が入ってくるのか、広告代理店の役割など、それらは営業の現場にいて初めて分かることばかりであった。民間放送は、スポンサーからの広告収入が財源で、民間放送を理解するのには、表には目立たないこの営業活動を理解する必要があることが、よく分かった。

商いを通じての人間関係の面白さを知ったのも営業活動からであった。代理店と広告主を訪ね歩きながら、いろんなタイプの担当者と出会ったが、不思議と気の合う人が出来ていくのである。もちろん、何となく波長が合わない人とも遭遇するが、取引は取引であって、その上に人柄と人柄の関係が生まれていくのであった。

営業の仕事が面白くなり出していたとき、私に番組企画の仕事をしないかと誘いがかかった。局に新しく「番組企画委員会」という組織ができて、そこで番組企画をやらないかという誘いであった。元々番組の制作や企画をしたいと思っていたので、私は喜んで移ることにした。しかし、僅かな期間ではあったが、親身に世話をしてくれた営業の先輩達には不義理をするようでつらかった覚えがある。私をテレビ営業マンとして教育してやろうと期待をかけてくれる上司もいたのである。

番組企画委員会は、一九六七年（昭和四二）三月に廃止になり、二年九カ月の運命であったが、私にとっては大変充実した期間であった。要望された企画書が書けるようにということで、小説を読むのも映画や芝居をみるのも、演芸場に通うことも全く自由であった。ありがたい期間であった。

大阪で何か番組企画を考えるとなると、大阪の「お笑い」に通じている必要があった。大阪のお笑いタレントは、舞台で漫才や落語を演じていても、番組の方からすると、ドラマ俳優であり、司会者であり、レポーターであり、クイズ回答者であり、コメディー俳優でありと、さまざまな役をこなしてくれるタレントであったのである。大阪では、「お笑い」を知らないでは、企画ができないと言っても過言ではない位に「お笑い」の比重が高い。この状況は、今日でも変わりないのではないか。従って、いつの時代でも、大阪では「お笑い」タレントが次から次へと育っている必要があるのである。

5 番組企画で大阪の歴史と芸能史を学ぶ

番組の企画の仕事はとても楽しかった。要望があれば、クイズ番組であろうと、ホームドラマであろうと、連続テレビ小説であろうと、何でも企画書を書かなければならないということがあったが、私は考えることが好きだったし、書くことも苦にはならなかった。何よりも楽しかったのは、材料収集のために「雑学」ができたことである。

クイズ番組やホームドラマ、視聴者参加番組など、いろんな企画書を書いたが、採用されたものは一本もなかった。スポンサーに企画提案する際の複数候補のなかに滑り込んだことはあるが、本命になったことは一度もなかった。それでもひょっとして採用されたらという胸のときめきはいつもあった。企画の楽しさはこのときめきではないかと思った。

大阪らしいドラマを考えようと、制作部にいた同僚たちと研究会をもって、企画作りをしたことがあった。千日前の発展史を背景にして、お笑い芸人の物語の構想を考えたのである。

先ずは、千日前の歴史から勉強を始めだした。道頓堀は江戸時代から芝居の五座がそろう繁華街であった。それに対してほんの僅か隔てた千日前が、刑場と墓場であったとは信じられない思いであったが、その千日前が今日のような繁華街にどのようにして発展をみたのか、面白い事実が次々とでてきた。そして明治に入ってからの上方落語の歴史、幕末から明治になって人気を呼んだという俄の芝居など、芸人たちの面白い話が尽きなかった。

研究会では手分けをして、資料を漁りノートをとり年表を作ったりして勉強を重ねていった。雑誌『上方』（一九三一年創刊、一九四四年終刊、全一五一冊）を初めとして、大阪の芸能に触れた歴史書にもずいぶんとお世話になった。

思い出すと、研究会に桂米朝師匠、小松左京氏、永六輔氏などをゲストに招いたことがあった。私たち若者の企画に共鳴していただいたのであった。演芸全般の歴史、面白い人物列伝など、ゲストの博学には驚嘆させられたし、大いに刺激を受けたのは言うまでもない。「貴重な雑学」とも言える幅広い勉強ができたことがありがたかった。

そうした勉強会を重ねて、ドラマ・シナリオの作成に入って、確か三回分位までシナリオ化をはかった。『笑魂』と題名をつけたものであったが、遂にそれは日の目を見ずに終わってしまった。企画が実るということが、とても難しいことがよく分かることになったが、収集した資料や勉強の成果は手元に残った。私にとっては制作部に「お笑い」を共に語る同志ができたこともありがたいことであった。

私の企画の仕事は、一九六七年（昭和四二）三月の機構改革で「番組企画委員会」がなくなって終わった。その間、私の提案は一本の企画も実現しなかったが、企画は、創造と想像の力量が問われる仕事であるが、同時に実現する行動力がないと日の目をみないということがよく理解できた。

千日前の歴史や大阪の芸能史を勉強していくなかで、私の大阪への関心が一段と目覚めていった。ホール落語にも顔を出し、角座やなんば花月、うめだ花月や新花月などの演芸場もよく見て回った。寄席めぐりをするなかで、それまであまり思い出したこともない子ども時代のことを思い出すことになった。これは不思議な感覚と言うべきだろうか。子ども時代に父親に連れられて行った寄席が思い浮かぶのであった。終戦前はどこの寄席だったかは明瞭でないが、終戦後は確か「戎橋松竹」であったと思う。戎橋松竹の戦後の開場は一九四七年（昭和二二）であるから、私が中学生であった頃になる。長い間忘れていたものが甦ってきた思いであった。

親が子どもを演芸場に連れて行くということ、それは子どもにとってはまさしく体感であったので、深く印象に刻まれたのだと思う。今のようにただテレビで見たというだけでは、簡単に忘れ去られてしまうであろうが、体感するということで、大阪の「お笑い」が私のなかに何かを残したのだと思われる。

今日の子どもは、幼いときからテレビに馴染んで育つから、親は子守り代わりにテレビを使い勝ちであるが、子どもはそれで全てを見たという錯覚を起こす。テレビに写ってないものは、知らなくて当然という感じになって、実際の現実への認識を欠いてくるという現象が起こる。現実世界はこんなに広くて、テレビに写らない世界が一杯あるのだということは、親なり祖父母が子どもを外に連れ出して体感させる必要がある。

テレビが写す「お笑い」は一部に片寄っていて、テレビで知って全部を知ったように思うのは危険である。また現実の寄席空間の再現は、テレビでは不可能であり、子どもに現実の寄席空間を体で感じ取る経験を与えておくことがとても大事なことと思う。現実経験の記憶は、持続して残るが、テレビ視聴の体験は、あまりに日常化していて、次から次へと忘れられて行ってしまう。

6 「考査」担当でテレビとは何かを考える

「番組企画委員会」という組織が無くなって、私は「編成部」に所属が変わると同時に仕事の内容も変わった。一九六七年（昭和四二）三月のことであった。「番組企画委員会」の発足が一九六四年（昭和三九）六月であったから、企画の仕事は、長くはなかったが、この間に特別に「大阪の笑い」への関心が目覚めたように思う。目覚めたと言うよりも、子ども時代からずっと馴染んでいた大阪の「お笑い」が甦ってきたような感じであった。

現在でもそうだと思うが、大阪で育つと、小さい子どもの頃から「お笑い」の洗礼を受けてしまう。「お笑い」好きの親に連れられて、ごく自然に演芸場の雰囲気を体験し、またテレビやラジオで流れる「お笑い番組」を子守唄のようにして成長するところがある。

私もその類で、子ども時代に刻印された「お笑いＤＮＡ」は、今日もなお消えることがない。商売人の家庭で育つと、それは一層顕著に残ると言える。店員同士が交わし、また彼らが客と交わす会話を聞きながら暮らしていると自然に「大阪風」を身につけてしまう。

「大阪の笑い」への興味は、「編成部」に移っても変わりはなく、「お笑い」をよく見て歩いていた。と言っても、「編成部」における私の仕事は、「お笑い」とは縁がなく、「笑ってはおれない」別の仕事にあった。

テレビ局で、「制作」や「報道」、「営業」、「技術」などという部門は、その名称から仕事の内容が大体見当がつくが、「編成」という部門は何をするところなのか、友人からも「編成って何?」と、よく訊かれたものである。簡単に言えば、「制作」は個々の番組を作るところであるが、「編成」とは半年とか一年先を予定して、どの時間帯にはどんな番組を、どんな方法で放送するか（外注か自社制作かネット受けか、何局ネットでなど）を決めるセクションということになる。編成には、放送に必要なさまざまな情報が集中し、「編成」はそれらの情報の連絡・調整をしながら意思決定の役割を担っていくわけである。

連絡・調整の任に当たりながら、私に課せられた仕事は、「考査」という仕事であった。入社して初めて配属されたのが「審議室考査課」であったが、「編成部」における「考査」の仕事は、以前のものとは全く違っていた。放送法や自社の番組放送基準に照らして、番組やCMが適正であるかどうかの判断を下すという仕事であった。放送番組に対するお目付役である。

番組・CMの一部修正や、時には番組・CMの放送中止という決定を下さなければならない場合もあった。と言っても私が下すわけではなく、私はその理由を説明し意見を述べるだけで、問題の性質によって、編成部長レベルで決定される場合もあるし、編成局長まで行く場合もある。問題によっては、社長レベルで討議され決定が下されるという場合もある。しかし日常的には、まず私が判断して上司に報告するという形をとる。

放送局は、放送法のもとに運用されるから、新聞社や出版社とはちょっと違った組織になっていて、どの放送局にも外部有識者で構成される「放送番組審議会」という機関が設置されている。そこに会社側が問題を諮問して意見をきくという手続きを取る場合もあって、意見が出されれば、「尊重して必要な措置をしなければならない」と放送法は規定している。もちろん、放送法と社の番組放送基準を遵守するという義務は、番組・CM制作に従事する全ての社員に課せられているのだが、それを社内で専門的に行うのが「考査」の仕事であった。

朝、出勤をすると私のデスクにまず何冊かの台本が積んである。事前に目を通せるものについては、まずは読んでチェックをする。疑問に思ったら、番組プロデューサーに電話で問い合わせる。番組のプロデューサーやディレクター、営業やCMの責任者などが、「放送基準に反するかどうか」と、先方から事前の相談を受ける場合もある。アドバイスをしたり、事前の試写を見て意見を述べたりというのが日常の業務であった。

番組は「表現物」であるから、どこまでの表現なら許されて、どこまでなら「放送基準」に反するのかどうかの判断は、非常に難しい。自主規制であるから、制作者の意図を十分に汲みながら、それでもここが行き過ぎではないかと、根気よく話し合いをしたものである。業務命令のような上からの命令で、というのならば簡単であるが、自主規制であるから、話し合いを大事にした。

「放送の中止」という判断を下すのは、とても難しい。「放送基準」に反すると言っても、基準では抽象的にしか書いていないから、何故それが放送に適さないかということが議論になる。考査担当者として、その理由を説明しなければならない。「電波の公共性」「放送の倫理」「テレビの公共性」「テレビの影響論」などに遡って、放送の是非を論じたものである。頭の痛い仕事ではあったが、すごく勉強になった仕事であった。

放送番組に関して外部から苦情が寄せられる。それらは、まず考査担当者のところに回される。苦情は、殆どが電話で寄せられるが、問題によっては、来社して抗議する人もあった。外部からの苦情や抗議に対しても、私は話し合うことをモットーとしていた。放送局としての言い分も言わずに、ただ謝っておけば済むとは考えていなかった。強く印象に残っているのは、差別問題で、番組上の表現が、差別的であるという抗議を「差別反対運動」の団体から受けた時であった。電話で「社長を出せ」という要求から始まって、最後には、本部まで出向いて説明せよという「呼び出し」を受けたことがあった。それは抗議集会に出席するということを意味していた。何回かの電話のやりとりで、編成局長が出席をするということで折り合い、私と局長とで、先方に出かけたこともあった。

7 大学のスタッフとの番組研究

編成部における「考査」の仕事は、私が依願退職する一九七三年（昭和四八）三月まで続いた。六年間の仕事であったが、「考査」だけの仕事をしていたというわけではない。上司から命じられてするのではない仕事もしていたのである。自分で買って出てする仕事である。

とは言っても上司から認められていなければならないが、こういう仕事は何と言えばよいのであろうか。本来の業務がメジャーの仕事とすれば、マイナーの仕事ということになろうか。もちろんそれがメジャーの仕事の支障にならないようにという前提があるが。私のいた当時の放送局の組織には、フォーマルな業務分担の外に個人の創意を生かすゆとりをもっていたように思う。個人として動ける自由があったわけである。

当時の読売テレビは、業界研究誌として『YTV REPORT』という雑誌を発行していた。この雑誌は、読売テレビが誕生してまもなくの一九五九年（昭和三四）に隔月刊として発行され、研究誌的な性格が評価を得て、放送業界だけでなく広告主関係においても、よく読まれ話題になっていた。当時としては、アメリカ放送業界の紹介などは貴重なレポートであった。

私は、仲間を誘い編集部の協力を得て、「テレビ番組ベストテン」という番組研究の企画をその『YTV REPORT』に連載することになった。一九六七年（昭和四二）一〇月からスタートして一九七〇年（昭和四五）一二月まで、まる三年余に渡って連載を続けた。

レギュラーの研究グループを組織して、共同研究を行ったのである。レギュラーメンバーは（肩書は当時のもの）仲村祥一氏（熊本大学教授）、津金沢聡広氏（関西学院大学助教授）、井上俊氏（神戸商科大学講師）、内田明宏氏（編成部）、そして井上宏（編成部）の五人で、仲村祥一氏をリーダーにして、テーマの決定から、討論、原稿のまとめをすべて共同で行った。時折、テーマによってゲストを迎えるときもあった。執筆の担当者を決めて議論をして、各自がメモを執筆者のもとに送り、メモの採否は執筆者が取捨選択をして原稿化するという方法をとっていた。

議論は会社の保養施設である「六甲ビラ」を利用し、泊り込みで行うことが多かった。泊まり込みではもちろんアルコールも入ったが、今思い返してみても実に楽しい研究会であった。その成果は、後の一九七二年（昭和四七）六月に『テレビ番組論〜見る体験の社会心理史』という題名で、読売テレビ開局一〇周年記念の「YTV REPORTシリーズ」の第五巻として発行された。

大学スタッフの協力があってはじめて可能な企画であったが、とりわけ仲村祥一氏のリーダーシップが今でも強く印象に残っている。アメリカのテレビ映画からドキュメンタリー、プロレス、歌謡番組、時代劇、刑事ドラマ、ホームドラマ、ワイドショー、アニメーションなど、テレビメディアの誕生から一九七〇年（昭和四五）までの番組を取り上げている。

テレビを「見る」体験の意味や、「低俗番組批判」などテレビ論についても論じている。そんななかで、大阪局の制作になる喜劇やドラマ、視聴者参加番組についても触れ、「上方ものとは何か」についても論じている。

「上方もの」で取り上げた番組を列記してみると、お笑い系で「番頭はんと丁稚どん」（ＭＢＳ）、「親バカ子バカ」（ＹＴＶ）、「お好み新喜劇」（ＡＢＣ）、「てなもんや三度笠」（ＡＢＣ）、「ヤング・おー！おー！」（ＭＢＳ）などを分析の対象にしている。ドラマ系では、「横堀川」（ＮＨＫ）、「土性っ骨」（ＫＴＶ）、「うどん」（ＫＴＶ）、「船場」（ＫＴＶ）、「道頓堀」（ＹＴＶ）、「友禅川」（ＡＢＣ）、などを組上にのせている。その他にも「夫婦善哉」（ＡＢＣ）、「おやじバンザイ」（ＡＢＣ）などの視聴者参加番組がある。深夜時間帯の既成観念を破って登場した「11ＰＭ」（一九六五年（昭和四〇）開始）についても分析を試みている。

このときの「上方もの」分析は、その後の私の大阪文化論のベースになったと言ってよい。今でも印象に残っている仲村祥一氏の言葉を次に引用しておきたい。「上方ものに共通の価値観というようなものがあるとすれば、それは楽・利・根・和といったところであろうか。生活を楽しむ。損をしない。ねばり強く頑張る。そして世間さまとは仲良くする。こんな価値観が率直に出される。ハッタリはあっても虚飾はない。ええかっこは楽しくない。ズバリそのものの方がおもろい。人生には苦しいことや涙もあるが、とことんのところでは楽しいものだし、楽しむべきものだ、そこに意味があり、生きがいもある」。（ＹＴＶ編『テレビ番組論　見る体験の社会心理史』読売テレビ放送、一九七二、二一九頁）

独断的なテレビ番組批評は多いが、多様な視点をかまえての「番組研究」がなされていないのが実情ではないだろうか。テレビ研究にとって、個々の具体的番組についての社会的意味を問う「番組研究」

は欠かせないと思う。昨今のメディア変容が著しいだけに、ハードに焦点を合わせたメディア論ばかりが盛んであるが、内容に焦点を当てた『テレビ番組論』のような仕事が見直されてもよいのではないか。今でも番組の制作者や研究者には読んで欲しい本だと思っている。残念ながら絶版である。

8 大阪万博と漫才ブーム

「漫才ブーム」と聞けば、多くの人は一九八〇年（昭和五五）の時のブームを思い起こすのではないか。テレビから起こり、またテレビで騒がれたブームであった。各テレビ局が競って漫才番組を編成したのが思い出される。それより一〇年遡ると、同様の漫才ブームであるが、劇場から起こったブームがあったことに気がつく。それだけ変わったわけである。

一九七〇年（昭和四五）に大阪で万国博覧会があって、大阪の街には人が溢れ、演芸場にもたくさんの観客がおしかけた。演芸界には「漫才ブーム」が訪れ、各席とも観客が溢れかえっていた。ブームは、新人の登場があって先輩たちが下支えをする形の漫才群が出来上がるときに起こるようだ。

新人クラスとして、横山やすし・西川きよしを先頭に若井ぼん・はやと、正司敏江・玲児、コメディNo.1、レッツゴー三匹、中田カウス・ボタンなどがいて、先輩群には、三遊亭小円・木村栄子、中田ダイマル・ラケット、海原お浜・小浜、夢路いとし・喜味こいし、島田洋介・今喜多代、かしまし娘、若井はんじ・けんじ、上方柳次・柳太、人生幸朗・生恵幸子、鳳啓助・京唄子などがいた。

私はこの時、直接「お笑い」に関係する仕事はしていなかったが、寄席めぐりはよくやっていた。これも先に触れたマイナーな仕事の部類に入るのかも知れないが、「寄席演芸に関するアンケート調査」を私がいた編成と制作、宣伝の共同の仕事として、実施しようということになった。「お笑い」関係番組の編成・制作に役立つような資料を得るのが目的であった。このような調査はそれまでになされたことはなく、初めての試みであった。

一九七一年（昭和四六）八月二一日に「なんば花月」、一二月四日に「角座」、七二年三月二二日に「うめだ花月」、入場時にいずれも四〇〇人に用紙を配布して、退場時に回収するという方法で実施した。私自身も入り口で用紙の配布をして回収にもまわった。有効回収数は、「なんば花月」が三〇一、「角座」が三六〇、「うめだ花月」が三一五であった。

調査結果の一部をひもときながら、当時の「なんば花月」の観客の実態を浮かび上がらせてみよう。まず大入り満員である。正午からの開演なのに一一時頃から客が詰めかけ、開演時にはほぼ客席が埋まり、二時から三時頃になると、立見席も一杯で、人の肩越しに見なければならなくなってくる。夏休み期間中ということもあり、子ども連れが目立つ。男女差は殆ど無く、二〇代が一番多くて全体の三四・二％、殆どの人が、友だち、夫婦、親子、恋人などの連れと来ている。出身地では西日本出身の人が大半で、中でも大阪府下出身が三八・二％で圧倒的に多い。愛知県以東では合計で四％しかない。現住所で見ると、大阪市内が二四・三％、その他の大阪府下が四〇・五％、それ以外は二一・〇％となっている。

寄席に来る理由としては、上位三位に「寄席そのものが好き」「寄席の雰囲気が好き」「テレビで見ておもしろいと思った」が上がり、次いで「好きな出演者が出ている」「家族連れで楽しめる」が上がっている。「寄席そのものが好き」と答えた人が三演芸場の平均で四三・三％、「寄席の雰囲気が好き」が三一・九％となっており、この当時ではまだ「寄席ファン」が顕在で、テレビとの相乗作用も生きていたと考えられる。後の一九八〇年（昭和五五）に「漫才ブーム」が訪れるが、これは「テレビ漫才ブーム」と言ってもよいものであった。

七〇年の万博ブームで湧いた演芸場も徐々に観客が減りだして、七六年（昭和五一）には「神戸松竹座」が閉館、七七年に「トップホットシアター」が閉鎖。八三年（昭和五八）には「新花月」が休館、八四年には「角座」が閉館（「浪花座」に転じて八七年再スタート）、八七年には「京都花月」も閉館というように、演芸場の退潮が目立った。

吉本興業は、八六年に「心斎橋筋2丁目劇場」をスタートさせ、八七年（昭和六二）に「なんば花月」を閉鎖するが、同年一一月に「なんばグランド花月」を新築した。吉本は、八〇年の漫才ブームを受けて、八二年（昭和五七）に「吉本総合芸能学院」（ＮＳＣ）を開校。新人漫才の育成をはかることにし、実際にここから新人の多くが育っていった。

時代の趨勢は、演芸場からテレビ優位の状況が生み出されていくが、人材が育つには、実際に観客を交えての「寄席空間」が必要で、赤字を出しても劇場の確保が大事となる。

その後では「なんばグランド花月」や「ｂａｓｅよしもと」「うめだ花月」、それに「Ｂ１角座」などが定席となるが、それに一九九六年（平成八）からスタートした大阪府立上方演芸資料館（ワッハ上方）が提供する「レッスンルーム」や「ワッハホール」の貢献も指摘しておかなければならないだろう（その後、上方演芸資料館が縮小され、「レッスンルーム」は消滅、「ワッハホール」は、吉本興業が引き取って「漫才劇場」として使用）。

一方テレビの方を見てみれば、「お笑いブーム」の到来と言われているが、まさにテレビ向きの芸が人気を呼んでいる。例えば『エンタの神様』などの番組から一人芸の活躍が目立って話題となる。それは「テレビ芸」であって、舞台での芸がうけているとは思えない。芸はメディアを選ばないということはあるが、テレビから生まれた芸は、テレビ色が強い。ビジュアル性の強調、断片的笑い、異様なオンリーワン的誇張などが目立ち、舞台芸とは違ったものが生み出されているように思われる。

もし、七〇年代当時と比較できるような「寄席演芸場の観客調査」が行われたとしたらどんな答がでるであろうか。

大学の非常勤講師を務める

会社での所定の業務を行いながら、私は大学から非常勤講師の依頼を受け、一九六九年（昭和四四）四月から七〇年三月までの一年間、関西大学社会学部の教壇に立つことになった。社会学部の「マス・コミュニケーション学専攻」から、放送現場の経験があって、講義のできる人ということで招かれたのであった。三三才のときである。

担当の科目は「放送学各論」という講義で、講義の準備ができるだろうかという不安もあり、どうしようかと思いながらも会社の許可が得られれば「やってみるか」、と決心して会社に話すと許可が出たのであった。許可が出たらやるしかないと、不安もあったが覚悟を決める。

授業は五限目で午後四時一〇分始まりであったから、会社を三時には出なければならなかった。週一回の早引きである。これも会社の仕事さえしておればよいという考え方からすれば、余計な仕事を敢えて引き受けたことになる。

非常勤とは言え、大学側の教員審査に合格する必要があった。それには、何か評価の対象になるものが要求される。論文とか著作があるかどうか、制作や報道関係であればどんな番組を作って受賞作品があるかどうかとか、何らかの審査の対象になるものが必要であった。

私の場合は、編成部にいて書いた論文が一本あったのでそれを提出した。「テレビ的技法の展開〜ドキュメンタリーを中心にして」（『*Kyowa AD Review*』一九六八年八月）というもので、これまでの生中継の時代、フイルム・ドキュメンタリーの出現、ニュースショーの登場までを分析し、テレビの「同時性」をめぐって、テレビ的技法を考えたものであった。

テレビが他のメディアと相違しての特徴に「同時性」がある。送る側と見る側が「同時」に見てしまうという特徴であり、現場での時間が「現在時間」として見る側とで共有される「同時性」である。この特徴を生かした番組作りの方法とその意義について考えたものであった。

非常勤講師に採用されることが決まったが、問題は一年間何を講義するかである。私は、現場での経験を生かすのが一番と考え、「編成・制作論」というものを考えた。年間三〇コマ、休講があってもそれに近いコマ数はやらなければならない。一コマ九〇分の授業で、用意ができるかどうかである。

初めての講義は、緊張していたのは覚えているが、一回目の講義をどんな風にして済ましたのかは記憶にない。緊張は講師控室で待機しているときがピークで、お腹が痛くなり、それでよく覚えているわけである。教室は、社会学部でも一番大きい五〇〇人ぐらいは入る一〇一教室が割り当てられて、学生が多いのに驚いた。

現実に講義が始まると、準備したノートの内容がすぐになくなってしまう。講義の要領がよく分からなかったということもあって、事前の勉強の大変さを経験することになったが、元々こういうことをしてみたいという性向があったからであろうか、勉強は苦にはならなかった。勉強を会社でというわけにはいかないので、専ら家でノート作りをしていた。日曜や祭日も家で勉強することが多く、家族にしてみれば、遊びに連れて行ってくれないという不満があったと思う。家内が「ご近所で新幹線に乗ってないのは私とこだけよ」と言っていたのを思い出す。

当時の放送関係の書籍で、今でも思い出すのは、後藤和彦『放送編成・制作論』（岩崎放送出版社、一九六七）、W・リンクス『第五の壁テレビ』（山本透訳、東京創元新社、一九六七）、藤竹暁『テレビの理論』（岩崎放送出版社、一九六九）、萩元晴彦・村木良彦・今野勉『お前はただの現在にすぎない』（田畑書店、一九六九）などがあった。中でも後藤和彦氏の『放送編成・制作論』が役立った。NHKを念頭に置いての理論であったが、私は、それを下敷きにして放送局の「編成の論理」を整理し、それに民放の「営業活動」を加えて「編成・制作論」を組み立てた。勉強のお蔭で、論文も書き出すようになった。非常勤講師を務める間に書いたものとして、「PT化時代の編成とセールス」（『YTV REPORT』一九六九年一〇月）と「放送倫理基準と自主規制」（『YTV REPORT』一九七〇年二月）の二本がある。

関西大学からは次年度も引き続いてと依頼されたが、会社の許可がおりなかった。現場の局長までは了解してくれたもののトップの許可がおりなかった。前例がなかったのかも知れないし、私の将来を含めて、何か心配させるものがあったに違いない。

講師は一年間で終ったが、教えることが自分のテレビ論を構想するまたとない機会となったことは確かである。テレビは、当時で言えばまさに「ニューメディア」で、その急速な普及はめざましく、テレビの「社会的影響」と同時に「社会的責任」についても論じられるようになり、この新しいメディアを「社会的コミュニケーション」のなかでどのように位置づけて考えてゆけばよいのか、学会でも業界でも活発な議論があった。「テレビ低俗論」「テレビ悪玉論」というのもあった。

会社の業務として、私は「考査」を担当していたから、視聴者からのテレビ批判を直接聞く立場にあった。電話で批判を受ける場合が多かったが、時には局を訪ねて見える人もあった。イデオロギー上の、時には社会的差別の問題など、団体からの抗議を受けることもあった。

さまざまな応対を経験するなかで、誠実さと忍耐が必要であることを身をもって経験し、同時に「テレビとは何か」を一層深く考えさせられることになった。

10 現代社会の「広場」としてのテレビ

私がテレビ局に入社した一九六〇年（昭和三五）当時は、テレビはまさにニューメディアであった。五九年の皇太子ご成婚（平成の天皇皇后両陛下）、六四年（昭和三九）の東京オリンピック、七〇年（昭和四五）の大阪万国博など、それらの国家的イベントのテレビ中継を節目として、テレビは国民の間に急速に浸透していった。テレビについてのメディア論も活発になされた時期である。「テレビとはいかなるメディアと考えるべきか」「どんな社会的コミュニケーションを担っているのか」「テレビが子どもに与える影響とは」「テレビの公共性とは」など、議論は尽きることなくなされたものである。

プロレス中継での出血を見てショック死した人が出たり、家庭でのチャンネル争いで殺人事件が起こったり、テレビの真似をして重傷を負う少年が現れたり、テレビに関係しての事件が絶えなかった。

私も放送局の現場にあって、テレビというメディアをどのように考えて、送り手はどういう態度で番組の編成・制作に当たるべきかについて考えていた。一九六〇年代のテレビ局は、外注などなく、ほとんどの番組を自社制作していた。スタジオはいつもフル稼働と言ってもよい状態であった。

人目をひく有名なスターたちはもちろん、政治家や財界人、学者や評論家、歌手や落語家、漫才師、俳優、芸妓、医師、歌手、僧侶、自営業者、会社員、スポーツ選手、その他諸々の職業の人々がスタジオを行き交っていた。テレビ局は多様な番組を作っていたわけだから、テレビスタジオは、自ずと多様な人々が行き交う場でもあった。

私は、制作に関係していたわけではなかったが、スタジオの光景を見るのが好きだった。仕事の合間をみては、スタジオをのぞいていた。煌々と明るいスタジオは熱気を帯びて緊張が漂い、フロマネ（フロアー・マネージャー）が出す「キュー！」の合図は、非常に格好よく見えた。

さまざまなそうした光景に接するうちに、私はスタジオという場が不思議な場に思えてならなかった。これほどにさまざまな人々が行き交う場は、現代社会ではテレビ局しかないのではないか。金持ちも貧乏人も、年寄りから幼児まで、男女の別も無く、社会的な階層や職業にも関係なく、多様な人々が行き交う。そして政治的な左翼も右翼も、イデオロギーで対立しあっている者さえ引っ張り出して議論させる。これはまさに現代における「広場」ではないかと思うようになった。テレビ局は、現代社会において「広場」を作り出している主体であり、適確な「広場」を作り出す責任を負っている主体ではないかと考えるようになった。

まだメディアが発達をみていなかった時代、例えば古代ギリシャの都市国家においては、「アゴラ」と呼ばれる「広場」があった。古代ローマでは受け継がれて「フォールム」と呼ばれた。「広場」は街の中心で情報が集まり、そこは市民の会話と憩いの場となり、祈りや教育、政治討論の場でもあり、またお祭りや市場にもなるというように、市民活動のセンター的役割を果たしていた。「広場」は人々をつなぐ場であり、社会の諸々の活動を中継する「連鎖環」の役割をはたしていたわけである。

今日でもヨーロッパの都市を歩くと、古くから存在する広場に出くわす。それらは今も尚、憩いの場や市場、お祭り広場や市民集会の広場などとして利用されている。しかし、その公共の「広場」も、コミュニティーの規模が大きくなり、交通網の発達した現代社会では、多数の参加は難しく、自ずと機能が限定されざるをえない。

近代社会に入ると、アゴラの機能は分化し、それぞれの専門施設を持つようになる。憩いの場は「公園」に、政治討議は「議会」に、裁判は「裁判所」に、市は「市場」に、芸能や芸術公演は「劇場」に、教育は「学校」に、祈りは「教会」でというように分化発展を遂げた。とは言え、今も残る広場は、お祭り的な大集会の場に使われるし、さまざまな市民の行き交う場所となっている。こうした「広場」も、人や物、情報を媒介する機能を担っているのだから、私はメディアの一つと考えるのが至当と考えた。印刷系や電気系と区別して、「空間系メディア」として捉えておけばと思ったのである。

印刷や電気系のメディアが発達した現代社会を考えると、かつての「広場」を担うにふさわしいメディアは何なのかという問題が浮上する。私は、テレビ時代を迎えた社会では、テレビこそが「広場」にふさわしいメディアではないかと考えた。時間メディアとして、その時々の社会を映し出す「社会的コミュニケーション」のメディアとして、テレビを位置づけすることが可能と思えたのである。

電波メディアのテレビは、その時代のなかでいかにふさわしい「広場」をつくりだすか、雑多ではあるが、国民がさまざまな情報に触れられる場にすることが重要で、その実現に放送局は責任を負っているのだと考えたのである。

そんな考え方に立って、テレビ局在職中に矢継ぎ早に論文を書いた。「電波テレビにおける番組制作〜

テレビ広場主催者論の試み」（『放送倫理情報』No. 91、一九七〇年七月）、「ネットワークと編成の論理」（『YTV REPORT』No. 76、一九七一年九月）「編成機能の主体確立への道」（『月刊民放』Vol. 3, No. 8、一九七二年四月）、「交流のひろばとしてのテレビドキュメンタリー」（『放送朝日』No. 224、一九七三年二月）などである。

これらの広場論を、私は大学に移ってから更に追求することになった。転籍してすぐに『月刊民放』の編集部から連載原稿の依頼を受けた。七四年（昭和四九）一月号から「組織と編成の活性化をさぐる――送り手ソシオロジー試論」を連載するチャンスが与えられた。まさにチャンスであった。講義をしながら毎月八〇〇〇字程度の論文を用意するのは苦労であったがやりがいがあった。一二回の連載で、テレビ局での経験を踏まえた自分なりのテレビ論をまとめることができて一つ脱皮したような気がしたものである。連載原稿を基にして、一九七五年（昭和五〇）初めての単著『現代テレビ放送論～送り手の思想』（世界思想社）を送り出すことができた。私の処女出版であった。

11 テレビの「全裸表現」はどこまで可能か

裸の露出は、テレビ放送がはじまって以来、テレビ局にとっては、悩ましい問題であった。よみうりテレビでは、深夜番組として名を馳せた「11PM」という番組を放送していて、「おいろけ」をどこまで許容するか、考査担当者としては、まさに悩ましい問題であった。私は、「北欧視察」に出かけたときのことを思い出す。テレビ局に在職中、海外取材で出かける報道や制作に関係していなかったので、海外に出かけることは先ずないと思っていたのだが、番組考査の仕事をしていた関係で、「マスコミ倫理」関係団体の海外視察に参加できたのであった。

映画・新聞・週刊誌・ラジオ・テレビなどのマスメディアで構成する「マスコミ倫理懇談会」という機関が組織されていて、その主催で「マスコミ欧州視察団」が編成され、それへの参加が許可されたのであった。一九七二年（昭和四七）のことである。

七〇年代の初頭は、アメリカのベトナム反戦の運動からヒッピーが登場、ジーパン、ロング・ヘアー、麻薬・マリファナ、フリー・セックス、ポルノなどが話題となった。日本にもその影響があって、「セックスと暴力」の過剰な表現が、映画、週刊誌、テレビなどのマスメディアで目立つようになっていた。「ポルノ・ブーム」とさえいう呼び方があった。

そんな世相を抱えて、「ポルノ解放」で話題となった北欧を視察勉強しに行くことになったのである。「北欧に視察」というだけで、多くの同僚からは「ポルノ視察か」と冷やかされていた。

視察の課題は「性と暴力表現」についてであったから、当地におけるマスメディアにおけるさまざまな表現について勉強するというスケジュールをこなし、一方では私はできるだけ多くの広場を歩いて写真を撮って歩き回った。「テレビ広場論」を考えていた私にとっては、現実の広場を是非この目で確かめておきたいという思いがあった。

ソ連、フィンランド、スウェーデン、デンマーク、オランダ、ベルギー、イギリスと回ったが、「性表現」については主として、スェーデン、デンマークで実際を見て、関係者の話を聞いた。両国は一九六九年（昭和四四）に既に日本の刑法一七五条にあたる「ワイセツ文書図画」の制限条項を全て廃止していたので、その経験を聞かせてもらったわけである。解禁した時は、混乱を招いたが三年後の今では落ち着いてきている。ポルノショップなどは時々摘発されてつぶれるところがあるが、それも脱税問題で、本筋とは関係がないということであった。

結局は「個人の自由」の追求をつきつめて行くと、「性表現」の問題も原則自由となって、後は、青少年の保護対策をどうするかという問題と「見たくない人」に見えないようにするにはどうするかが課題として論じられていた。

視察旅行は帰国後に報告書を出すが、私は会社の『社内報』と『民間放送』（日本民間放送連盟発行）という新聞に報告を書いて発表した。手元には『民間放送』（一九七二年（昭和四七）六月一三日）の記事が残っていた。かなり昔の原稿であるが、懐かしく読み直しをしてみた。

スウェーデン側の説明では、ポルノと裸の表現とは分けており、ポルノとは「学術的ないしは芸術的でないセクシャルなモチーフをもって人を挑発するもの」と定義され、人の裸については「ノーマルでナチュラルなフォームで全裸であったりする」のはかまわないという考え方である。スウェーデン放送協会のニュース・エディターの話として、「裸についてはもちろんテレビでもうつる。陰毛も性器もナチュラルなフォームで取り扱われている。陰毛を消したらアンナチュラルだ。われわれはポルノを制作しているわけでないし、制作する意図もない」というコメントを紹介している。

私の結論はこんな風になっている。「性の問題にはその国の風土なり、歴史的社会的条件が複雑にからまりあって」いるので、「性表現を問題にしていく際には、そこから問題を提起し、望ましい性観念を探っていく中で考えてゆきたいと思う」と締めくくっている。彼我の差が余りにも大きかったので、日本人の感覚ではちょっとかなわないなという印象を抱いたわけである。

「個人の自由」「表現の自由」を観念的に追求していくと、北欧的な解決法にゆきつくのであろうが、観念優先で事を決めるのに抵抗感があった。表現の問題は、風土と歴史を背負っており、何でも西欧を真似してよいというものではなかろう。「ノーマルでナチュラル」であれば見せてもよいのかとなると、そうとも言い切れないという気持ちであった。

視察目的もさりながら、私の初めての北欧は、季節も春で、空は澄み、花は咲き乱れ、街を歩くことがとても爽やかで、気分爽快であった。公園や「広場」も見てまわった。朝市に利用される「広場」は、さまざまな人が行き交って、その人達を見ているだけで飽きなかった。バスで郊外に出ると、太陽の輝きの中で人々は裸になって芝生に横たわり体一杯に日差しを浴びていた。そうなんだ、北欧では殆ど太陽が照ることが少なくて、この季節の日光浴は貴重な一時なのだということに気がついた。ここでは裸は「ナチュラル」なのだと納得したのを覚えている。

12 深夜帯を開発した「11PM」

放送局は、マスメディアと言っても、新聞社や出版社と違って、放送法の下で政府から免許を得て運営されており、局の「番組基準」を定め公表して、それに従って番組の編成・制作に当たらなければならないとなっている。民放の場合は、民間放送連盟が定めた「民放連放送基準」に準拠しており、局によってはそれに基づいての具体的指針として「ガイドライン」や「内規」を設けているところがある。基準があるからと言って、問題が起こらないというわけではない。あくまでも自主規制であるから、基準には解釈が入るし、具体的表現をめぐっては意見の相違も生まれる。

編成部にあっての、私の番組考査の仕事は、放送基準を念頭におきながら、台本を読み、試写に立ち会いながら、具体的な表現について点検をしたり、相談にのったり、アイディアを提案したりすることであった。私の担当していた当時は、番組の「編成権」は編成局が担うという考えで「編成」が責任を負っていた。

一九七二年（昭和四七）の北欧視察から帰って、私は私なりに影響を受けて帰ってきたことは確かであった。北欧で言うところの「ノーマルでナチュラル」な表現というのは、日本の状況に置きかえると、どんな内容になるのであろうか、そんなことを考えていた。

その当時の「民放連放送基準解説書」（一九七〇年版）の全裸に関する基準では、「全裸は原則として避ける。肉体の一部を表現するときは、劣情・卑猥の感を与えないように注意する」と書いており、その解説欄では「現状では、まだヌードが家庭生活の中に定着しているとはいえない。このような社会的背景から見ても全裸を無造作に扱うことは避けるべきであり、また肉体の一部でも、乳房、でん部、ももなどの描写については、おのずから限界がある」としていた。

当時を思い出して一番印象に残っているのは「11PM」という番組である。倫理考査の観点からは、問題をよく起こす番組であった。

「11PM」は、一九六五年（昭和四〇）一一月にスタートし、一九九〇年（平成二）三月までの長きに渡って続いた番組である。午後の一一時一五分から始まり、月曜から金曜までの深夜時間帯の開発に成功した番組で、大阪の読売テレビは、火曜と木曜を担当していた。東京の日本テレビ制作は大橋巨泉が司会をし、大阪は藤本義一が担当した。深夜時間帯ということで、時代を賑わす社会風俗を反映させながら、旅やゴルフ、競馬、お座敷芸などの遊び、ヌードやセックスの話題など、肩の凝らない軟派路線を特色とした。

大阪制作では藤本義一の融通無碍な司会が一見危なげな内容を巧みに裁き、「笑いとユーモア」を大事にしていた。木崎国嘉ドクターと安藤孝子との対談コーナーなどは思い出しても懐かしい。ユーモアと京都弁の柔らかさで包んだ「大人の会話」が工夫されていた。そうは言うものの、視聴者からの抗議が再々舞い込み、電話口で「子どもに見せられない！」「公共の電波を使って何を放送するのか！」などと怒鳴られることも再々であった。

しかし、性に目覚める年頃の青少年にはとりわけ人気があって、彼らは親の前では見られないので、いったんは寝た振りをして親が寝たら起き出して見ていたという、そんな声も寄せられていた。ウラ文化的な効用を果たしていたわけだ。

夜の一一時過ぎからの深夜放送なので、メインストリートに対する裏通り的な感覚での話題を取り上げ、またアルコールも混じるというスタジオの進行であった。しかし、放送は放送なので「子どもに見せられない」という批判を浴びたが、「こんな遅い時間まで子どもが起きているのがおかしいではないか」と反論するディレクターもいた。

世間では、PTA団体などのアンケート調査で「ワースト番組」というのが発表されていたが、「11PM」は決まって「ワースト番組」に入れられ、「低俗番組批判」の矢面に立たされていた。視聴者ばかりでなく、時にはネット局の考査担当者から「やりすぎ」の批判を受けたりしたこともある。真面目すぎる視聴者の中には、直接に監督官庁の郵政省に抗議する人もあった。そうした時に大概は日本民間放送連盟を通じて問い合わせを受けることになる。もちろん、外部者には番組に干渉する権利はないのだが、視聴者から電話やはがきの問い合わせが寄せられて困っており、どんなことが放送されたのかを知っておきたいので教えてほしいと訊いてくるわけである。

「11PM」は原則的に生放送であったので、台本を事前に読んでも、中味は殆ど分からない。コーナーの名があって中味は「よろしく」と書いてあるだけである。私は注意が大事かなと思うと、事前にプロデューサーに内容を確認していた。

ある日、生放送でバスタオルを巻いていた女性がタオルを落としたために全裸が映ってしまうというハプニングがあった。不注意で落としたということであったが、私は意図的にそうしたのであろうと思った。そこまでして全裸を出したいのかと思っていたが、この出すか出さないのかの際どさが、視聴者の関心事でもあったようだ。際どい内容の時の方が視聴率が高くなるのであった。

考査の仕事は、何もなかって当たり前、何かあると視聴者からいつも批判され、怒られるという仕事であったが、ぎりぎりの表現を狙うディレクターの手腕に感心もしていた。司会の藤本義一のとぼけた言いまわし、とりわけユーモアによって笑いをとってしまう方法に救われることが多かった。笑いは大事な要素であった。

 テレビ局を辞めるとき

会社勤めをしていると、一度や二度は必ず辞めたいと思うときがあるのではないか。定年までそんな思いをしたことがないという人はいないのではないか。自分の希望する会社に就職できた人でも、与えられる仕事や周りの人間関係によって左右され、こんなはずではなかったと、すぐさま転職してしまう人もいる。しかしまた、希望の会社ではなくても、辛抱するうちに仕事も面白くなり、良い人間関係にも恵まれて、居着いてしまうという人もある。

私のゼミ卒業生のＯＢ／ＯＧ会が毎年一回開かれるが、そのときは各人の近況報告をしてもらうこと

にしている。ある年のことだが、転職の報告ばかりが続いて驚いたことがある。私の若かった頃は、転職は簡単ではなかったし、かなりの覚悟がいったものである

私は、学生から就職の相談を受けたとき、いつもこんなことを言っていた。社会で仕事をするということには、自分の意思だけでは決まらない偶然がつきまとう。自分が適性と思っていた仕事も他者から見れば不向きであったりするし、場や資格が与えられて可能性が開花するという場合もあるし、さまざまな人間との出会いでチャンスに恵まれるということも起こる。就職には、方向性をきめなければならないが、何がなんでもこの会社、この仕事と思いつめないようにした方がよいと言ってきた。就職活動は自分を相手に売りつける活動であるが、相手がある活動だということをつい忘れてしまうところがあるようだ。そんなとき、方向転換をはかるのがとても難しくなる。

こうした考え方は自らの経験に負うところが大きいようだ。私自身、テレビ局を途中で辞めて大学にかわったが、これも偶然が然らしめたと言うしかない。在職中にテレビに関する論文を書いていて、大学で研究することができればよいがという幽かな希望はあったにしても、正規の大学教員になれるとは思ってもいなかったのである。

一九七二年（昭和四七）の夏頃だったと思う。人事部からの職場アンケートがあって、仕事に対する不満や意見、配置転換の希望などを訊かれたのであった。私は、そのとき編成部で「番組考査」の仕事をしていたが、番組を作る側にまわってみたいものだと思っていた。審査する側から作る側にまわりたかったのである。従って、直ちに制作部に変わりたいと回答したのであった。

すぐさま人事部から呼び出され、配置転換の意思の確認があった。「直ちにかわりたい」と書いたものだから、人事部がびっくりしたのかも知れない。暫く経って、今度は制作局長から呼び出しを受け、ほんとうに制作をしたいのかと打診を受けた。新入同様に一からやらなければならないが、それでもできるかという念押しであった。もちろん私はやりますときっぱりと答え、強く配置転換を希望した。

そうしたやりとりがあって秋に入り、関西大学の社会学部から、大学に移らないかという声がかかったのである。非常勤ではなく専任講師として招きたいという。給与や条件について詳しい説明も受けた。今でもよく覚えているのは、給料が三分の一ほど減るということであった。当時の民放の給料がいかに高かったかが分かる。大学の方にも返事をしなければならないが、会社での私の異動をめぐっての協議が先に進んでいたので、私は先ずはその方の結論に賭けたのである。もし制作行きが認められたらどうするのか。私は行くつもりでいた。

結論は不可であった。制作局長の説明では、出す方の編成局が応諾しなかったということであった。それから私は本気に大学への転職を考え出した。もしこの時、結論が可なら大学には移っていなかったということになる。大学の人事は、定期採用があるわけではなし、もしこれを断れば二度とチャンスはめぐってこないだろうと思って、招きに応じることに決心した。まさに偶然がその後の私の人生を決めたと言ってもよいだろう。

大学側からの誘いについては、もちろん世話になった制作局長にしたし、直属の編成局長にも話をした。テレビ局で働いて一三年、辞めるのは惜しい。大学へのチャンスはまた訪れるのではないかと慰留された。何をしたいのか改めて希望を聞かれたが、私は決心していたので、我が儘を許していただきたいと申し出た。

当時の私の肩書きは「副参事」であった。職制で言えば課長あるいは係長クラスということであろうか。私が退社を申し出た明くる年（一九七三年）、恒例の正月人事が発表された。寝耳に水であったが、私が「参事」に昇格していたのである。部長クラスということであろうか。同期で言えば初めての参事であった。私が三月末で退社することを知っての昇格人事であることは明らかであったので、驚きがあった。中には、大学行きを取りやめて参事で続けることにしたらと冗談を言ってくれる人もいた。参事昇格は、給料が上がり退職金がアップされるので私はありがたかった。そういう計らいをしてくれた幹部がいてくれたことに感謝した。大学に行って肩身の狭い思いをしないようにという思いやりもあったと聞かされた。

仲間の内には、私がどこかの飲み屋で借金をしていないか、気を使ってくれる人もいた。もし借金があったら、自分が伝票を処理するからまわしてくれてよいよ、と細かい気配りをしてくれる人がいた。借金は何も抱えていなかったが、そういう気遣いをしてくれる心が身にしみた。

三月末までに何回となくあちこちで送別会を開いてもらった。いよいよ三月末が近づいてきて、最後のお礼を述べるために八反田角一郎社長のところに挨拶に行った。私の挨拶を聞く前にいきなり「おめでとう！」と言われて、私は用意していた言葉が出なかった。そして更に「新しい職場で、何か困ったことがあったらいつでも言うてきたまえ」と激励されたのであった。辞めていく身には心強い言葉であった。

第三章　大学の教員になって

1 関西大学の専任講師に就任して

私はテレビ局を辞して、一九七三年四月一日から大学教員として働くことになった。すぐに一泊の学部教員親睦旅行というのがあって、見知らぬ先生方との出会いがあった。五日に学長から専任講師辞令の交付を受け、九日入学式、一〇日新入生ガイダンス、一一日教授会、そして一二日から新学期が始まった。同時に私の講義も始まった。

非常勤講師として教壇に立った経験はあったが、大学の専任スタッフとして、さまざまな行事に立ち会うのは初めてで、何もかもが新しく見えた。まさに緊張に満ちた新入生の気分であった。

私の専門は「放送学」ということで、「放送学各論」という講義を一部と二部（夜間部）で担当した。他に英書（原書）講読の二クラス、そして三年次から始まるゼミがあった。

ゼミは事前に募集しておかなければならず、私の名前は伏せて募集があったのだが、二五人の応募があった。初めてのゼミであったので、どう運営すべきか、私は自分が大学で経験した方法をそのまま踏襲することにした。ゼミのテーマである「放送学研究」の枠の中で、各人が研究テーマを立てて、ゼミの時間に順次発表を行って、三年次の終わりに三〇枚（一枚四〇〇字）のレポートを書き、卒業レポートは五〇枚以上ということにした。私自身の大学生の時の再現で、私は良い方法だと思っていた。

ゼミテーマは、ニューメディアが加わっていくことによって、枠は拡大していったが、発表の仕方やレポートの枚数については、私が退職するまで一貫して変わらなかった。学生から卒論の五〇枚以上の理由について尋ねられたことがあったが、「経験的にそれが良かったから」と答えていた。

この他に私は関西大学就任前に、同志社大学文学部の先生から「マスコミュニケーション調査法」という講義を頼まれていて、幅広い勉強を心がけようという気持ちもあり、一年間だけ受け持つことを約束していた。

「放送学各論」という講義は、私が放送現場で体験して思考を重ねてきた「編成・制作論」を内容とするものであったが、「マスコミュニケーション調査法」というのは、これまでのマスコミュニケーション研究が蓄積してきた「調査研究」を紹介するというもので、私にとっては新しい領域の取り込みであった。二〇世紀に入って、アメリカで始まった映画や新聞、ラジオなどの「マスメディアの影響研究」をレビューすることであった。このときの講義は、教えるというよりも、自分の勉強という気持ちが強かった。

今日でも「メディアの影響と効果」、とりわけ「テレビの影響」や「テレビゲームの影響」については議論が尽きないが、影響の問題は、一九世紀の後半に大衆新聞が普及し始めたときから論じられてきた。二〇世紀の初めに映画が大衆に普及し始めたときは、「映画が青少年を犯罪に駆り立てている」という批判が起こり、「映画の影響」が研究者の主要な関心となった。大戦中には、マスメディアを通じた政治的キャンペーンやプロパガンダが国民にどんな効果を与えるかの研究もなされた。テレビが普及し出した頃には「テレビ悪玉論」が主張され、「テレビの子どもに与える影響」が主要な関心事となった。

新しいメディアが普及し始めると、必ず人々の生活や仕事の仕方、国民の意識のありように影響が現れる。良い影響と同時に悪い影響、悪用も生じる。今日で言えば、インターネットとスマホの問題ということになろうか。メディアの歴史をひもとくと、私たちの生活の仕方が見え、社会の変遷が見えてくる。現代に近づけば近づくほど、メディアの種類が多くなり、人々の生活のメディア依存が強くなってくることが分かる。

このときの勉強が、全く予期しないことであったが、後にマスメディア全般を取り上げる「マスコミュニケーション概論」という科目を担当することになって、大いに役に立った。後に定年退職する先生が出て、一九八一年（昭和五六）に担当科目の一部編成替えが行われ、私が「マスコミュニケーション概論」を持つことになった。丁度私が教授に昇格した年であった。

当時の社会学部には、「映画学概論」（後に「映像論」に変更）という科目があった。非常勤講師の担当であったが、突然出講できなくなり、他に担当者を捜すことになって、私が打診された。映画は好きだし、面白そうだなと気持ちが動く。専任講師としての義務だけを引き受けておればよいものを、「やってみるか」と引き受けてしまったのである。これも偶然で私の予期しないことであった。映画論の勉強をすることになったのである。

忙しさが増したのは当然である。事前の勉強が欠かせない。好きな映画の評論をやっておれば済むという問題ではなく、「映画とは何か」について話さなければならないわけである。理論的なテキストが必要であった。そのとき選んだ本が、エドガール・モランの『映画〜想像のなかの人間』（杉山光信訳、みすず書房、一九七二）であった。

モランが社会学者ということもあって、読みやすいのではないかと選んだのであったが、中味はそれほど簡単というわけではなく、咀嚼するのが大変であった。映像を考えるに当たっての基礎を考えるのに良いテキストであった。このときは予期していなかったが、この『映画』との出会いが、その後の私の映像論に大きく影響することになる。

モランは映画を「感情における融即」の論理で説明していたが、映像については、先ず写真を論じ、そして映画論を展開していた。テレビについては全く触れていなかった。私は、モランの映画論をテレビにつないで論じることができるように思え、実際にそのようにして私の「テレビ映像論」を作っていった。私が映画にも関心を持っているということで、ゼミに映画好きの学生も集まるようになった。

七三年は超多忙の年であったと言える。大学の外からの仕事も多く舞い込んだ。「日本新聞学会」（現在は「日本マス・コミュニケーション学会」）での学会発表があったし、『月刊民放』の連載原稿の消化、新聞社からのコラム執筆などが相次いだ。私は一つも断ることなく引き受けていった。大学に移って給料が下がったということもあって、原稿料が入ってくる仕事はありがたかった。新聞社などの原稿料は、当時は大体書留で送られてきた。現金が底をつきかけた頃に、不思議と「書留でーす」と郵便が届いて、家内は助かったという。

2 「上方お笑い大賞」のスタッフとして

大阪では「お笑い」を振興するために、放送局が漫才や落語のコンテストや表彰の制度を設けている。一番歴史の古いのはラジオ大阪の「上方漫才大賞」で、一九六六年（昭和四一）に設けられ（現在は関西テレビとの共催）、半世紀以上の歴史を重ね、今日もなお継続されている。

次いでは、ＮＨＫの「上方漫才コンテスト」が一九七一年（昭和四六）に始まり、その翌年の一九七二年（昭和四七）に、読売テレビの「上方お笑い大賞」が誕生する。漫才ブームの一九八〇年（昭和五五）には、朝日放送の「ＡＢＣ漫才・落語新人コンクール」（後に「ＡＢＣお笑い新人グランプリ」に改称）が加わった。

東京では、ＮＨＫが東京と大阪を含めた「ＮＨＫ新人演芸大賞」を催しているが、これも歴史を辿れば、一九五六年（昭和三一）の「ＮＨＫ新人漫才コンクール」に端を発して古く、一九七二年には「ＮＨＫ新人落語コンクール」を開始、八六年に両者のコンクールが一緒になり、八九年には部門別が廃止され、九一年に「ＮＨＫ新人演芸大賞」に統一される。ところが漫才と落語を同じ枠の中で評価を下すのは難しく、再び九四年から部門別に分けられ現在に至るというコースを辿っている。

大阪の放送局は演芸のコンクールに積極的である。その理由としては、先ずは笑いの文化の歴史が古く、お笑い愛好者が多いということが挙げられよう。だが、それだけではなくて、大阪では演芸人の育成が同時にまた放送番組のタレント供給に大きく寄与しているという事情がある。

一九八〇年（昭和五五）の漫才ブームを受けて、誰もが参加できる「今宮こどもえびす新人漫才コンクール」（今宮戎神社主催）が始まった。神社の境内で競い合うのである。毎年行われて盛んである。元気のよい「漫才の市」が立つと言ってもよい。大阪には気軽に漫才を演じてしまう子どもや若者が大勢いるということが分かる。こんな街は大阪をおいて他にないのではないか。

二〇〇一年（平成一三）に賞金一千万円を掲げた「M－1グランプリ」が登場した意義は大きい。地域やアマ、プロ問わずあらゆる人に門戸を開放してのコンテストである。勝ち抜きでせり上がってきて、年末のテレビ放映の決勝戦に臨むという仕組みである。第一回受賞者は、中川家、二回がますだおかだ、三回がフットボールアワー、四回がアンタッチャブル、五回がブラックマヨネーズ、二〇〇六年の六回目がチュートリアルと、次々に有望な新人を送り出している。

さて、読売テレビが一九七二年（昭和四七）に設けた「上方お笑い大賞」であるが、二〇〇六年に大幅な手直しが行われた。選出の仕方、審査委員、審査の方法が大幅に変わった。実は「上方お笑い大賞」については、私はその誕生から二〇〇六年までかかわってきたのである。

これの企画段階の当時、私は読売テレビの編成部にいたが、宣伝部と制作部の仲間とともに、大阪のお笑いを盛り立てようと、「上方お笑い大賞」の企画案を練ったのである。宣伝部が中心となって企画案がまとめられ、全社的承認を受けてスタートすることになった。

手元に一九七二年（昭和四七）一月二五日発行の広報資料が残っていた。読み直すと企画者の意図が熱っぽく書かれている。それを次に紹介しておこう。まず「地域社会との連帯を深め地域社会に貢献すること」をうたい、「永年にわたって大阪の庶民がささえ続けてきた上方のお笑い文化」に積極的に取り組んで、「上方のお笑い芸の一層の発展、育成」に取り組むと宣言している。審査委員は、秋田實、富士正晴、田辺聖子、小松左京の四氏に依頼。賞として「大賞」「金賞」「銀賞」「功労賞」の四賞が設けられた。そして演者に関する情報収集を担当する事務局が、宣伝部事業課に設置され、私は編成部にいながらこの事務局に参画していた。

一回きりのコンテストで優劣を競う審査であれば、その場に立ち会ってすむが、年間に渡る業績に対しての評価は、情報収集が大事となる。事務局は手分けをして寄席を見て回り、情報収集に努めた。私も、事務局の一人として演芸場や独演会などを見てまわった。

審査会において事務局スタッフは、同席して収集した情報の提供を行った。審査に当たる作家たちの談論風発を聞いているのは実に楽しかった。彼らの上方の落語や漫才についての精通ぶりに驚嘆したのを覚えている。

第一回の大賞には笑福亭松鶴と桂米朝が、金賞にはコメディNo.1、銀賞に海原千里・万里、功労賞に櫻川末子が輝いた。大賞該当者は一人が想定されていたが、松鶴と米朝の二人が選ばれることになった。どちらかに決めなければならないとしてもそんなことはできないという議論になって、二人に決まった。

私は、一九七三年（昭和四八）三月末に読売テレビを退社、四月一日に関西大学社会学部に転職してからも、「上方お笑い大賞」の事務局を手伝っていた。途中で審査委員の交代があって、一九七五年（昭和五〇）の第四回には秋田實が残り、他の三人が多田道太郎、藤本義一、富岡多恵子にかわった。その後、三田純市、寿岳章子などの入れ替わりがあったが、一九八〇年（昭和五五）の第九回に私が審査委員入りとなった。その時の審査委員は、藤本義一、三田純市、寿岳章子、井上宏という顔ぶれ。後に木津川計、難波利三、織田正吉などが加わり、一九九五年（平成七）の第二四回からは、藤本義一、難波利三、織田正吉、木津川計、井上宏の五人となり、その後九九年（平成一一）に木津川計が降りて、残る四人で二〇〇六年（平成一八）の第三五回で幕を閉じるまで担当した。

新人賞のようにコンクール形式で、その場の出来具合で判断すればよいものは、そんなに負担を感じなくて済んだが、大賞などの年間に渡る成果の評価は、日頃から自分の目で見ておく必要があった。選考会は、年に二、三回開催し、評価を積み重ねて最終選考となったのであるが、突出した演者が出ない限り、漫才、落語、喜劇などを同じ土俵の上で評価するというのは、難しい仕事ではあった。

数えてみると、私は二五年の長きに渡って審査委員をつとめたわけだ。委員をしていたお蔭で、演芸を見る機会に恵まれたのは幸せであったが、審査会を振り返ると、甲論乙駁、いつも頭をかかえて議論し合った審査会であったと思う。

3 漫才作家「秋田實」のこと

テレビ局から大学に転職してからも、私は自分の好きな寄席めぐりを止めることはなかった。時間のゆとりができると、「なんば花月」や「うめだ花月」「角座」などによく顔を出していた。読売テレビの「上方お笑い大賞」事務局の一員でもあったので、私は舞台を見ながら感想をメモにしていた。演者の印象を綴りながら私は漫才芸そのものに興味を持つようになった。観客として、笑って楽しむだけではなく、どこが面白いのか、何故笑わせるのかなどと、考えるのが楽しくなっていった。

上方漫才を語るのに秋田實（一九〇五－一九七七）の名を忘れることはできない。秋田實は、「上方お笑い大賞」の審査委員であったから、審査会で身近に話を聞く機会があったし、自宅を訪ねる機会もあった。一九七五年（昭和五〇）の春であったと思うが、自宅に伺った時に出版されたばかりの『私は漫才作者』（文芸春秋、一九七五）という本をいただいた。

この本から教えられたことは多かった。まず漫才の定義である。「漫才の笑いは、言葉と言い廻しによる面白さが中心で、二人の人間の立ち話である。雑談と言ってもいいし、無駄話でも世間話でもかまわない」「漫才の二人での世間話は、平凡な庶民の生活の平凡な暮しの打ち明け話なのである」「平凡な生活は誰しもが、つい詰まらない詰まらないとこぼす生活であるが、毀されたら大変である。漫才的には平凡な暮らしが一番しあわせで、その楽しさを言葉と言い廻しの新味と妙味とで言い表わそうとするのが、漫才の笑いである」（同書二四七頁）と書かれている。

秋田實は、戦前の戦時色が強まっていく時代において、「平凡な庶民の生活」が毀されていくことを体験しながら「笑い」を書いていた人で、笑いが抑圧され笑っているどころではないという時代にあっても、笑いが大事なのだと考えていた人であった。

一九三八年（昭和一三）に国家総動員法が公布されていくなかで、さまざまな物資や価格の統制が始まりだし、戦時色が一般家庭にも浸透していった時代のなかで、秋田は「ニュース漫才」を書いていた。例えば、「節約が大事」のスローガンに対しては、腕時計は家を出た時に動かし、置時計や柱時計は止めて出掛けるようにする。「どんな小さなところにも、ちゃんと気を配らねばいけません」と落とす。「金の供出」では、「雄弁は銀なり、沈黙は金なり」と言うから、僕は国策に合わせて金を売った。沈黙の金を売ったから「もう喋ってるより、仕様がないやないか」とか。一九三九年（昭和一四）には『週刊朝日』に「風俗時評」を書き、時局の話を笑いに転化している。例えば、国家非常時の折柄、健康の問題は一日も疎かに出来ない、長生きするにはご飯をよく噛んで食べること、ということを捉えて、「噛めば（亀は）万年や言うて」「よく噛むことは、国民の義務やがな」「滅私（飯）奉公と言うのはここの理屈や」「早速、僕は実行する。家族の者にも、よく理屈を呑み込ませるわ」「呑み込ませたら不可んのや。噛む話や。よく噛んで含めんかいな」と言った風に。

事態は深刻でも、深刻に巻き込まれてますます暗くなっていくよりは、少しでも笑って明るく生きた方がよいではないか。笑いを無くし、こちこちになって余裕をなくすと、もうそれ自体危険なことではないか、そんな思いが秋田實にはあったと思われる。

戦後の漫才は、秋田實を中心に復興し、門下から夢路いとし・喜味こいし、海原お浜・小浜など数々の優れた漫才師が輩出した。上方漫才界にあって、「漫才の父」とも言われる存在であったが、一九七七年（昭和五二）一〇月、七二才の生涯を終えた。七五年（昭和五〇）に漫才の勉強会である「笑の会」を立ち上げ、若手の育成に励んでおられたが、八〇年（昭和五五）の漫才ブームを見ることなく亡くなられたのが残念であった。

八四年（昭和五九）に、私は創元社から秋田實著・井上宏編で『ユーモア交渉術』という本を出している。三女の林千代さんに手伝ってもらってまとまった本であった。その本の「あとがき」の一部をここに抜粋しておきたい。

「氏がライフワークとして取り組まれたのは『ユーモア辞典』（文芸春秋）全一〇巻を完成することであったという。長年に渡って書き集められた資料を整理し、一、二巻の原稿をやっとまとめられた時点で病におかされ、ついに本が出版されるのを見とどけることができないまま逝ってしまわれたのであった。書き急がれたけれども間に合わなかったのである。」（同書二三九－二四〇頁）（注：七八年（昭和五三）一月から一〇月にかけて、三巻までが出版された。）

「氏の亡くなられた翌七八年の春に、私は有志に呼びかけて、「笑学の会」という笑いの研究会を発足させた。上方のお笑い界にあっての支柱をなくした後にあって、何かをしなければという想いが会結成の動機になっていたことは確かである。仲間が寄り集まっては、先生は何故もっと多くのことを書き残しておいて下さらなかったのか、残された書類や資料の整理の仕事があるのではないか、といったことを話し合っていた。八一年（昭和五六）の春、私たちは房江夫人と長男の林照明氏を自宅に訪ね、資料の整理を申し出た。」「生前の秋田氏は、私の目には〝漫才の父〟としての漫才に関わった人としての印象が強かったが、原稿を読み進むうちに、氏がまるで教育者あるいは哲学者のように見えてくるのであった。人間は笑う動物であり、笑う能力を生まれながらにして備えており、笑いは極めて人間的な営みなのである。この笑いを基礎にして人間のあり方を、人間関係のあり方を、ひいては社会のあり方を考えてみることが可能である。秋田氏は、そうした考えに立ち、笑いによる人間の教育、人間の幸せのあり方を考えようとされた人ではなかったか。けんかをして不愉快なおもいをするのならば、笑いによってちょっとでも不愉快を愉快に転じようではないか。どんな苦境に立っても、しんどい気持で耐えているよりも、はやく楽になった方が人間は幸せではないか。そういう氏の声が聞こえてくるような気がするのである。こうした考え方を知るにつけ、氏はまさに大阪の人であったのだということがよくわかる。大阪に生まれ育って、暮らされた氏は、大阪を愛され、大阪を語ってあきない人であったということもわかるのである。」（秋田實著・井上宏編『ユーモア交渉術』創元社、一九八四、二三九－二四二頁）

氏の資料整理を手伝ったことを契機に、氏の生涯を追って、私は「秋田實の『笑いの思想』」という論文を書いて『現代風俗'84』（第八号、現代風俗研究会、一九八四年）に発表した。後に出版した『大阪の笑い』（関西大学出版部、一九九二）のなかに収めている。

4 史上初の「漫才ティーチイン」

一九七七年（昭和五二）前後、と言えば八〇年にやってくる「漫才ブーム」の前夜ということになるが、演芸場の客足は落ち、放送メディアでの演芸番組も減少し、あちこちで漫才の「低迷」「不振」が叫ばれていた。何とかしなければならないと七五年（昭和五〇）に秋田實の「笑の会」がスタートし、その影響もあって漫才師たちの勉強会が広がっていった。「日本一亭土曜寄席」「KAプロ移動寄席」「角座漫才若手会」「ニュース寄席」などが開かれ、演者たちの努力が続いていった。

一九七七年八月二四日、漫才史上初めての「漫才ティーチイン」が開かれた。「漫才はいま～終電車まで漫才を語ろう」と、漫才を聴くのではなくて、漫才を語るための会が開かれた。主催は「笑の会」で、私が司会を仰せつかった。会場はアベノアポロビル六階の「YTVオーディアム」で、午後六時から一〇時四五分までの四時間四五分、休憩なしで議論に没頭した。狭い会場には、市民をまじえて総勢一〇〇人ぐらいが詰めかけて満員となった。

発言者として登場いただいた方々は、藤本義一、小関三平、新野新、狛林利男、木津川計、夢路いとし、喜味こいしの七氏であった。会場には、漫才師、漫才作家、マスコミ関係者、それに一般の漫才ファンが詰めかけた。何よりも驚いたのは、かくも多くの人が深夜にかけて長時間、漫才について議論しあったことであった。

大阪には、漫才がこよなく好きだという人が大勢いて、漫才が不振をかこつようになると、淋しい気持ちにおそわれる。漫才をきいて笑いたいという、そんな気持ちが生活の底流にある。生活のなかの笑いと漫才は非常に近い関係にあるわけだ。従って漫才の不振は、単に漫才師と興行会社の問題ではなく、自分たちの生活の問題として受けとめてしまう。「漫才ティーチイン」といった試みも、大阪に笑いの文化を支える底力があればこそ、成立したと思われる。

今思い出しても討論の模様を詳細に覚えているわけではないが、その時の模様を『上方芸能』（昭和五三年一月号）の「演芸時評」（後に私の『まんざい』（世界思想社、一九八一）に収録）に書き留めているのでそれをもとに思い出してみる。

①「漫才の低迷」は、観客の減少、演芸場の廃館、コンビの解散、テレビの影響などがあるにしても、考えなければならないのは、漫才をめぐる環境の変化にある。とりわけテレビの影響が大きい。娯楽番組の多くは、お笑い芸人の専売ではなくなり、パーソナリティーや素人の参加でもたらされ「漫才的なもの」の多方面への拡散がある。そうした笑いをめぐる環境の変化を認識することは重要で、広範な市民層に受け入れられるためには、「漫才とは何か」という問いかけ、理論的検討が必要だという意見があった。

②その一方で、漫才は「雑草芸」だから自然に湧いてくるもので、大衆芸能のエネルギーを信じて、理屈を考えない方がよいとする意見が出された。新人の誕生というのは、後者の道から現れるのであろうし、キャリアを積んでいくと前者の「漫才とは何か」を自らに問う姿勢が求められるということであろう。

③上方漫才には、数々の名人を輩出してきたそれなりの歴史があり、そこから学ぶべきものは多いはずである。名人は、その「時代の空気」に見合って笑いを創り出した達人で、その「笑いの方法」は学ぶに値する。テレビが悪いなどとすましていては何事も始まらないことは確かである。

④よく「漫才には古典がない」と言われるが、落語のように古典が持てないというのは、その通りで

ある。漫才は演じる人と一体の芸で、弟子でも師匠の漫才をそのままに演じるということはできない。しかし、優れた漫才には、それを優れた作品たらしめている構造、笑いの方法があって、そういう作品は演者とともに古典として残ると考えられる。笑いの方法と言っても、さまざまな方法があって、達人たちは、コンビのキャラクターに見合って自らに適した方法を開発してきたわけである。

といったようなことを話し合ったわけだが、漫才の行方を心配する人間には、何かをしなければという気持ちを起こさせた。私は司会を引き受けていた関係もあってか、漫才の行方に懸念をもち、何かをしなければという気持ちの高ぶりを覚えた。

「漫才ティーチイン」の会場には、秋田實氏の姿も見えた。どんな思いで、このティーチインを聞いておられたであろうか。その胸の内を聞くことなく、ティーチインが終わって二カ月後の一〇月二七日に秋田實は逝ってしまった。「低迷する漫才」と言われていたなかでの訃報で、いよいよ漫才の行方が心配されることとなった。そうした思いを持ったのは私だけでなく、漫才作家、新聞社、放送局の演芸担当者も同じであったと思われる。

私は読売テレビの仲間と話し合って、まず「漫才研究会」(仮称)を発足させることにした。七八年(昭和五三)二月二日にその準備会を読売テレビの会議室でもち、一〇人が集まった。私は会の発足趣旨として次のようなことを書いた。「漫才に難しい理論など不必要という意見もあります。しかし、これからの漫才を考えていく上で、漫才芸についての理論的な考察が大切だと考えます」「昭和初期から飛躍的な発展をみてきた現代漫才も既に半世紀の歴史をもち、更にたどれば八〇〇年の歴史をもつと言います。

漫才とは何なのか、その芸の特質は何なのか、その芸の構造とは、その笑いとは何なのか。さまざまな角度から、個々の演者の問題とともに具体的に漫才を取り上げ、漫才芸についての理論的な考察を積み上げていきたいと考えています」。

5 「笑学の会」の発足と中田ダイマル・ラケット「爆笑三夜」の開催

「漫才研究会」の一回目を七八年（昭和五三）三月二四日に大阪市北市民教養ルームで開催した。読売テレビの演芸プロデューサー有川寛が「中田ダイマル・ラケット」について報告。この時に、ダイマル・ラケットのレコードや台本が全く残っていないことが判明し、両氏の漫才を聞く会を開こうということになった。

三カ月後の六月二七日の三回目の会で、会の名を「笑学の会」として会則を制定し、私が代表世話役となり、事務局を私の自宅に置くことになった。この当時、私は、大阪市内の天王寺のマンションに住んでいて、例会の開催をマンション内の集会所で開いたこともあった。自宅を事務局として会報「笑学の会会報」を出し、第一号を見ると七八年（昭和五三）一一月発行となっており、八二年（昭和五七）六月に第八号を出している。かなり不定期の発行であることが分かる。その後、私の奈良西大寺への引っ越しにともない事務局も移転した。八六年（昭和六一）九月に第九号を発行。この時から会報の体裁を変え、名前も「笑学」と変えた。そして一九九〇年（平成二）九月に第一三号を発行して終わっている。

「笑学の会」は継続していたが、九四年（平成六）七月に「日本笑い学会」に発展して、解消することになった。一六年の長きに渡って続いたのであった。私が大学からの「在外研究員」として渡米し、日本を留守にした年もあったり、会は不定期になりながらも、続けたことがよかったようである。第一三号の「あとがき」に私はこんな風に書いている。「研究会として、あるいはまた情報交換のサロンとして、時にはおいしいものを食べたり花見をしたり、楽しみながらやってきたから長続きしてきたのではないでしょうか」。

「笑学の会」の一六年間を振り返って、思い出に残っている大きな出来事としてまず上げておきたいのは、会が発足した一九七八年（昭和五三）の九月に実施した「中田ダイマル・ラケット爆笑三夜」の催しである。

発端は、一回目の研究会で提起された課題というのが中田ダイマル・ラケットの漫才を聴く会を開こうということであった。早速会員の有川寛（読売テレビ）と私がその実現に向けて動き出したのである。まず「なんば花月」の楽屋に、二人が中田ダイマルを訪ねて、企画の趣旨を話してお願いをした。一日に三題も演じることができるのか、そんな心配があったが、やってみようと決断をいただいた。私はその時に、台本は残っていないのかと尋ねたら、「ネタはすべて二人の頭の中にあって、お客さんの前で話さないと出てこない」と言われ、驚いたのを覚えている。私は、書いたものがあると思いこんでいたのだが、そうではなくて、二人の漫才は舞台の上で作られ、練られ練られて出来上がったものであることを知らされた。

この頃の「なんば花月」は、ベテランのダイマル・ラケットの出演があっても、客席が閑散となる日があって、私はこのような状態が続いたら、ダイマル・ラケットのほんとうの漫才は、もう聴けなくなるかも知れないと思ったものである。是非その記録を残さねば、そういう仕事を「笑学の会」でやらなければと思った。演芸史の上から言っても十分に意義のある仕事と思えたのである。「笑学の会」主催、「笑の会」「上方芸能」「朝日文化工房」後援で「爆笑三夜」は実現した。

九月一三日から一五日の三日間、一日三題で九題を演じてもらうことになったが、ゲスト出演や対談者の出演交渉、会場の設営、金銭上の問題などの世話は有川寛が中心となって取り仕切ってくれた。当日の映像は読売テレビがビデオ収録して番組化し、音声はラジオ大阪が録音して放送された。

上演された作品は、一日目に「僕は迷医」「僕は小説家」「僕は幽霊」、二日目は「新憲法」「地球は回る目が回る」「君と僕の恋人」、三日目「家庭混戦記」「僕の農園」「恋の手ほどき」、それにアンコールとして「金色夜叉」が加わって、全部で一〇作品が演じられ、その全てを記録に残すことができた。

公演は心斎橋パルコスタジオで行われ、二〇〇人位が入れば一杯という会場は、連日立ち見客も出る大入り満員の盛況となった。「漫才の低迷」が続く中で、ダイマル・ラケットの漫才を聴いて、観客は、あらためて漫才の面白さ、楽しさを満喫したに違いなかった。と同時に、演者のダイマル・ラケット自身が、あらためて自らの漫才に自信をもち、元気を回復してくれたことに大きな意味があった。

「爆笑三夜」の成功は、「低迷する漫才界」に大きな刺激を与えることになったと思う。そして、幸いにも熱のこもった好演を記録に残すことができたのである。(「爆笑三夜」の模様は、私の『まんざい』(世界思想社、一九八一）に書いているし、『日本笑い学会一〇年の歩み』（日本笑い学会発行、二〇〇四）にも詳しく書かれている。）

私としては、折角記録ができた「ダイラケ漫才」をそのままにしておくのではなく、レコード化が出来ないかと考えた。落語のレコードは出ていても、漫才のレコードは売れないということで、どこのレコード会社も乗り気ではなかった。

そこで私は、ゼミ卒業生がＣＢＳソニーの制作部に就職していたのを思い出して、その彼に問い合わせをしてみた。難しいという返事ではあったが、彼の努力の甲斐あって、担当者を紹介してもらうことができた。東京から見えた担当者と会って、ダイマル・ラケットの漫才の面白さ、レコード化することの意義を説明させてもらった。

結果は上首尾でレコード化が決定したが、一枚のＬＰで四題しか収録できないということになった。四作品を選ぶことにして、私は「僕は幽霊」「家庭混戦記」「僕の農園」「地球は回る目が回る」を選んで作品解説も書いた。レコードの発売を記念して、一九七九年（昭和五四）三月一九日、心斎橋パルコで「ダイマル・ラケット爆笑三夜・アンコール」公演を行った。私の好きな作品は「地球は回る目が回る」で、ボケとツッコミの論理が明白で、今聴いても面白く、漫才の古典と言ってよいのではないかと思っている。

漫才は、落語のように何度も演じ続けられて「古典」と言われるようなものを持たない。漫才は、いくら出色の出来ばえを示しても、師匠の漫才を弟子が継承して演じるということがない。漫才の内容は深く演者と結びついていて、弟子であろうとも真似ができない。そこが漫才芸の特色でもあるので、漫才には「古典」がないと言われる。演者は一代であっても、聞く側が、何度聞いても面白いと思う漫才はあるはずである。私にとって、ダイマル・ラケットの「地球は回る目が回る」は、そういう漫才であった。

6 初めての「放送演芸史」の刊行

一九七八年（昭和五三）に「笑学の会」を有志と共に作ったことは前回に触れたが、この「笑学の会」の事業として忘れられない仕事としてもう一つ上げておきたいものがある。『放送演芸史』（井上宏編、世界思想社、一九八五）という本を刊行したことである。

「笑学の会」のメンバーには、放送局の演芸担当者や演芸評論家がいて、ラジオとテレビで放送された演芸番組の歴史をまとめようではないかということになった。大阪では古くから大衆演芸が発達を見て連綿として受け継がれてきているが、昭和初めのラジオの誕生から演芸は放送と関係をもつようになり、戦後の民放ラジオの登場、そしてテレビ時代を迎えて演芸は放送と密接な関係をもつようになった。

大阪の放送局にあっては特にお笑いタレントの起用が多い。純粋の演芸番組ばかりでなく、コメディーやバラエティー、視聴者参加番組の司会やラジオ番組のパーソナリティーなど多方面に及ぶ。演芸人が放送と関わることによって演芸の世界も変わり、また放送の方も彼らの参加を得て次々と新しい娯楽番組を開発していった。そうした歴史があるにもかかわらず、これまでに「放送演芸」の歴史をまとめた著作は皆無であった。そこで「笑学の会」でやってみようということになったわけである。

当時は番組の記録と言っても、今日のようなコンピュータによる記録システムはなく、局の作成による「放送確定表」という紙の保存資料がある程度であった。保存資料があるなら、それをもとに、番組をカードに一つ一つ書き写していく方法で調べられないことはない、という目途をたてたが、作業にはお金と人手がいる。

私たちは「笑学の会」として、「(財)放送文化基金」に「日本放送演芸史の作成・刊行」のテーマで、調査研究費の助成を願い出た。幸い一九八一年（昭和五六）に三〇〇万円、八二年に四〇〇万円、総額七〇〇万円の助成を受けることができた。対象は在阪の放送局とし、NHKラジオ・テレビ、朝日放送ラジオ・テレビ、毎日放送ラジオ・テレビ、読売テレビ、関西テレビ、ラジオ大阪の合計九系統の番組を取り上げた。NHKはラジオ放送の始まった一九二五年（大正一四）から取り上げ、その他の系統も放送開始から一九八〇年（昭和五五）までの番組を取り上げた。

各放送局の担当者を決め、局の協力を得て作業に取りかかった。局によっては資料の保存状態がよくなくて、欠落の年度や月があったりしたが、カード化できるものについては、全てカード化していった。私たちも作業に直接かかわったが、主にはアルバイトに頼ることになった。調査費の大半はアルバイト費と最終の出版費に消えてしまった。カードの枚数は約一五万枚を数えた。

放送局毎に担当者を決め、担当者がカードをもとに手作業で整理を進めて文章化していった。NHK

ラジオ前期は熊谷富夫、NHKラジオ後期・テレビは長島平洋、毎日放送は相羽秋夫、朝日放送は環白穏、ラジオ大阪は都筑敏子、読売テレビは山口洋司、関西テレビは古川嘉一郎が担当し、私は全体の総括を受け持ち、「序章　放送と演芸」を執筆し、末尾の「放送演芸史年表」「人名索引」「番組索引」を担当した。

作業は、「放送文化基金」の助成金が決まった一九八一年（昭和五六）の秋からスタートして、すべての原稿が出そろう一九八四年（昭和五九）まで、まる三年を費やし、八五年四月になってやっと出版に漕ぎつけたのであった。

所定の期日までの出版の約束があったので、各担当者は必死で頑張ることになった。作業量からもグループならこそ成し遂げられた仕事であった。今思い出すと、私の感想としては、もうこんなしんどい仕事はとてもできないという心境である。各人それぞれに会社の仕事の合間をぬって抱えた仕事で、それだけに時間のやりくりや余分のエネルギーを必要とした。

演芸番組をいわゆる「純粋演芸」に限らず、演芸人・喜劇人が出演するバラエティー、コメディー、ワイドショー等も対象にしたので、カードの量が膨大になったが、年度別・カテゴリー別に数量化をはかることができた。個々の番組の特徴ばかりでなく、数量化によって変遷の特徴を明らかにすることもできた。すべて手作業の仕事であった。現在なら、放送局の資料も整備されているであろうし、パソコンへの入力で省力化できるであろうが、そんな時代ではなかった。手間もかかったが、お金もかかり、放送文化基金の助成があればこそできた仕事であった。

『放送演芸史』は、「放送と演芸」の関係を時代の変遷のなかで明らかにした最初の著作となった。それまでにまとまった演芸史年表がなかったので、末尾におさめた「放送演芸史年表」は、関係者にとっては何かと役に立ったと思う。年表は、漫才ブームが起こって来る一九八〇年（昭和五五）で終わっている。

それ以降については、各放送局の資料整備が、デジタル化が進んで整理しやすい状況になっていると思われるが、『放送演芸史』を継ぐ作業は行われていない。その続きが待たれるところである。

7　大学の「大阪論」で「大阪の大衆芸能」を講義

一九八〇年（昭和五五）に「漫才ブーム」がやってきた。あれから随分と時間が流れた。あの時の異常とも言える「漫才ブーム」を知らない人たちが増えていても不思議ではない。

ブームは劇場から起こったというよりもテレビから起こり出した。期せずして大阪と東京に新人が育っていて、テレビの演芸プロデューサーが、それら東西の新人たちをうまく組織し、ベテランの漫才師と組み合わせて番組化することに成功した。

この時のブームは、世代を超えて全国を席巻するブームとなった。東西の新人グループを核として、それを取り巻いて年配層にも受ける中堅・ベテラン漫才グループが活躍して実現したブームであった。

新人では、大阪からザ・ぼんち、紳助・竜介、B&B，オール阪神・巨人、のりお・よしお、東京からツービート、星セント・ルイス、おぼん・こぼん、コント赤信号などが大挙して登場した。そして回りをかためるベテラン漫才師も健在であった。やすし・きよし、ダイマル・ラケット、いとし・こいし、人生幸朗・生恵幸子、唄子・啓助、てんや・わんやなどがいた。

そんなお笑いブームが広がって行く最中、一九八〇年（昭和五五）の四月から関西大学で「大阪論」という講義が始まった。教養課程での「総合コース」として、全学部の学生が受講できる形をとって、各学部から集まった九人の教員が担当した。歴史、経済、経営、建築、文学、大衆芸能、都市などの分野に分かれて、それぞれの専門から大阪を論じるという講義であった。私は、「芸能学」を専門にするわけでもないのに、「大阪論」のテーマに惹かれて参加した。教壇で上方の漫才や落語の話ができるなんて、こんなおもしろいことはないではないかと思ったのである。他に先生が見つからないということもあった。

私は「大阪の大衆芸能」を担当して、それをともかくも三回の講義でまとめなければならないということになった。二年継続の講義であったが、全学部共通科目であったから、ものすごい数の受講生がいた。五〇〇人ぐらいが入る大教室が当てがわれて、毎回講演をしているような感じであった。同じ講義をもって、社会学部、法学部・文学部、経済学部・商学部、工学部、二部（夜間部）というように、大きい教室ばかり五カ所をまわるのである。学生の関心が高いのは嬉しかったが、かくも多くの履修生が現れると、ほんとうはお手上げだが、私も初めての経験で、まだ若くて元気もあったから担当できたのではないかと思う。

講義の担当者も多く、受講生も多いとなると、試験をどうするかが難しいわけだが、無難なのは、各担当者が一題ずつ出して、学生はそれらから一問選択で答えるという方法である。実際そのような試験の仕方になったのであるが、蓋をあけてみると、私の問題に多くの学生が殺到してしまい、採点に大汗をかいた覚えがある。「漫才ブーム」の中での講義であったから、学生の関心が高かったのも無理のないことであった。

こうした特別の講義は、正規の授業以外のものとして担当するので、私はまた余分な仕事を引き受けることになったわけである。忙しくはなったが、「大阪の笑い」について勉強する良い機会になったことは間違いない。私は大阪の大衆芸能を取り上げ、特に漫才をクローズアップして大阪を考えようと講義ノートを作り出した。

私のなかには、まず大阪という都市には、古くからどうして「笑いの文化」が発達をみて今日もなお盛んなのか、笑いの好きな人が多いのは何故なのかという問題意識があった。大阪という都市の成り立ち、商業都市としての特徴、商人の生活文化について関心があった。「大阪の笑い」と「東京の笑い」の比較も、両者の都市の歴史を抜きにしては語ることができない。

私は「商人の街」を「ヨコ型社会」として、「サムライの街」を「タテ型社会」として特徴づけて、「ヨコ型社会」の中で発達をみた商人としての生活文化が、「大阪の笑い」を生み育てたのだと考えた。大阪人にとっては、毎日の生活のなかに笑いがあり、その「笑いのある生活」から笑いの芸能が生まれ、それが連綿として今日にも受け継がれていると考えていったのである。

「大阪の笑い」を具体的な形で捉えるにはどうすればよいか。アンケート調査や街頭インタビューをしたからと言って容易に捉えられるものでもない。私は漫才に例を見出すのがよいのではないかと考えた。何故なら漫才は、日常生活に近いところにあって、それを言葉の言いまわしで表現するところに特徴があるから、漫才の笑いは、大阪人の笑いの反映と考えてよいのではないかと考えたのである。「漫才の笑い」の分析を通じて、大阪人がどんな笑いを笑っているのかを明らかにしてみようと思ったのである。

ではどんな漫才を取り上げるかであるが、それまでに聞いてきた体験を通じて、私はダイマル・ラケットの漫才がよいのではないかと思った。それには、一九七八年（昭和五三）に「笑学の会」主催で「中田ダイマル・ラケット爆笑三夜」を開催し、三日間集中してダイマル・ラケットの漫才を聞いたこと、そして後にCBSソニーからダイマル・ラケットのレコードを出すについて、また何度もテープを聞き直していたことが影響していたと思う。

何度も聞くうちに、私は「漫才の笑い」にいくつかの類型（パターン）があるように思えるようになった。これまでに聞いた漫才やテキストになっているものも含めて、私は直観的に八つの類型を思いつき、講義のなかで紹介していった。

「大阪論」の講義を持ったおかげで、その講義ノートを中心にして、『まんざい〜大阪の笑い』（世界思想社、一九八一）という本を上梓することができた。表紙を成瀬国晴氏にお願いして、やすし・きよしの似顔絵で飾り、漫才の本らしくしたのであったが、売れたとは言える程の本にはならなかった。しかし、私としては漫才研究に一石を投じることができたのではないかと自分なりに満足していた。

8 「漫才の笑い」の類型化

「大阪人が二人寄れば漫才になる」と言われたり、漫才は日常の「茶飲み話」や「立ち話」の延長と言われたりするように、漫才には、庶民の生活を写し出す側面がある。ボケとツッコミによって交わされる会話は、庶民の生活のなかにあるコミュニケーションの方法であり、漫才はその方法を舞台芸として取り込んで、笑いを作りだしているわけである。舞台芸の漫才は、表現に一層磨きをかけて工夫を凝らすのはもちろんであるが、その土台は大阪人の日常生活にあると言ってよい。

私はそんな考えから、「大阪の笑い」の特徴を捉えるのに、「漫才の笑い」の類型を探ればよいのではないかと考えた。実際に「漫才の笑い」の分析をし出したら、それ自体が同時に漫才そのものの笑いを作る方法、「マンザイツルギー」とでも呼べるものを明らかにすることになると思うようになった。

舞台での漫才は、一五分から二〇分ぐらい演じられる。一定のテーマや物語が設定され、初め・中・終わりという展開のなかで「笑い」が作られていく。テレビになると、これが四、五分と短くなってしまうから、物語性を考慮しても深追いはできず、瞬間的な「笑い」を作り出そうとする。瞬間のギャグ芸で勝敗を決めるという番組になると、物語性などは考慮されなくなる。

瞬間的なギャグだけで笑わせる「笑い」もあるが、もっと深い笑い、笑った後に満足感が残るような笑いということになると物語性が必要だ。物語に引き込まれて前の笑いが次の笑いを誘い、笑いがだんだんと嵩じて行って最後に大笑いさせられる。涙して笑うという場合もある。こうした笑いはテレビから消えてしまったと言ってよいのではないか。

ダイマル・ラケットややすし・きよし、いとし・こいしの漫才が何故面白かったのか。彼らの漫才には、テーマと物語があった。例をあげるなら、ダイマル・ラケットの「地球は回る目が回る」や「家庭混戦記」、やすし・きよしでは「同窓会」や「男の中の男」などがあげられよう。かの有名なエンタツ・アチャコの「早慶戦」も物語性がある漫才だった。

物語の展開は一様でなく、実際にある話に見せかけて架空の話であったり、小さな出来事が途方もなく誇張されたり、まさにボケとツッコミのやりとりが、変幻自在な展開を示すのである。笑いを作りだす方法も一様ではなく、一つの物語の展開の中で、複数の方法が使われるのは当然であるが、漫才によっては、一つの方法で全体を一貫させる場合もある。

漫才は落語と違って殆どが活字に起こされていないので、テープを聴きながら「笑い」を書きとめていく必要があった。「笑い」をカード化していくと、いくつかのタイプが見えてきた。それまでの私の漫才視聴体験を加味して、私は八つのタイプに整理をしてみたが、概ねこれで漫才の「笑い」が説明できるように思った。

その(一)は、「洒落」である。同音異義、語呂合わせ、づくしもの、なぞなぞ、問答、オノマトペ(擬声・擬態語)など、ことばの遊びから生み出されたものである。このタイプの笑いは非常に多い。二代目のWヤングではなく、初代の中田治雄・平川幸雄コンビのWヤングは、全編を洒落づくしで通すという「洒落漫才」を作りだしていた。

(二)「悪態」~相手をいかに落とすか、面白い表現でもって悪態の付き合いをするのである。相手の容貌から性格、スキャンダルまでを持ち出して、悪態合戦を演じる。明るく演じられる言葉の合戦は、表現に工夫があって面白いのである。今でも、終始「悪態」を付き合って、いかに面白い表現で相手を落とすかを競い合った若井小づえ・みどりのコンビが思い出される。

(三)「ホラ」~大言壮語、誇大妄想、大ボラ吹き、奇想天外なアイディアなどホラであることは明らかであるのだが、うそが描く空想が人を笑わせる。ホラがどんどんと大きくなると、これがまた笑わせる。

(四)「脱線」~ツッコミが一つのテーマなり物語を展開していくのだが、途中でボケが不意に脱線してしまう。ツッコミが元に戻そうとするとまた脱線する。単に脱線すればよいというものではなく、脱線先が重要で、その時代のなかで目立った風俗や現象・時事などへと脱線していく、この的を射てのズレが笑いを呼ぶ。

(五)「混戦」~ボケとツッコミが共通の話をしているのだが、実は双方が別々のことを考えていて、話がもつれてこんがらがっていく。言葉の取り違えもこの中に入る。こんがらがって混沌としていくと、聞く方も混沌のなかに誘われて笑ってしまうのである。ダイマル・ラケットの「家庭混戦記」などは、まさに「混戦漫才」であった。

(六)「屁理屈」~進歩した科学技術が、科学の理にはかなっていても、私たちの日常感覚からすれば違和感を覚えるような成果を生み出す。そこで敢えて日常的感覚に固執する「屁理屈」を一貫させると共感の笑いが起こる。ダイマル・ラケットの「地球は回る目が回る」の漫才は、まさにこのタイプの漫才であった。

(七)「真似」~声帯模写から形態模写、動物の動作から鳴き声の物まねまで、さまざまな物まねが笑いを誘う。方言や外国語の真似もこの中に入れられる。ツッコミの真似をボケがして、そのボケ振りで笑わせるのもこの中に入る。

(八)「狡猾」~ボケがちょっとした知恵を働かせて楽な方にまわって得をしようと、狡い役回りを演じる。世間の建前からずれた本音の主張が笑いを呼ぶ。「ぼやき」はこの範疇に入る漫才と言える。

以上の八類型であるが、類型が類型だけで終始すると、例えば「洒落」づくしで一貫すると「洒落漫才」になるし、「悪態」で一貫すると「悪態漫才」、「脱線」だけだと「脱線漫才」になる。終始ぼやきまくると「ぼやき漫才」になる。

第四章　アメリカでの研究生活

1 ニューメディア時代を迎えて「関西ニューメディア研究会」発足

一九八〇年（昭和五五）前後の私は、「笑学の会」の推進に忙しくしていたが、私の本来の業務である大学での教育研究の仕事も大忙しであった。八一年に教授に昇格するまで「放送学各論」という講義を持ち、昇格と同時に「マスコミュニケーション概論」という科目を担当した。学生たちは略して「マス概」と言っていた。

「マス概」は「マス・コミュニケーション学専攻」の中心的科目で、大体はキャリアのあるベテラン教授が担当するのであったが、その教授の定年退職の後、誰が担当するかになり、教室会議において、「井上さんはどうですか」となって、私は他校で既に「マスコミュニケーション論」という科目を非常勤で担当していたこともあって、そんなに困難なことではないだろうと引き受けてしまった。

放送一筋の研究のあり方もあったが、私の胸のうちには、放送だけのメディア論ではなく、各種のメディアを広く含めた「情報メディア論」を展開してみたいという気持ちがあって、「マス概」の担当は、結果的には良い選択となった。

「マス概」担当となって、放送に加えて、新聞、出版、映画なども範囲にいれていくことになったが、八〇年頃から登場してきた「ニューメディア」と称せられる一群のメディアも研究対象に加えていくことになった。

それまでの電気系メディアの中心はテレビであった。受像機のブラウン管に映るテレビを研究対象としておればよかったが、ブラウン管に映るのはテレビだけではなくなったのである。ＣＡＴＶやビデオ、レーザーディスクなどが登場し出して、私のメディア研究もそうした「ニューメディア」を包含していかざるを得なくなる。

一九八〇年代は、日本経済が猛烈に成長を遂げた時代であった。エズラ・ヴォーゲルの『ジャパン アズ ナンバーワン』（ＴＢＳブリタニカ）という本が出版されたのが一九七九年、戦後「欧米に追いつけ追い越せ」のスローガンで頑張ってきた日本が、まさに「ナンバーワン」になったのではないかと錯覚した時代であった。高度経済成長を背景に世界に先駆けてさまざまな実験、技術開発が進行した。

情報通信の世界でも、さまざまな技術開発が進んだ。古くからあったＣＡＴＶや七〇年代後半に登場した家庭用ビデオ（ベータマックスとＶＨＳ）が「ニューメディア」として注目を浴び出した。八一年にレーザーディスク、八二年にはＣＤが発売、八四年には日本電信電話公社（現ＮＴＴ）の「キャプテン・システム」（文字画像情報システム）のサービス開始、同年放送衛星の打ち上げ、その後も通信衛星や文字放送、ハイビジョンやパソコン通信などが控えていて、それらは「ニューメディア」と総称されていた。

七八年（昭和五三）に通産省の「完全双方向映像システム」の実験がスタートした。近鉄沿線の東生駒の住宅地を舞台に、光ファイバーを設営しての世界で初めてのＣＡＴＶ実験であった。あの『第三の波』を書いたアルビン・トフラーも見学に訪れた施設である。この実験を評価する委員会（委員長 渡辺茂東京大学名誉教授）が組織され、私も委員として参加することになった。

私は大学で「放送学各論」を担当して、専らテレビの研究を行ってきたが、ここにきてケーブルテレビも含めていくことになった。ブラウン管に映るものは、地上波テレビだけではなくなったわけである。

東生駒の実験は、ＣＡＴＶモニター家庭の全世帯に光ファイバーを敷設して、既存のテレビ電波の再送信に加え、地域情報の映像や文字サービス、動画サービス、それに家庭からも情報発信ができるという「完全双方向テレビ」を実現するという画期的な実験であった。新興の住宅地では、見知らぬ人々が集まって地域社会を作るが、コミュニティとしてのまとまりを作っていく中心がない。地域の人々が接触し、交流する機会をもつことが重要ではないか。ＣＡＴＶによって地域情報が共有できて、スタジオを広場として活用できれば、コミュニティの形成に寄与できるのではないか。ＣＡＴＶはそんな期待を持たせてくれたのである。

ニューメディアの論議が高まっていく中で、八二年（昭和五七）七月に有志が、ニューメディアのための研究会を設立しようと集まった。私も設立発起人の一人であった。八三年五月二八日に「関西ニューメディア研究会（ＫＮＫ）」が、会員約二五〇人を擁して発足した。会長に滑川敏彦（当時、大阪大学工学部教授）、副会長に私（当時、関西大学社会学部教授）、他に一六人の理事が選ばれてスタートを切った。大学、自治体、電気メーカー、通信、電鉄、流通、マスコミなどからの個人参加による自主的横断組織が生まれたのであった。

八四年（昭和五九）七月には、「プラクティカルニューメディア」と題して、神戸国際会議場で講演とシンポジウムを行い、一〇月には国立京都国際会館で「ニューメディア・京都フォーラム」を行った。桑原武夫（当時、京都大学名誉教授）の「科学と人生」や坂井利之（当時、京都大学工学部教授）の「ニューメディア時代〜機械のできること、人間のすべきこと」の講演、加藤秀俊（当時、放送大学教授）などによる「ニューメディア・ビジネスの可能性」のシンポジウムなどを開催した。

振り返って思うのは、ＫＮＫが民間団体として果たした役割である。ニューメディアについて、数々の講演会、シンポジウム、フォーラムなどの研究活動は、ニューメディアが現実化していく過程において欠かせなかったと思われる。会員がそれぞれの組織でニューメディアの現実化で忙しくなっていって、会の活動は休止状態になっていったが、個人参加のサロン活動は、かなりの間続いていた。

私自身、ＫＮＫの研究活動から学ぶことが多かった。ニューメディアへの関心をそそられて私は八五年に関西大学の在外研究員として、米国インディアナ大学テレコミュニケーション学科に客員研究員として留学することを決めたのであった。私にとっての初めての海外留学となる。

2 アメリカ留学に備えて

関西大学には、在外研究員制度があって、在職期間中に一年と半年の二回、海外で研究調査をする機会が与えられる。国内での給料は保障され、プラスして本人の旅費と海外滞在中の生活費が支給されるので、教員にとっては有り難い制度である。

一年間の在外研究は、留守中の授業に支障がないように備えをしておく必要があって、一年前に教授会の承認を得ておく必要があった。どこの大学で、どの教授のもとで、どんなテーマで研究するのかを決めなければならないのだが、一番重要なのは、研究を受け入れてくれる大学と指導教授を決めることであった。指導教授からの受け入れ承認のオフィシャル・レターをもらって、やっと渡航の目途が立つことになる。

特定の大学を決めずに、世界の国々を漫遊して歩く計画も可能であって、そんな計画を立てた先生もいたが、私は、一年間滞在先を決めずに漫遊して歩く自信はなかった。留学は初めての経験だし、まず食事や病気になった場合のことなどを考えると、滞在先を決める方が安全で収穫が大きいと考えた。

一九八三年（昭和五八）は、我が国にテレビが誕生して三〇年を迎えた年であったが、その前後から、新しいメディアの登場が目立つようになり、「ニューメディア」という言葉が流行語にもなった。アメリカでは、既に一九八四年にAT&T（全米の通信を殆ど独占していた）が分割され、競争条件の平等化がはかられ、ケーブルテレビ（CATV）も一九七五年には、通信衛星とつながって多チャンネルの「ケーブルネットワーク」を実現していた。日本は一四年遅れて一九八九年（平成元）になって実現した。

八〇年頃までの私のメディア研究は、専らテレビ研究であったが、東生駒のCATV実験の評価委員の経験も加わって、私は日本の先を行くアメリカのケーブルテレビや衛星放送を研究してみたいと思うようになった。

私は、大学の在外研究員制度を使って、八五年三月に出発できるように準備をし始めた。どの大学のどんな先生について研究するかを事前に決めておかなければならず、まずこれで頭を痛めた。受け入れてくれる教授の正式招待状が必要で、これがないとビザが発給されなかったのである。

ケーブルテレビを中心にアメリカのテレコミュニケーションを研究するのが目的だが、どこにどんな先生がいるのかを探さねばならなかった。今日のように便利のよいインターネットもなかったから、図書館で関係の著書やアメリカの大学要覧を検索したりして探していった。中西部にある大学は、放送や通信関係の学科が充実していることを知り、インディアナ大学に「テレコミュニケーション学科」があることが分かった。

直接電話してということになると、私の英会話能力では無理だろうと心配していたら、幸いなことにそこに日本人の先生がいたのである。これはラッキーだと喜び、その先生と連絡をとろうとしたら、またラッキーなことに、その先生は「日本新聞学会」（今は「日本マス・コミュニケーション学会」）の会員であって、日本で学会発表をされたことがあり、私は顔を知っていたのである。北谷賢司博士であった。

私は先ず北谷先生に連絡をとって、私の留学目的や受け入れの可能性について手紙を書いた。可能性があるという返事をもらい、それから後は、北谷先生の指示に従って、私の英文の履歴書や業績書を送り、学科長の受け入れ許可の手紙を受け取ることができたのであった。

インディアナ大学にはテレコム専門の先生が何人もいて、私の留学先としては願ったり適ったりの大学であった。その上ジャーナリズム学部もあって、ジャーナリズム学部の専門図書館も備えていた。

心配なのは私の英会話力であった。学生時代から何のトレーニングも受けていなかったので、関西大学に職を転じてからは、英語を話せるようになっておかなければという気持ちぐらいはあったが、具体的には何の対策も立てていなかった。時間があれば、ラジオやテレビの英会話を聴くようにしていたが、それも気まぐれに聴く程度のものであったから効果の程はしれていた。

自宅のマンションの隣にYMCAがあって、英会話教室が開かれていた。私は、これなら通えると思って申し込んだ。クラス分けがあったが、ヒアリング・テストがよくなかった。出席したら、大学生が多く、学生に混じって授業を受けるという感じであった。

グループ別に英語劇をさせられたが、私はどうしてこんな学芸会のようなことをしなければならないのか、と思ったものである。このことを人に話すと、学生に混じってよくやるね、と言われたものだ。恥ずかしくないのかというわけであろう。そんな経験をしたのであったが、ちょっと真似事をしたからと言って、私の英会話力が向上したとはとても思えなかった。

八五年（昭和六〇）の年が明け、アメリカ出発が迫ってくると、特にヒアリングが心配で、私は大学のLL教室に出向いて、ヒアリング向上のための教材テープを自分でコピーし、通勤電車の中や就寝前のベッドの中で何度も聞いた。ヒアリング練習に努めたが、四九才の私の頭脳は、顕著な変化を示してはくれなかった。

3 インディアナ大学に到着

一九八五年（昭和六〇）三月三一日、単身で伊丹空港を立って羽田経由でアメリカへと飛び立った。四九才での初めての留学である。機内持ち込みの荷物がとても重かった。というのは、ノート型のワープロとプリンターを大事に抱え込んでいたのである。富士通から出た最初の小型ワープロであったと思う。英文も和文も打てるし、これで原稿を書こうと意気込んでいた。

シカゴ空港でブリット・エアーというローカル航空に乗りかえなければならなかった。インディアナ大学のあるブルーミントンという街に直接降り立つには、これしか方法がなかった。シカゴでの乗りかえでは小さなローカル航空のカウンターがなかなか見つからず、大きな荷物を抱えて右往左往し、乗り換え時間が迫ってきて、汗をびっしょりかいたのを思い出す。

ブリット・エアーの飛行機を見てびっくり、余りにも小さなプロペラ機であった。ブルーミントンに着いたのは、午後六時半頃。前もってお願いしていたインディアナ大学の北谷賢司先生が車で迎えにきてくれていた。空港と言っても、タクシーもバスもなく、公衆電話があるだけで、回りは一面の野原でホテルらしきものも何もない。その夜一泊だけ北谷先生の自宅でお世話になった。ベッドに身を沈めると緊張が解けたのか、疲れがどっと出て深い眠りについた。先生には感謝あるのみであった。

翌四月一日は月曜で、私は大学に出向いて、まずＩＤカードを取得する必要があった。これがなければ、入寮の手続きができない。広大なキャンパスの中では、事務の窓口を探すのも大変で、北谷先生は大学院で学ぶ日本人留学生を紹介してくれていた。その女子学生と落ち合って、必要な窓口を回ることになった。もし一人で回るとなったら、広大なキャンパスで途方に暮れていたに違いない。

書類を書き身分証明の写真をとり、事務のアメリカ人女性と会話をすることになったが、私が感心したのは、どの事務所を回っても窓口の女性の笑顔が素晴らしかったことである。

写真付きのＩＤカードを手に入れて、必要なお金を払い寮の部屋も決まった。寮生活には食事のミールカードが必要で、その購入もできてやれやれと思った。部屋は単身部屋でベッドと机、荷物入れの押し入れだけがある小さな部屋であった。寮の名前は「アイゲンマン・ホール」で、院生以上の学生と外国からの研究者が入寮していた。

部屋についてホッとしていると、ベッドにシーツがないことに気がついた。自分で用意しなければならなかった。丁度私の部屋の向かいにテレコミュニケーション学科のアメリカ人の院生がいて、その彼が北谷先生から頼まれたと言って私を買いものに誘ってくれた。北谷先生は、私が日常品の買い物に出かけなければならないということを先刻ご存じであったわけだ。

街のショッピングモールまで出かけなければならないので、車が必要であったが、彼は自分の車に私を乗せて走ってくれた。彼の案内で私は寝具を買いそろえることができたばかりでなく、テレコムの専攻だからテレビが必要だろうと、テレビを買うのまで付き合ってくれた。室内アンテナのテレビであったが、セッティングまでやってくれた。地元のケーブルテレビを見るためには、特別に設けられた学生談話室のラウンジまで出かけなければならないということであった。私の英語も何とか通じているようで、生活ができる目途がたっていった。

翌日から私はおもむろに行動を開始した。先ずテレコミュニケーション学科に出向き、学科長やスタッフに到着の挨拶をした。必要な科目の聴講許可をお願いしたら、学科長名で一通の書面を書いてくれた。「この書面の持参者に許可を与えてほしい」というもので、これでどの教室を聴講してもよいというお墨付きをもらったことになった。図書館はＩＤカードで自由に使うことができた。

学科長は、居合わせた同僚やスタッフを紹介してくれるが、初対面の挨拶が実に気持ちよい。愛想がよいのであった。私は日本の学部事務室を想定していたが、少人数でこじんまりした部屋で事務がとられていた。後で分かったことだが、学生の履修届など、学生個人に関する諸手続きは、大学本部のというか、中央の学生管理部のような部署で一括して取り扱われていた。

授業を聴講することもさりながら、先ずはキャンパスの地理を頭に入れる必要があった。余りにも広すぎるのである。キャンパスの中をバスが走っているし、車も街の中と同じように走っている。建物から建物までの距離が長いし、移動が大変だと思わずにはおれなかった。

私はいつも地図を片手に持って歩いていた。建物のイメージに慣れてくるまで、地図が手放せず、自分がどこにいるのかを確認しておく必要があった。学生や教員、スタッフと小道や廊下ですれ違うと、見知らぬ人同士であるが、皆がニコッとして「ハーイ！」と声をかけてくれたり、「ハブ・ア・ナイス・デー！」と言ってくれたりする。

こうした出会いの挨拶は生活習慣なのであろう、終始変わることがなかった。見知らぬ人同士のこの初対面の印象のよさ、笑顔の応対はどこからくるものなのか、私は考えさせられた。アメリカは多人種・多民族の国で、お互いの文化的背景が違うので、以心伝心の文化の国ではない。それ故に初対面では相手のことがよく分かっていないから、先ずは緊張を避けるということが大事とされてきたのであろうか。そんな配慮が日常の習慣になったのかも知れないが、互いの文化的背景が違っていようと同じであろうと、笑顔の挨拶はとても気持ちがよいし、安心感のよすがとなる。時間の経った今でも、時々キャンパスで出くわした素晴らしい笑顔を思い出すことがある。

4　アメリカで英会話教室に通う

インディアナ大学に留学して、一番難儀したのは英語の聞き取りであった。テレコミュニケーション学科では、どの授業でも聴講が出来る許可を得ていた。何しろ初めてアメリカの大学の講義を覗くのだから興味津々であった。大講義室での講義、小教室でのゼミナール、スタジオでのラジオ実習などにも顔をだした。

そのうちに慣れない英語も耳に親しんでくるであろうと思っていたが、リスニングはそう簡単にはいかなかった。聞き取りやすい英語、聞き取りにくい英語があることが分かってきた。私の聴覚のあるチャンネルに乗ってくれる音は聞き取れても、ちょっとチャンネルがずれると、もう分からなくなってしまうという感じであった。

リスニングはもっと若いときに訓練しておくべきだったと後悔するが、嘆いていてもはじまらない。でもアメリカに来たのだから頑張ってみようと思い立った。そこで大学の言語学部で開講されている夜学の英会話教室に通うことにしたのである。週二回の三カ月コースであったが、まず申し込みに行くと、その場で簡単な会話と筆記テストを受けることになった。この成績でクラス分けをするという次第だ。この夜学コースは、外国人に英会話を教える目的で、授業料は安く設定され、留学生やその配偶者などが受けにきていた。私は上から二番目のクラスに編入されて授業が始まった。

授業の最初に、あらためて筆記とヒアリングのテストが行われた。まずは、実力の確認である。最初の先生はアメリカ人であったが、この先生はたまに顔をだすだけで、二回目からは、アラブ出身の先生やタイ出身の先生が現れた。彼らは言語学部の大学院修士課程の留学生で、外国人に英語を教える資格をとるために勉強しているのであった。私たちがその実習用の学生になったというわけである。授業料が安いのももっともなことであった。英語というのは、国によって発音に癖があり、日本人がジャパニーズ・イングリッシュを話すように、アラブとタイの先生にも訛りがあって、なんだか変なのである。これで英会話が身に付くのだろうかと心配になるが、こういう人の英語も聞き取れるようにならないといけないのではと思って真面目に出席した。

最後の授業で、終了テストが実施された。筆記とヒアリングである。途中でこのテストは、どこかでやったことがあるな、ということに気がついた。そうだ、一回目の授業の時に受けたテストと全く同じではないか。

後でテストの結果を知らされ、答案が返ってきた。不思議なことに初めに受けたテストと点数が同じである。最初の聞き取りで間違ったところを、再び見事に間違っていることが分かった。私は思ったものだ。初めと終わりとで全く同じ点数ということは、全然変わっていないということが証明されたということである。

私は笑ってしまった。僅かの期間、教室に通ったら上達できると思っていたのがいけなかったのだ。そんな自分がおかしくて、私は笑ってしまったのである。向上心もよいが欲張るものではないと、自分を笑ってしまうと、何故だか気持ちが楽になる。それ以降、私は慌てずさわがず、今の自分のままでやっていこうと思うようになる。すると変な落ち着きができてしまったようだ。「あなたは何年アメリカにいるのか」という質問を受けたこともあった。会話教室に通った意味はあったわけだ。

どうしても英語を話さなければならないという状況に追い込まれると、それなりの応対に迫られる。そんな場面を何度となく経験していくと、会話の要領を覚えていくということになろうか、度胸がついてしまうということであろう。

寮に入っていたので、三度の食事は食堂で取ることになる。夕食時が時間もたっぷりあって、食堂は賑わい、テーブルを囲んであちらこちらで談笑が盛り上がる。夕食はくつろいで食べたいということであろうか、国別のテーブルができるのであった。コリアン・テーブル、チャイナ・テーブル、アラビアン・テーブルとかができていた。ジャパニーズ・テーブルもできることがあったが、それほど目にはつかず、日本人は比較的散らばっていたようである。

日本人留学生は、難しい試験を受けて来ている大学院の学生ばかりで、英会話も巧みである。アメリカ人とテーブルを一緒にするときは、日本人学生も流暢な英語で話す。その中に私も混じって食事をすると、当然英語で話さなければならなくなる。上手な日本人学生からすれば私の英語は見劣りがしたと思うが、ここでも私は自分流で居直っていた。しかし、他の留学中の日本人大学教授は、英会話の苦手な人が多く、そうしたテーブルには最初から着こうとしなかったようだ。私はそれではアメリカ人学生と親しくなれないと思って、積極的にテーブルの談笑に加わるようにした。下手な英語であろうと何であろうと、よいではないかと考えたのである。結果的には、日本人留学生からもアメリカ人学生からも好感を持たれたのであろう、他の場所で出くわすと、気軽に声をかけてくれたりした。いつの間にか人の輪が広がっていて、私が帰国するときに開いてくれた「さよならパーティ」には、大勢の若い友人がかけつけてきてくれてびっくりしたものである。

5 日本とアメリカの大学の違いを学ぶ

インディアナ大学のキャンパス内で暮らすようになって、私はアメリカの大学と日本の大学との間にある大きな違いに気がつくようになった。

先ず教職員も学生もキャンパス内かその近辺に住んでいる。日本で私が約一時間四〇~五〇分かけて通勤していると言ったら、相手は目を丸くして「信じられない！」とびっくりしていた。彼らの感覚からすれば、通勤にそんなに時間をかけていたら、教育も研究も十分にできないではないかということであろう。日本では一時間半ぐらいかけての通勤は珍しいことではないのだと説明したら、更に一層目を丸くしていた。

学生も教職員も大学キャンパスの中か近くに住んでいるという体制、これは学生の学習・教育面ばかりでなく、教員の研究活動にも大きなプラス要因になっているように思われた。大学の設備が二四時間、好きなだけ使えるという保障があって、実際にまた使える条件下に学生も教員もいるということである。治安の関係で一部施設の時間制限はあるにしても、原則的にはキャンパス・ポリスが治安の保障をしており、開放的で自由な研究環境を保障しているのである。住まいと学校とが徒歩か車で、短時間で移動できる体制というのは、研究者にとっては便利に違いない。

アメリカの大学から、学問、芸術、スポーツなど世界的一流の人材が輩出される背景には、学生や教員の大学への近接居住、研究や練習、制作の時間、学内の人材との交流など、制限なしに時間が保障されているということがあるのではないか。彼らのおかれる「場」が日本と違うからではないかと思ったものである。アメリカ在住の人にノーベル賞受賞者が多いのは、こうした「職住近接」の環境も要因の一つではないかという気がする。

授業はセメスター制で、最近の日本でも多くの大学が取り入れるようになったが、ファースト・セメスター（春学期）とセカンド・セメスター（秋学期）の二期に分けられ、間にサマー・セッション（夏期講座）が設けられている。

ファーストは五月末頃終わり夏休みに入って、それから約四カ月の休みが訪れる。単位不足の人や留学生などは、サマー・セッションを受けて単位を補うが、一般の学生は、この休みを利用してアルバイトをして学資を稼ぐ。日本のように年中を通してアルバイトをするということがない。というよりも、普段は寮生活であるから、アルバイトができないのである。したとしても、図書館や食堂などの大学内のアルバイト程度である。

先生もテキストの何頁から何頁までを読むとかレポート提出の課題を毎時間出すから、学生はアルバイトに精をだす時間がとれない。今や日本ではアルバイトのケジメがないものだから、アルバイトで授業を休んでも平気という学生がはびこってしまう。

寮は夏休みには、学生は荷物をまとめて一定の期間、寮を空けなければならない。もちろん荷物はまとめて寮が預かってくれ、新学期に備えておくことができる。学生の留守の間に各部屋の消毒が行われ、傷ついた箇所の修理も行われ、次の利用に備えるのである。

寮にも自治会組織があって、寮の中で寮生による様々なイベントが開かれるが、学生が寮の「建物の管理」に当たるようなことはない。寮の建物管理は、大学当局の責任で、修理、清掃などが行われている。従って、休暇中は、学生は帰省するか、地元の人のホームステイに頼るかしなければならない。多くの学生は、アルバイトで遠方に出かけていたようである。

きれいになった部屋は、夏の間、大学で行われる学会やセミナー、企業研修の宿泊のために安く開放される。実に合理的な使い方だと感心させられる。

授業料の納入は、日本のように年額あるいは半年の一括納入ではなく、一単位をいくらで買うという形で納入する。履修登録をして、それだけのお金を払い込む。授業が始まって、内容を聞いて不向きと思えば、登録を取り消すこともできる。但し、早く取り消せばそのままお金が戻るが、遅いと戻る率が悪くなる。学生の出席がよいのは、この制度の効果にあるのではないかと思われた。単位を落とせば、いくら損をしたかがすぐに分かるわけである。

もう一つ驚いたのは、大学と地域社会との関係である。日本では自治体が管理運営する美術館や博物館、中央図書館、オペラハウスや音楽ホール、サッカースタジアムやゴルフ場、総合体育館などを大学が管理運営していて、その他にテレビ局やミニ新聞社も運営していた。大学の芸術学部や音楽学部、体育学部、ジャーナリズム学部が、それらを自らの教育施設として利用すると同時に地域の市民の利用にも供しているのであった。人手の足りないところは、学生たちが実習あるいはアルバイトの形で受け持つし、市民ボランティアの参加もある。

オペラハウスやオーディトリアムなどは音楽学部・大学院の管理下にあって、学生は音楽を学ぶと同時に発表の場をもち、発表までの全てのプロセスを学ぶ。トップの指導者は教授であり、それに院生と学部生が続く。教授はもちろんプロの演奏者であり作曲家でもある。時には世界的に有名な演奏家が招待されて演奏会が開かれるし、リサイタルホールでは、毎夜学生の練習や発表会が行われる。

院生は世界からの留学生で、お国ではプロ並みという学生である。演奏会は、教授や有名人のものは有料となるが、そうでないものは無料で、一般の学生も市民も自由に参加でき、自然と良い聴き手が育っていくようになっている。私は友人と一緒に、夕食後の一時、毎夜どこかの演奏会に足を運んだものである。

夏休みになると地元の高校生や中学生が大学の体育館にやってくる。大学の部員から指導を受ける。例えば、大学のバスケットボール部の選手が指導する時、そのなかに全国的に著名な選手や時にはオリンピック出場選手も混ざる。

大学の対抗試合になると、地元市民が総出と言ってもよいくらいに応援にかけつける。全国的なトップクラスの選手がいて、その下に学部・大学院の学生がいて、指導を受ける高校生や中学生がいて、そして応援に駆けつける市民がいてというように、大学を舞台にして人材を育成する循環的な仕組みができている。

インディアナ大学はバスケットボールが強くて、その対外試合を見に行ったことがある。大学の試合だから無料かと思って行ったら、応援する学生からもきちんとお金を取っていたので驚いたことがあった。資金集めの一環にしているのであろう。

美術館は、芸術学部・大学院が運営に当たる。芸術教育の一環のなかに美術館が位置づけされていて、プロの育成と良き観客を育てる仕組みが作り上げられている。学生の作った彫刻などはキャンパスのあちこちに展示され、一般学生も自然と目にふれるようになる。芸術的雰囲気をかもしだした環境作りが学生たちの手で行われているわけだ。

放送局が、大学のテレコミュニケーション学科の下に運営されているのも、学生の放送教育がカリキュラムのなかにあって、番組作りの実習が、実践活動の傍で行われるという仕組みになっている。小型の新聞社（デイリーの学内新聞を発行、通信社と契約して内外の大きなニュースも掲載）があるのは、ジャーナリズム学部があって、そこで未来のジャーナリストを目指す教育が行われていて、実践の実際を学ぶ仕組みとつながっている。

他の経済学部や法学部でも、地元経済人とのセミナーや講演会など、学部主催でよく開かれていたし、夏休みで寮が空くと、宿泊しながらの学会やセミナーもよく行われていた。普段の日でも、夕刻になると、大学のどこかで「○○研究会」「○○フォーラム」とか、また「講演・○○氏」とかの立て札が必ず出ていた。聴講歓迎のさまざまなサロンが大学内で開かれていた。

日本では大学と地域社会とに距離があって、大学と関係なく美術館も博物館も音楽堂も作られる。インディアナ大学では、継続的にプロの人材の育成をはかると同時に広く学術、芸術、文化教養に親しむ市民も育てようというわけである。大学の研究教育と市民の生涯学習までをつないだ循環的な教育のシステムとして、大学を位置づけできないものかと考えさせられた。

大学内の諸施設を使って、学生はもちろん、地域住民も参加ができる活動が頻繁に行われているし、キャンパス内は車が走り、駐車場もあちこちに用意されている。こうしたキャンパス全体の安全を守っているのが、ほかでもないキャンパス・ポリスの役割だった。警備員ではなく、州警察と同等の権限をもつポリスなのであった。この点は日本と全く事情が違うなと思った。広大なキャンパス内の安全を二どが可能になっているのだということがよく分かった。四時間保障する警察機能があればこそ、時間にとらわれることなく、研究や芸術活動やスポーツ活動な

6 家族で初めてのアメリカ大旅行

一九八五年の我が家は四人家族で、私は日本に家内と大学生の長男、高校三年生の次男を置いて留学していた。アメリカに出発するときは、夏休みに家族をアメリカに呼ぶとしても、次男は受験を控えているから無理かも知れないと思っていた。しかし、実際にアメリカに渡って、自分の目でアメリカを見てからは、家族全員を呼びたいという気持ちになった。

私がアメリカに滞在するのは、もう二度とないかも知れないし、家族にアメリカを見せるチャンスはこの機会をおいてないだろうと思い、夏休みを利用して家内と子ども二人をアメリカに呼ぶことにした。まずインディアナ大学で暫く暮らし、そこからシカゴ、ワシントン、ニューヨーク、ボストン、ナイアガラそしてシカゴに戻って、家族はそこから帰国するという行程を立てた。一二日間のアメリカ国内旅行は、すべて飛行機に頼ることにした。

授業の合間をぬっては、ダウンタウンの旅行代理店を何度か訪ねて、飛行機のチケットとすべてのホテルの手配をした。何しろ初めての旅行の手配なので、勝手がよく分からず、予約してからも本当に大丈夫かと確認に出かけたりもした。

家族をキャンパスに迎えるには、私が入寮している独身寮から家族寮へ引っ越しをしておかなければならない。いったん独身寮を空にしなければならないので、車を持った友人に手伝ってもらって荷物を運んだが、家族が暮らすには食器や寝具なども用意しておく必要がある。私が感心したのは、食器や調理器、寝具などすべて大学が貸してくれるというのであった。その食器などどこに借りにゆけばよいのかと訊けば、家族寮に入る日には、すべてを部屋に運んでおくというのであった。

七月一二日に引っ越しをして、家族を迎える準備をした。家族は、一五日にシカゴに到着。私自身がシカゴまで出迎えに出て家族と再会。ローカル航空のブリット・エアーに乗り換えて、ブルーミントンに到着。友人のワゴン車に出迎えを頼んでおいたので、三人分のトランク、荷物を積み込んで、キャンパスの家族寮「キャンパス・ビュー」に辿り着いた。まずは、無事に迎えられてやれやれという気持ちであった。

一六日は食料品などの買い物をしたが、アメリカ式の大型ショッピングセンターを見るのは初めてだし、ショッピングカーも大きいなら、牛乳のボトルも大きくて、何でも大きいので、家族の驚きは絶えなかった。一七日からは子供たちは、勝手にキャンパスに飛び出して、プールに行ったりテニスをしたり、アメリカのキャンパスをエンジョイしていた。

次男は受験を控えていたので、勉強道具を持ってきていたが、アメリカまできて参考書を広げているのも馬鹿げてみえたのか、専らキャンパスを駆け回っていた。私は、二度と経験できないかも知れないのだから、自分の目でアメリカの大学を見ておくのはよいことだと、するがままにまかせておいた。

夜には、大学で毎夜のように催される音楽会やオペラに連れて行った。日本では見たことがないオペラやオーケストラを見たのだから、どんな勉強になったのかは分からないが、何らかの体験にはなったであろうと、親なりに自己満足していた。

家族が来たので、私が日頃お世話になっている日本人留学生やアメリカ人学生などを家に招いてパーティを開いたのも忘れがたい出来事であった。家内が持参してくれたうどんや蕎麦など日本食が結構役にたって喜ばれたのである。

八月四日まで、家族はインディアナ大学に滞在、まる三週間いたことになる。五日にシカゴに向けて出発、二泊する。博物館の大きさに度胆をぬかれるが、総じて街の建築物の美しさに目を見張ったものである。通りを歩いていたら、ミュージカルの「キャッツ」が公演されていた。家内は日本で、劇団四季の「キャッツ」を見ていたので、アメリカのも見ておきたいということになり、時間も丁度間に合うというタイミングのよさで、「では入ろう」と、まさに衝動的な鑑賞となった。

七日にはワシントン入りをして、ホワイトハウスの見学、バスでの市内見学、美術館、博物館、スペースミュージアムなどを回る。二泊して九日にニューヨークに入る。この当時のニューヨークは治安が悪く、地下鉄は避けた方がよいとか言われていた。

日本人の知人に案内をしてもらって、ミュージカル「42ndストリート」を家族で鑑賞。夜の一一時頃に終わったと思う。知人からは車で迎えに行くので、決して歩いてホテルに帰らないようにと注意を受けていた。劇場内は清潔であったが、一歩街路に出ると、ごみが散乱して、これがミュージカルのブロードウェイかと驚いたものであった。ニューヨークでは三泊した。

一二日にボストン入りをするが、その時の空港で売られている新聞で、日航ジャンボ機墜落のニュースを知った。群馬県上野村の山中に墜落し、五二〇名の犠牲者をだしたという。大惨事である。飛行機旅行をしている最中にあっては、何となく飛行機への心配が走るが、予定通りにそのまま旅行を続ける。

ボストンでは、ハーバード大学を見学し、チャールズリバーの岸辺をマサチューセッツ工科大学（MIT）まで歩く。長男の希望でMITも見ておきたいということになり、タクシーにでも乗ればと後悔するほど汗をかいて、やっとMITに辿り着いた。ボストンでは、美術館で日本のコレクションが多いのに驚いたが、暑い盛りにチャールズリバーに沿って歩いた印象が一番強く残っている。

一四日にはナイアガラに出向き、船に乗って合羽をかぶり滝の下をくぐる。滝の規模の大きさに驚いたが、水しぶきを浴びて騒ぎ合ったのも楽しい出来事であった。陸上では観光ツアーのバスに乗る。運転手が英語で案内するツアーであったが、見所を知るのには役立った。

一五日にはシカゴに戻って一泊し、一六日は朝から空港に行って、家族を見送ることにするが、出発が八時間ぐらい遅れてしまう。日航機の墜落事故の影響で、各機とも点検に時間がとられているのであろうと思うしかなく、私はシカゴにもう一泊することになる。

とにかく家族は合計三三日間、アメリカに滞在し、そのうち一二日間の飛行機旅行は、我が家にとっては、かけがえのない旅行となった。日本国内でそうした家族旅行をしたこともなく、いきなりアメリカでやってのけたのだから、大きな思い出を残したと言える。

この時はまだ夢にも思わなかったが、このアメリカ滞在がきっかけとなって、次男はアメリカの大学に留学する道を選ぶことになった。私は、後にアメリカのフルブライト委員会から招聘を受けて再度渡米することになるが、このインディアナ留学で知り合った方々の推薦があって実現したのだった。そうなることなど思いもしないことであった。

7 「テレコム」先進国のアメリカ

一九八六年四月にアメリカから帰国して、大学の授業を再開。その間にアメリカから持ち帰った本やコピーの資料整理をして、約束していた本を早く書かなければと思っていた。というのは、アメリカに出発する前に、講談社の現代新書編集部の方と、アメリカのテレビやケーブルを含めたテレコミュニケーションの話を書く約束をしていたのであった。しかし、その約束を果たす前に果たさなければならないもう一つの出版があった。

私は授業の参考書として『テレビの社会学』(世界思想社、一九七八)を使っていたが、一〇年の時間の経過もあって、世界思想社からも賛同を得て、番組に焦点を当てた『テレビ文化の社会学』(一九八七)の計画を立てていた。帰国後、まずそれを完成して八七年三月に発行となる。同時進行のようにして進めていた現代新書の方は、書き下ろしが条件であった。ワープロではなくて、私は鉛筆で書き進めていた。消しゴムで消したり書いたりしての執筆であった。手書き原稿だと筆が進んでも、一日で二〇枚(四

○○字詰原稿用紙）が限度であった。指先が痛くなるのである。

書き下ろしで分かりやすくということになると、自分の体験や見聞を掘り起こしながら書くということになる。この経験は、一九八四年に出版した『笑いの人間関係』（講談社現代新書）の時にしたことであった。その時に編集者から言われたことは、出来るだけ自分の体験を入れるようにということであった。

私の当初の関心事はアメリカのテレビ、ケーブルテレビであったが、生活をしてみると、電話や通信衛星などを含めた「テレコミュニケーション」（テレコム）の発展に関心を持つようになっていった。そして、テレコムとテレビ、パソコンが結合した情報システムが普及していくと、どんなコミュニケーションが展開され、どんな社会が生まれることになるのか、どんな問題解決に役立つのかと考えるようになり、それらの問題を「テレコム社会」として考えることが可能ではないかと思うようになった。

テレコムの世界は、アメリカが世界の先端を切っていたが、その先端も日進月歩でどんどんと変わっていく。テレコム研究は、その理屈はどうあれ、現実に進行するメディアの開発や普及の実態を知らずして考えることができないから、その実態を追わなければならない。文献資料だけでなく、現場を見届けておく必要があると思っていた。

私は、留学中にいくつかのケーブルテレビ局を訪問した。大学のあるブルーミントンとインディアナポリス、それにトロントのケーブルテレビ局を訪問した。

六月の初旬であったと思う。阪大工学部の通信工学教授で「関西ニューメディア研究会」会長の滑川の方に連絡が入り、私もヒルトンホテルまで出かけた。私は関西ニューメディア研究会の副会長をしていたので、懐かしい久しぶりの対面となった。

翌朝、折角の機会だからというので、地元にあるケーブルテレビ局に出かけた。その日に電話でアポイントメントをとっただけであったが、気持ちよく迎えてくれて十分に見学ができたのであった。

トロントでは、カナダ人の知人宅でホームステイをさせてもらっただけではなく、その人の紹介で地元のケーブルテレビ局を訪問した。紹介があるとないとでは大違いであると思った。丁寧な案内を受けたのが忘れられない。私の訪問時点（一九八五年）で既に三五チャンネルを超える多チャンネル・双方向通信を実現していた。通信衛星を利用したネットワーク・サービスや電話網を駆使した新しいテレコムのサービスが次々と展開し出していた。テレビ放送局並の大きな施設であった。

アメリカは世界に先駆けてテレコムが発達をみている。それは何故なのか、私はアメリカでの生活から、それは無理もない話だなと思うようになった。先ず国土の大きさである。車と飛行機を使って旅行をしたが、その大きさを体感すると目がくらむという感じであった。広いという知識はあったが、車で走ってみると一日中走っていても地図の上に印をつけると、まるで進んでいないという感じである。ラジオをつけて走っていると、いつの間にかラジオ電波が全く反応しないというところであったり、三六〇度見渡す限りが地平線であったり、何と広いところかと驚いてしまう。

キャンパスの中でも建物と建物との距離が長い。キャンパス・バスのサービスがなければ学生が移動に困ってしまう。一戸建ちの家も敷地が広く、道路から玄関口までの距離が長い。これでは郵便配達が困るのではと思ってしまう。ポストは道路脇に備え付けられていて、郵便配達人は車を横付けにして車の窓から手をのばしてポストに入れる。家人は雨のときや寒いときは、ポストまで取りに行くのが大変である。新聞の配達は小型トラックでやってきて、荷台から玄関に向けて放り投げてゆく。家人は、庭に落ちている新聞を拾うわけである。時には屋根の上に放りあげられている場合もある。

アメリカではローカリズムが強くて日本のような全国紙が発達せずとよく言われるが、私はアメリカの広さを考えたら、新聞を全国に即日配達などできるわけがないと思った。

プリントメディアは印刷物で運ばなければならない。その点からすると空間の広さは運ぶ妨げとなるし、時間がかかる。この不便を解消しているのがテレコムである。

8 『テレコム社会』の出版

アメリカに行く前から講談社現代新書の編集部と約束をしていて、原稿用紙をアメリカにまで送ってもらっていた原稿が、アメリカでは一字も書けず、八六年（昭和六一）四月に帰国してから執筆にかかることになった。アメリカの体験を踏まえてこそ書けたのだと思う。八七年八月に入ってやっと上梓できたのだった。

日本の国土は、アメリカの約二五分の一で、比べようもなく小さい。人口密度は断然高い。にもかかわらずテレコムの普及に熱心である。テレコムの特徴を「時間と距離のゼロ化」と捉えると、広大な空間を生活スペースとするアメリカでは、願ってもない便利な道具であることが分かる。空間を超え時間をかけずに瞬時に情報が届けられる。

日本は狭いとは言え、山と川と海によって妨げられ、往来には時間がかかる。地図の上では近くに思っても、川を渡り、山越え谷越えの地形である。テレビにしても難視聴区域が一杯できてしまう。道を造り橋を架け、トンネルを掘り線路を敷きして、「時間と距離」の克服を根気よく続けてきたし、一方では山々をつないでテレコムの有線を張り巡らし、無線のマイクロ回線網を敷いてきた。こういう事情を考えると、日本は直接の往来や通信の障害となる悪条件を一杯抱えた国であることが分かる。距離的には近いとしても、自然の障害物の存在があまりに多いために、「時間と距離のゼロ化」に向けてのニーズが非常に強かったと思われる。

それと大都市圏では住空間となるスペースが狭いので、土地の価格が高くついて、人々は遠方からの通勤を余儀なくされる。過密であることが災いとなって、遠距離通勤やラッシュアワー、交通渋滞などの現象を起こし、それらが人の往来や情報の伝達に障害となって立ちふさがる。勢いテレコムへのニーズが高くなる。またいくら交通手段が発達したとしても、過疎地が残る。過疎地は「距離」によって孤立化し、都市との情報格差に悩まされる。

日本の八〇年代は「ニューメディア時代」として特徴づけられる。通信衛星、放送衛星、ＣＡＴＶ、ＩＳＤＮ、パソコン通信、キャプテン・システム、ファクシミリ、ＨＤＴＶ、ＣＤなどが続々と登場した。「多メディア・多チャンネル時代」の到来である。

メディアが増えチャンネル数が増えていくと、物理的なハードとしてのメディアを所有していることに大きな意味はなくなってくる。つまりソフトの力が強くなり、強いソフトが市場を制することになっていく。ソフト競争は多様なソフトを生み出し、消費者からすればそれだけ選択の幅が広がることになる。

テレコムの最大の特徴は「時間と距離のゼロ化」である。ということは、発信者と受信者が直接に瞬時につながることを意味する。その間に入ってサービスを行っていた人々や機関が省かれてしまうという事態が起こる。と言っても中間のサービスがなくなるわけではなくて、新しい情報の流れに見合ったサービスが取って代わるということになる。テレコムの浸透でこれまでの情報の流れが、革命的とでも言えるほどに変わっていきつつある。業界の再編成、組織の再編成、仕事の再編成とさまざまな変化が起こっていく。

いつの時代でも「変容」を迫られることは大変なことだ。悪くなるから「変容」を止めようとしても、「時代の流れ」は止めようがない。摩擦が起こる。昔ながらの知恵は、「変容」のプラスを促進し、マイナスをいかに少なくしてプラスに転じるかを考えることにある。新しいメディアの登場は、必ず新しいコミュニケーションの形態を生み出す。コミュニケーションの有り様の変化が、私たちの仕事の仕方、人間関係の有り様、生活の仕方の変容を迫ってくる。

「テレビ研究」から始まった私のメディア研究は、ニューメディアを包含してテレコムが普及した時の

「人間と社会」の問題を追うことにシフトしていった。「テレコムを生かす」生活とはどんな生活なのかについて考えた。その最初の思考をまとめて『テレコム社会』（講談社現代新書、一九八七）が出来上がった。

今日では、「テレコム社会」と言っても、何の珍しさ、新しさもないが、八七年の当時では、この言葉を書名にすること自体が新しかった。講談社の現代新書において、「テレコム社会」と名乗ったのであるから、他に類書がなかったと思う。

しかし、現実のテレコムの進展のスピードははやく、次から次へと、「ニューメディア」が登場し、またコンピュータと通信とが結合しての新しい情報システムが次から次へと開発されていった。「テレコム社会」の特徴は変わらないとしても、現象はめまぐるしく変わっていった。『テレコム社会』は初版を売り切って、再版が出ることはなかった。

私は自分の授業の中で使い、中には全く見知らぬ他校の先生がテキストに使っていただいたという話もあったが、一過性の本であることを痛感させられた。メディア系で次に用意することになったのは、『現代メディアとコミュニケーション』（世界思想社、一九九八）と題した本で、『テレコム社会』を出版してから一一年ぶりに出すことになる。

フルブライト委員会からの招聘

一九八九年（平成元）の二月、私は再び渡米することになった。一月七日、ちょうど私の誕生日に昭和天皇の崩御があり、年号が平成に変わった。渡米は二月一七日の予定で、それまでに後期試験の実施と採点を全て済ませなければならなかった。その間に入学試験の監督もあって忙しい最中であったが、渡米準備に追われていた。

今回の渡米は、九〇年（平成二）一月初めまでの約一年で、目的はミズリー州のカンザスシティーにあるロックハースト大学で「日本の社会と文化」という講義をすることであった。英語での講義なので、せめてノートづくりをしておかないと気が気でなかったし、英語での適当なテキストがないものかと探していた。

二月二四日に大喪の礼が執り行われ、その模様がテレビ中継され、私はそれをアメリカのテレビで見とどけたのであった。多くのアメリカ人も見ていて、大学に出かけると、哀悼の挨拶をしてくれる学生がいて、私の方が驚いた覚えがある。

四年前に私は関西大学派遣の「在外研究員」としての米国留学を終えたばかりであったのだが、人間関係の不思議というか、その時アメリカで知り合った先生が、私を米国に招聘するべく、米国フルブライト委員会に推薦をしたいと言ってきたのであった。推薦書類が送られてきて履歴書と業績書を英文にして返送はしたが、私は半信半疑で駄目でもともと軽く考えていた。

書類を送ったのが八七年（昭和六二）の秋のことで、翌八八年の春になって推薦が認められたと通知がきた時には驚いたものである。「フルブライト・イン・レジデンス」という資格で、キャンパス内での住まいが条件となっていた。驚いたのは私だけでなく家内もびっくりであった。

前回の渡米では、家内と息子たち二人（大学生と高校生）が夏休みを利用して、アメリカにやってきて、一カ月ばかりキャンパスの中で過ごしたり旅行をしたりした。家内としては少しばかりアメリカ生活を経験していたことになるが、ほぼ一年間の滞在生活となると、家内の心配が嵩ずるのも無理はなかった。私の心配は、四年前に留守にしていたので、再び関西大学の許可が出るかどうかであった。招聘決定の手紙が届き、さてどうするか、受諾するかどうかの返事をしなければならなくなった。

「フルブライト・プロフェッサー」として招聘されるということは、そんなに簡単に起こることではない。英語での講義だから、これは大変だという気持ちがあったが、こんなチャンスは二度とこないだろうと思って、私は受けることに決心した。

フルブライト招聘は名誉なことなので、個々の教員も事務職員も、おめでとう！と言ってくれる。でも急に決まると、事はそんなに簡単に進まない。留守中の私担当の講義とゼミをどうするかを決めなければならず、またフルブライト委員会と受け入れ大学から支給される給金をどう扱うかといった問題、私の留守を休職扱いにするのかどうかといった問題などが議論になったが、全ては円満に解決をみて、「フルブライト・プロフェッサー」としての派遣が決まった。

正式決定をみて、私は家内と二人の息子に伝えた。下の息子は、このときアメリカのインディアナ州立大学に留学していた。これも全くの偶然であった。私達夫婦には息子と会える楽しみができたのである。息子をアメリカの大学に留学させた時には、そんなことは夢にも思っていなかった。その息子の第一声は「そんなん、よう引き受けたな」というもので、アメリカの大学の実情を知る息子からすれば、私の決心はすこぶる大胆にみえたようであった。それと夫婦同伴が条件であったから、英語の苦手なお母さんがよく承知したなと思ったのであろう。

八九年（平成元）一月一七日、私達夫婦はアメリカに向けて飛び立った。カンザス空港にはロックハースト大学のメンバーと、インディアナから車で駆けつけた息子が出迎えてくれていた。

私達は、キャンパス内の住宅に案内してもらう積もりでいたら、実は水道管が凍結で破裂して現在修復中で、暫く別の所で暮らして欲しいと告げられる。大学の中の教会の一室か教員のホームステイにするかを問われ、私はホームステイを選んだ。

ホームステイは、出迎えに見えていたウルスラ・ファール博士がその引受人ということで、挨拶をすまし、そのまま車で案内される。時間は深夜をまわっていたが、博士の主人も待っていてくれていた。その夜は三人が世話になり、息子は私達の無事を確認して翌朝インディアナに帰っていった。

家の修復に二週間位かかると言われていたので、その程度のホームステイと思っていたのが、工事が延びて三月五日に引っ越しとなった。三週間居座ってしまうことになった。三週間も台所もリビングも共同で使わしてもらい、外食や買い物も一緒にさせてもらうと、大変親しくなった。引っ越しの日、ちょうど昼食時というので、ファール博士はサンドイッチを作って持たしてくれ、お世話になったと別れのハグをした時には、彼女も私の妻も互いに涙を流していた。

思いがけないホームステイであったが、私たちにとっては貴重な経験となって、アメリカ式ライフスタイルに早く慣れることができた。車がないと身動きがとれないアメリカだが、幸いにして、大学が車を貸してくれ、空いているときはいつでも使ってよい（使用したガソリンは負担）という許可を得て、車でのスーパーでの買い物など、一戸建ちの家での生活はスムースに始まった。

10 アメリカでの英語講義「日本の社会と文化」

仮住まいのホームステイは三週間で終わったが、その間も、大学が予め組んでいた歓迎会や講演、学内新聞、地元新聞の取材などを矢継ぎ早にこなさなければならなかった。私はどうしてこんなに注目されるのかが分からないでいた。世話になっているファール博士に訊いたら、私が「フルブライト招聘教授」であるからだという返事であった。

アメリカ時間で二月一七日に着いて、二八日には、大学あげての歓迎夕食会が開かれた。私たち夫婦がメインテーブルに就く。こんな経験は結婚式以来の経験で、問題は食事が終わってからのスピーチであった。一応原稿は用意したのだが、読み上げるわけにもゆかないなと思いながらワインを飲んでしまい、少しアルコールがまわって、腰が据わってしまい、却って上手くいったようであった。

大学関係者においては、第二次大戦後に設けられた「フルブライト交換留学制度」を知らない人はなく、アメリカからもこの制度によって日本に派遣されている研究者も大勢いて、「フルブライト」と言えば、もうそれでどんな人物かが理解されるようであった。

大学で出会う教職員から、「何の目的できたのか」「どこから来たのか」と訊かれても、一言「フルブライトで」と言えば、全てが了解された。日本のどの大学からどんな目的でと、あれこれ説明する必要が省けたのである。

地元の『カンザス・シティー・スター』という新聞で、そこの記者が私の歓迎夕食会に招かれていた。フルブライトで日本に行ったことがあるという。そんなところから、新聞に興味があるなら訪ねてこないかと誘われる。私はメディア研究の点からしても、これはチャンスと思って訪問を約す。

後刻、約束通り訪問すると、昼飯でもということになり、近くのレストランで昼食をご馳走になった。自分もジャーナリストのフルブライト留学で、家族と共に東京で半年暮らして、東京の新聞社の人々に世話になったという。ここでは僕がおごるよというわけである。昼から編集者会議を開くから、興味があれば傍聴してもよいよと誘ってくれる。公開しない内部の会議なのにかまわないのかと尋ねると、新聞が出るまで黙ってくれていたらいいよと笑って言う。傍聴したのはもちろんだが、フルブライトの肩書きがいかに信用されているかを実感した。

私の「日本の文化と社会」の講義は秋のセメスターからの開講で、到着早々は「グローバル・スタディーズ」という科目の客員教授ということで、二人のアメリカ人先生が教える授業に同席して、時々コメントをするという立場を与えられた。私を同席させたのは、秋に備えて授業の進め方や試験の仕方、学生の態度などを予め勉強させておこうという配慮だったと思われる。

学会で二人の教授が一週間出張することになったが、休講はせず、私に代講をしておいてほしいと言う。週二回の授業だったので二回の代講がある。こんな仕事が舞い込むとは全く予想していなかったのだが、頼まれたら出来ませんとは言えず、「やってみるか」と観念する。

「グローバル・スタディーズ」の科目は、国際政治学のようなもので、私は日本国憲法の第九条の話（英訳文を用意していた）と日本の放送事情について話をした。クラス全員のアメリカ人学生が自衛隊をアメリカの軍隊と同じと思っていて、条文を読み上げたら、初めて知ったと非常に驚いていたのを覚えている。

私は秋からの講義の準備を始めだした。出発前に日本紹介の英語本を何冊か物色していたが適当なものが見つからなかった。到着後どんな学生が受講生かと訊けば、日本についての知識は殆どなく、日本人と話をするのも初めての学生であるという。そこで採用したのは、日本の自動車メーカーがアメリカ進出をしてアメリカ人従業員に「日本の文化と社会」を紹介したテキストであった。

私の授業を選択してくれた学生は一六名で、日本で言えば小教室でのゼミという感じであった。授業は日本のように一律九〇分と決まっておらず、講義によって違うのであった。私の講義は四五分授業を週に三回行うというものであった。この配慮で、私は講義にはやく慣れ、生徒とも親しくなれたようである。

ある日、カンザスシティーの日本総領事館から借りたビデオで、伝統文化の紹介ビデオを見せたら学生達は退屈しだした。理由を訊くと、こういうのは今までにも見せられたが、見るたびに我々とは違うという思いがするだけで理解できないし、興味が湧かないと言う。私は無理もないと思って、次の授業で私個人が持参したクイズ番組とザ・ドリフターズのバラエティー番組を見せた。理解が容易でザ・ドリフターズには大笑いさえした。感想はというと、こういう番組を見て安心した。日本人も我々と同様の番組を楽しんでいることを知って親近感が湧いたというのであった。

笑いもザ・ドリフターズのアクションと装置の仕掛けで笑わせる笑いは、見て分かる部分が多く、この種の笑いは『Mr.ビーン』（英国）が世界中で受けたように、「共通の笑い」として海外でも見られるのではないかと思わせられる。

この一六人のクラスは、週に三回顔を会わすので、とても親しくなった。最初は私の英語が聞き取れず困ったという学生がいたし、私の方でも質問の英語がなかなか理解できない学生がいたのだが、親しくなってくると、理解が行き届く感じになっていったので、コミュニケーションの不思議さを感じたものである。

日米合作映画『ブラック・レイン』が封切られて、授業をつぶしてクラス全員で観に行ったことがあったし、授業の最後には学生達がファミリー・レストランで送別会を開いてくれたのも良き思い出となっている。

11 「日本の現代文化」の国際シンポジウムに参加

フルブライト招聘教授での経験から得たものは多かった。ロックハースト大学は、私を教授会メンバーの一人として迎えくれていたので、教授会にも出席の機会を与えられた。投票の場面にも立たされて棄権をした覚えがある。黙って座っておればよいのだと思っていたある日のこと、議長が、突然私に日本の教授会とどこが違うかね、と感想を求めてきたのであった。咄嗟のことで驚いたが、普段から別に変わったこともなく、教授会というのは似るものかなと思っていたので、思っていることをそのましゃべってしまった。「議論する人はいつも議論するし、結論がなかなか出なくて時間がかかりすぎる。日本でも同じだ」と話した。会議は大笑いになった。

私が経験したアメリカの大学では、単位を買って履修科目を決めるというようになっていた。学生は一セメスターで取得したい科目の合計単位数を計算してお金を払い込む。従って、日本のように多い目に履修科目の申込をすることはない。授業が始まると、先ず出席して講師と授業の内容をよく吟味する。不適切ならすぐにキャンセルすると、払い込んだ授業料が全額戻る。こういうシステムは、以前インディアナ大学で見聞したのと全く同じであった。

キャンセルが遅れると返却率が悪くなる。一カ月間がそうした選択期間に当てられ、選ぶ側と選ばれる側とが真剣に向かい合うことになる。こういう仕方が、学生の授業を受ける動機づけを高くしていることにつながっているのであろう、授業中の質問も活発であったし、私語で授業を妨害する学生も生まれない。

私の授業は一六人の学生で落ち着いた。毎回名前を呼んで出席をとっていた。事務から中途で出席表の提出が求められるので用意しておかなければならなかったが、「これは新任の先生については全員行っているもので、あなただけに求めているものではない」とことわりがあった。

今日では、日本でも「学生による授業評価」の制度は当たり前のこととなってきたが、私はアメリカで初めて経験したのであった。最後の授業の残り二〇分程度をさいて行うのだが、教員はさっさと教室を出て行ってしまい、学科長と事務員が入ってきて、注意を与えて回収して持ち帰る。担当教員は一切関与なしである。そして、その結果は、後ほどまとめられて図書館で閲覧できることになっていた。長年続けてきた制度なのか、慣れた手つきで淡々と行われている風であった。

学科長に「授業評価」の扱いを訊いたら、担当教員の教授法の改善に利用してもらうが、先生の人事評価にも使うということであった。短期的な使い方はしないが、「悪い」評価が何年も続くのは問題にすると言っていた。先生の契約更新に影響するということであろう。

日本では「人事評価」に使わないということで「授業評価」の導入があったわけで、彼我の違いは大きい。その大学では、学部人事は学部長が扱う仕組みで、それなら学部長が「授業評価」を参考にするのは当然ということになる。

日本の場合、アメリカの大学から似た制度を輸入するが、全体の仕組みが違うから、一部だけを切り取って輸入しても、中味が全く違ってしまい、利用のされ方も違ってしまうというケースが多い。「セメスター制」というのもその例ではないか。春学期と秋学期を独立させ、その間の夏休みに「サマー・セッション」を入れて、春学期で単位を落とした人や単位数を増やさないといけない人や留学生など、救済手段を講じる授業を行っていた。この授業の担当は正規の教職員が当たっていた。セッションを挟むことでセメスター制が生きるということになっていたと思うが、日本には「サマー・セッション」がない。

ロックハースト大学では、新入生歓迎行事の一つに、教員が食堂で給仕の役をして学生に接するというサービスがあった。白いエプロンと山高の帽子をかぶった教員が横並びになって、学生の注文を受けて各自の皿に盛っていくのであるが、ここで新入生と笑顔と笑いの挨拶を交わす。アメリカ的なのかも知れないが、私もやってみたが、わいわいと楽しい経験であった。

三月に入ってある日突然バージニアにあるスィート・ブライアー・カレッジ（Sweet Briar College）という大学から研究室に電話が入った。まずフルブライターであることの確認から、ついては大学主催の国際シンポジウムに参加してくれないかというのであった。毎年、国際会議を開催しており、今年は「日本の現代文化」をテーマにして、コーディネーターに元駐日大使のライシャワー博士、他にはコーネル大学とハワイ大学の日本問題研究者を予定しているという。これは大変だと思いながらも、声をかけて下さったのだからということで、やってみるかと引き受けてしまった。

四月一一日に家内同伴で出発。バージニアまでの二泊三日の小旅行となった。立派なゲストハウスに到着して案内を乞う。早速寝室と食堂の案内があった。私達のためのアテンダントも決められていた。

第一日目は、広大な緑のキャンパス内を車で見学し、夜は学長からのディナー招待で、夫婦同伴でスタッフの顔合わせが行われた。宿舎に戻ってから、私はシンポジウムに備えて用意してきた四〇分スピーチの最終チェックを行った。私のテーマは「日本の現代社会とテレビジョン」であった。

翌朝、食堂に出向くと、ライシャワー夫妻の姿が見えた。初対面であったが、私達の方から挨拶をする。奥さんは日本語での応対であったが、ライシャワー博士自身は、脳を患って快復はしたが、日本語を使うのがつらくなって英語だけになってしまったという。二日目は、日本をテーマにした国際学会の日ということで、大学全体が「日本の日」とされ、昼の食堂は日本料理一色で、箸が用意されていた。確か照り焼きにした魚料理だったと思う。一見日本で見るような感じだったのだが、食べてみるとまるで味が違っていた。ライシャワー博士は「これは日本料理じゃないよ」と言う。「料理長が日本料理の本を読んで作ったのではないか」という感想であった。私もなるほどそうかも知れないなと思う。でも、「日本の日」を演出しようと頑張ったアメリカ人料理長に敬意を表したいと思った。

午後からシンポジウムで、ライシャワー博士がコーディネーターで、一人四〇分ずつ、三人が報告して、ディスカッションを交わす。私は日本では、出版点数では漫画が最高で、若者の間では漫画文化が盛んで、源氏物語も枕草子も漫画になっている、という報告をした。質問コーナーでは、まずライシャワー博士が、どうして「Cartoon」が盛んなのかが理解できないと、私への質問があった。私は漫画の積極的意義に触れて説明したが、ライシャワー博士の理解を得ることはできなかった。博士が、「Cartoon」に対してネガティブな評価であるのに対して、私が古典文学すら漫画にしてしまう「漫画」の積極性について語ったのだが、意にそわなかったのであろう、私への質問が何度か続いて、時間が来てしまい、シンポジウムは終わった。

 パーティ出席は夫婦同伴で

私たちのフルブライト招聘は、夫婦同伴でキャンパス内で住むことが条件となっていた。家内なりに準備が大変であった。キャンパス内の住宅だから、自宅に来客があるだろうし、その時のために日本の食事やおやつの材料を用意しなければならない、ということで何を持っていくか、日本の香辛料まで含めて、いろんな材料を用意した。まさに日本文化の香りを伝えようという意気込みであった。

アメリカでは、私達は教室にも近くて裏庭もある二階建ての一戸建てが与えられた。キャンパス全体も、そんなに大きくなかったので、学生も教員も気軽に立ち寄ることができるところに位置していた。

私の授業は「日本の社会と文化」がテーマであったから、その一環として「日本の料理」の時には家に学生たちを招いて実際に食べてもらった。家内の協力あればこその授業であった。持参した材料を使って、できるだけバラエティーに富んだ日本の食べ物を紹介した。巻きずし、にぎり、ばら寿司、おにぎり、うどん、天ぷら、焼き鳥、みそ汁、こんぶ、梅干し、漬物、めざし、するめ、ちりめんじゃこ、ようかん、おかきなど、それに煎茶、抹茶、番茶などのお茶も用意した。食事のときは、もちろん箸を使ってもらった。

ちりめんじゃこのあの小さな目がこわいという学生がいた。これには驚いたが、また何でも大胆に食べる学生もいた。彼らにとっては、初めての食品ばかりで、反応はさまざまであったが、全員が一様に美味しいと言ったのは天ぷらであった。料理や味には、文化の違いがよく現れており、その違いの実際を体感してもらったわけである。この食べ物教育は好評で日本への関心を一段と高めたようであった。

ある教授夫妻を招いたときであった。妻が天ぷらを揚げて熱々を食べてもらおうと台所とテーブルを行ったり来たりしていて、テーブルに就かないことがあった。ゲストはそれが不思議で、どうして席に座らないのかという。天ぷらを美味しく食べてもらうには、揚げたてをこうして食べてもらうのが一番なのだと説明すると、なるほどと納得する。

帰り際の挨拶になり、玄関のところで相手の主人は私の家内を抱きかかえて軽く頬をすり寄せる。家内は自然とその挨拶を受けている。私も反射的に同じ事を相手の奥さんにすればよいのだが、それができなくて気まずい間ができてしまった。奥さんの方から小声で「May I hug you ?」と言われてしまう。

ある日、一人の男子学生が玄関のドアを開けて入ってきた。私は奥の食堂にいたので、入ってくれるように手招き（手の平を下にして）をして、中に入って来るようにと合図をした積もりだった。ところがその学生は私の手招きを見て、後戻りして出て行こうとしたのである。私は慌ててとんでいって、どうぞ入って下さいと告げた。訊いてみると、手の平を下にする手招きは、あちらに行けという意味になるというのである。アメリカでは、こちらへと呼ぶときは、手の平を上にするというのであった。なるほどこれも文化の違いだと知る。しかし、一瞬その学生は不愉快に思ったに違いない。入ってきたらいきなり出て行けと合図されたわけだから、何と失礼な奴だと思ったことであろう。説明して理解し合い、私達は笑って誤解を解いたのはもちろんである。

国が違えば、文化の違いがあることをよく心得ておかなければならないし、誤解が起こったら先ずはよく説明することが大切だ。そのままで済ますと、誤解がふくれ上がって悪感情が増し、敵対の関係に発展しかねない。

頭のなかでは分かっていても、咄嗟にはなかなか反応できないことがある。大学の廊下のドアは、冷暖房の関係もあって、とにかく分厚くて重い。男女が一緒に歩いているときは、男性が先ずドアを引いて開け、女性を先に通す。私は開けるとつい自分が先に入ってしまう。家内がそのことに気付いていて、一緒に歩いているとき、何度か注意を受けるがなかなかなおらない。男性教員と女子学生との関係でも、教員が女子学生を先に通していたし、エレベータの乗り降りも同様であった。

私たちは夫婦同伴であったので、大学の教授や地元の日米友好協会の関係者達から、自宅や会合に招待される機会が多かった。もし私が単身であったとしたら、おそらく招待されなかったのではないかと思われた。というのは、どのパーティでも、出席者は夫婦であれ恋人、友人であれ、カップルが条件になっている感じなのであった。ある大学の教授が言っていたのだが、奥さんが勤めを持っているので、こうしたパーティが会社であると、僕がついて行かなければならないし、お互いに忙しいんだよ、ということであった。パーティは確かにカップル文化になっているのだなと納得した。パーティで感心したのは、パーティが確実に交流の場として活用されているということであった。見知らぬ人同士が、積極的に自己紹介して相手に接近していくのはマナーのような感じであった。

クリスマスになって、いくつかのパーティに招待される。もちろん夫婦同伴である。ダンスが始まると、男性が女性を誘うことになる。しかし、私は踊りができないので、テーブルに腰掛けたままであったが、妻を誘う男性が現れる。妻がそんなにダンスができると思っていなかったが、誘われると、ためらうことなくさっと出て行って踊り出したのである。私は見ているしかなかったのだが、家内の話では、男性のリードがうまいので、からだが勝手に動いて踊りやすかったという。家内からすればアメリカはとても居心地がよかったようである。

第五章　「笑い学研究」と「メディア研究」を生かして

1 大阪府立上方演芸資料館（ワッハ上方）の設立

一九九〇年（平成二）一月一三日に、私はアメリカでのフルブライト招聘教授の仕事を終えて帰国した。在米中に大阪府庁生活文化部から電話がかかってきて、アメリカまで一体何の用件かと驚いたことを思い出すが、「上方演芸保存振興検討委員会」の立ち上げを検討しているので、その会長を引き受けてくれないかという打診であった。私自身もかねがね大阪に演芸資料館ができればと願っていたので、内諾をして帰国した。上方の落語や漫才、喜劇などの「笑いの文化」は、大阪の地で生まれ育ち、今もなお多くの人に親しまれている。それが、演者がいなくなると、もう二度とその芸が見られなくなってしまい、台本などの資料も消えてしまうという事態は、何とかならないものなのかと、かねがね思っていたところであった。大阪府から声がかかったときは、夢がかなう思いがしたものである。

大阪府は早く委員会をスタートさせたくて、私の帰国を待ってというか、一月一九日に第一回の委員会が開かれた。行政側から岸昌知事をはじめとして、担当部局の生活文化部の面々、検討委員として、難波利三、桂米朝、夢路いとし、喜味こいし、西川きよし、原暎二（当時　NHK大阪放送局副局長）、佐藤彰（当時　朝日新聞大阪本社学芸部長）、西野正夫（当時　読売テレビ常務編成局長）、それに私の九人が出席した。

その後、民間会社からの委員は人事異動で交代があったが、他の委員は、資料館が開館する九六年（平成八）一一月までの六年間を務めることになった。私は、その間ずっと会長職にあって座長を務めるとともに、事務局の相談にあずかっていたが、一番気をつかったのは、関係者の一致協力の体制をどうしたら作っていけるかということであった。放送局、新聞社、興行会社、実演者など、立場の違う者同士のオール大阪的な協力が必要で、それがあってこそ、大阪が誇れる演芸資料館が作れるのだと思っていた。放送局などは、日頃激しく競争しているが、この資料館の設立に当たってはＮＨＫも民放も全局がこぞって協力的であった。東京の評論家から、こんなことは東京では不可能で、さすが大阪ですねと言われたのを思い出す。

委員会の仕事は、上方演芸の保存と振興のための「基本構想」を作成し、知事に提出することにあった。何故上方演芸の資料を収集・保存しなければならないのか、事業の理念や目的について話しあったし、その目的達成のためにはどんな施設が必要なのか、そして先ずは準備段階で取り組んでおくべき課題は何かなどについて、議論を深めていった。

第一回の委員会を受けて、同年三月には資料とすべき対象の選択や収集の方法について実際業務を担当する「資料部会」が発足、部会長を狛林利男氏（当時　朝日放送事業本部局長プロデューサー）にお願いした。

約二年間の委員会の審議を経て、資料館の理念、事業、施設内容、および立地条件等について検討し、九二年（平成四）三月の委員会で「上方演芸保存振興事業に関する基本構想」を取りまとめた。そして四月に中川和雄知事（九一年四月の選挙で当選）に「基本構想」を手渡した。

一番大事な理念の部分を抜粋しておこう。「上方演芸が時代の変遷につれて風化することのないよう、上方演芸に関する資料等を調査、収集、整理、保存して、後世に引き継ぐ」「時代にふさわしい新しい芸術を創造し、大阪文化のより一層の振興、発展に寄与」「大阪文化のアイデンティティの形成を促進することができる事業であり、世界の文化首都を目指そうとしている大阪にとって特徴的な事業である」と記している。（詳しくは、毛馬一三『ワッハ上方を作った男たち』西日本出版社、二〇〇五を参照）。

中川和雄知事に「基本構想」を提出したにもかかわらず、世間では「ワッハ上方」はその後に知事になった横山ノック氏がつくったと思っている人たちが意外と多い。ノック氏が演芸の出身であったということから、だから「演芸資料館」ができたのだろうと、勝手に思いこむ人が多かったようである。また「ワッハ上方」が完成を見たのが、一九九六年（平成八）でそのときの知事が横山ノック氏であったという事実も影響していたと思われる。端は岸知事に発して、次の中川知事が熱心な推進者になって「ワッハ上方」は実現したのであった。

演芸資料館の「基本構想」は出来上がったが、問題はどこに立地するかであった。道頓堀近くの日本橋界隈の土地が候補に上がって、一時はそこに独立館としての演芸資料館が構想され、その建築デザインまで作成された。それを見た私は、こんな独立館ができればどんなに素晴らしいか夢をふくらますことができた。ところが、土地買収交渉が障害にぶつかって失敗し、新たな土地探しが始まったが難航し、結局は吉本興業が千日前の「金比羅分社跡地」を買収し、そこに建てたビルの一部を賃借することで落ち着いた。

設計は「基本構想」に基づいて、建築仕様書きが作られ、資料保存室、展示室、ライブラリー、リハーサル室、演芸ホールなどを用意した演芸の「保存振興」を目的としたミュージアム空間が用意された。

いよいよ開館が迫ってきた九六年（平成八）一一月一日、大阪府は『府政だより』の全面を使って桂米朝師匠と私との対談を掲載して、「ワッハ上方いよいよお披露目」のお知らせをした。その時の米朝師匠の言葉で深く印象に残っている言葉がある。「あそこで調べたらたいていのことはわかる、というシステムが定着すればホンマモンですな。時間がたてばたつほど、ようこれだけのことをやってくれたなと後世にいわれるようであればと思います」。

そして、一一月一四日に開館記念式典が行われ、一五日に開館した。運営は、財団法人大阪府文化振興財団への委託である。初代館長には、資料部会長をしていた狛林利男氏が就任した。これまでの検討委員会は「上方演芸資料館運営懇話会」に切り替わり、私は継続して懇話会の会長を務めることになった。懇話会は運営の相談にあずかりながら、主たる業務は上方演芸の名人の「殿堂入り」の選定をすることにあった。

開館準備から開館してからのスタッフの忙しさは、聞くにつけ頭の下がる思いであった。開館して暫くは、マスコミで取り上げられる機会も多く、創業人気もあって大勢の来場者があったが、そう長くは続かなかった。

2 大阪府立上方演芸資料館館長に就任

一九九八年（平成一〇）の暮れ頃であったろうか、私は大阪府から「ワッハ上方」の二代目館長就任の打診を受けた。九九年四月からの予定である。大学の勤務があったから、受けるとしても非常勤になるが、そんなことで勤まるのかなと暫く考えることになった。念願の資料館がスタートしたのであったが、「基本構想」からかかわってきた者としては気になる点もあった。肝心の「資料保存事業」がおろそかになっているのではないかという心配であった。資料に詳しい人はいたが、整理・保存のための専門学芸員を置かないでスタートしていたのである。

館長就任には勤務先の大学の許可も必要であった。石川啓学長（当時）からは「よいことではないか」と激励の言葉をいただいた。関西大学では、私は九四年（平成六）四月に新設の総合情報学部に移籍し、その初代学部長代理を九六年九月まで務め、それ以降は大学院修士課程の設置準備に追われる身となり、九七年度は総合情報学部の第一期生が卒業年度を迎え、翌年度には、修士課程の学生を迎えての授業が待っていた。そんなことを考えると、果たして務まるかと心配であったが、忙しくなるのを承知で「やってみるか」と館長を引き受けてしまった。

九九年（平成一一）四月一日に就任して、二〇〇二年三月末まで、丁度三年間の館長であった。こうした自治体経営の館長の仕事は、初めての経験で、私にとっては得難い経験となった。

まず、二〇〇〇年（平成一二）一一月三日、皇室からの「お成り」をお迎えしたことがあげられる。「第一三回全国健康福祉祭大阪大会 ねんりんピック二〇〇〇大阪」が開かれ、大阪に常陸宮同妃両殿下がお出でになったのである。一日目に「国立民族学博物館」、二日目に「大阪府立上方演芸資料館」を訪ねられ、三日目が式典であった。当日は、館長の私が先導役で四階の展示室を案内して御説明に当たった。上方漫才の歴史コーナーでは、立ち止まられて、両殿下から若干のご質問を受けた。「ワッハ上方」に到着されて半時間の出来事であった。

楽しい仕事として印象に残っているのは、『ワッハ上方』の機関誌を発行できたことと、「ワッハ上方プロデュース公演」が実施できたことなどである。資料館は「インフォメーション」という館の案内情報を月刊で発行していたが、機関誌を持たなかった。私は、資料館の活動内容、その存在意義を知ってもらうためには機関誌が欠かせないと思っていた。

事務方から予算上無理という説明を受けながらも、機関誌は欠かせないと、無理に無理を言って年刊の発行にこぎ着けた。資料館には開設当初以来、演芸に造詣の深いスタッフとして、棚橋昭夫（元NHK）、山口洋司（元YTV）、村上正次（元KTV）、都筑敏子（元OBC）四氏の参与がいた。その参与達の協力を得て、取材、執筆など殆どの原稿を内部スタッフで用意した。もちろん、私自身も書いたし、原稿のまとめの仕事もした。外部編集者には私のゼミ卒業生の協力を得た。だから私も無理が言えて仕事ができたのだと思う。鼎談で綴る「昔の演芸今の演芸」、「お宝」の収蔵資料の紹介、「ワッハ上方プロデュース公演」の誌上採録、館長インタビューなど、ページ数は多くなかったが、充実した機関誌を刊行することができた。

今その三号までを手元において眺めてみる。往時の「ワッハ上方」の年間事業の記録、寄付をしていただいた収蔵資料、演芸界の長老達の歴史的証言、「ワッハ上方」に寄せる期待など、今読み直してみると、記事自体が資料になっており、三号雑誌で終わったとは言え、無理してでも発行しておいてよかったという思いが甦ってくる。

「ワッハ上方プロデュース公演」も楽しい思い出である。参与の方々に「ワッハ上方」ならではの舞台制作をお願いし、それを資料として残すという企画を立てた。第一回は二〇〇一年（平成一三）一月二〇日に、棚橋昭夫参与が担当して「春野百合子の世界」を制作。私は観客席で見せてもらったが、春野百合子独自の曲節の実演と解説があって、私は節の素晴らしさ、その芸の力に深く感動した。まさに保存するに値する舞台だと思った。

二回目は山口洋司参与が担当して、同年二月一一日「責任者出てこい！あの人生幸朗から平成のぼやきへ」を制作した。人生幸朗は一九八二年（昭和五七）に没し、それから一九年が経過して「ぼやき漫才」が忘れかけられており、そこで人生幸朗・生恵幸子の漫才をビデオで再現したのであった。生恵幸子、竹本浩三の両氏に私が加わって、「ぼやき漫才」の面白さ、その大阪らしさについて語り合った。若い漫才師には是非見てもらいたいと、各プロダクションに招待券を配ったりもした。

三回目は同年三月一七日に、村上正次参与が担当して、「東京やなぎ句会」総出演で、トークショー（永六輔、大西信行、小沢昭一、桂米朝、加藤武、永井啓夫、矢野誠一）と東西落語名人会（桂米朝、入船亭扇橋、柳家小三治）の舞台を実現した。永六輔氏の司会で、それぞれが芸談を語り、そして東西の名人が落語を演じるというまたとない舞台となった。そればかりでなく、柳家小三治師匠から初代桂春団治の羽織を資料館に寄贈したいと申し出があり、その場で受け取ったことも忘れがたい。

苦い思い出もある。「ワッハ上方」が廃止されるかも知れないという危機を経験したことである。二〇〇一年（平成一三）の六月六日、読売新聞が「大阪府、一二五施設の運営見直し ワッハ上方廃止へ」の記事を掲載したことに端を発して、「ワッハ上方」は大揺れに揺れたのであった。新聞は大阪府が「利用者の低迷に悩むワッハ上方の廃止方針を固めたのをはじめ、七施設を廃止の検討対象とし」と書いたのである。館長の私は新聞から何の取材も受けず、府当局からも何の話もなく、全く寝耳に水の話であった。府庁の担当部局に問い合わせをしたら、誰もそんなニュースを流した覚えはないという返事が返ってきた。ニュース内容が詳しすぎるから、私は府庁の誰かが新聞社にリークしたに違いないと思った。新聞社は「情報源の秘匿」で、どこから情報を得たかは明かさないので、行政にしてみれば、「廃止」のアドバルーンを上げて、世論の動向を推し量ろうという魂胆と思えた。

館長にできることは何か。「ワッハ上方」の存在意義を、あらためて府当局にも有識者の方々にも、マスコミの方々にも必死の思いで説いてまわった。「朝日新聞」の「私の視点」（二〇〇一年八月五日）にも記事を書かせてもらった。

「ワッハ上方」第三号の巻頭言として次のようなことを書いている。「大阪の笑いの文化は、長い伝統を有し、大阪の地で生まれ育ってきた文化であり、大阪人にとっては心のふるさとにもなり、ワッハ上方はその根拠地として位置づけされる。大阪だからこそ作れる資料館、大阪らしさがいっぱい詰まった資料館である」。その資料館を無くしてなるものかという気持ちであった。

府の財政難からの検討は、結果として、(財)大阪府文化振興財団への委託運営から大阪府直営に切り替わって「存続」が決まった。二〇〇二年(平成一四)三月、資料館の存続を確認し一安心して私は館長を辞したのであった。

 関西大学で「国際ユーモア学会」を開催

日本では「日本笑い学会」が笑いを総合的に研究する唯一の学会であるが、国際的には「国際ユーモア学会」(International Society for Humor Studies)という組織がそれに相当する。本部事務局はアメリカのオークランドのホーリー・ネームズ大学にあって、マーティン・ランパート教授が事務局長を務めている。会長も理事も存在するが、彼らは世界に散らばっていて、事務的な作業は全て事務局長がさばいている。会員は全てe-mailを使い、会長・理事選出もメールで行う仕組みになっていて、インターネットがあればこその学会である。アメリカとヨーロッパで交互に毎年総会・研究発表会が開かれている。

私が、この国際学会ISHSに参加したのは、一九九七年のアメリカのオクラホマ大学での大会が最初であった。大会の統一言語は英語で、参加者の殆どが研究発表をすることになっていて、私自身も「The Arts of Laughter in Japan」という題で発表を行った。殆どが欧米の研究者のなかで、日本からの参

加者が八名いた。

学会は、これまでアジアで開かれた例はなく、理事の中に日本での開催は考えられないかと思う人がいた。九八年と九九年の大会は既に決まっていて、二〇〇〇年に日本で開催できないかと打診を受けたのである。相談を受けた私の方がビックリであった。もし受けるとなると、関西大学でとなり、その時には私が実行委員長を務めなければならない。私は慎重にかまえて、暫くの間考えさせてもらいたいと返事をした。私は即答を避けていたが、私のまわりの日本人参加者は、日本での開催に乗り気であった。二〇〇〇年と言えば、「国際ユーモア学会」（ＩＳＨＳ）は、学会組織としては一二回目に当たる。この国際大会を大阪の関西大学で開催するかどうかの検討を迫られたのであった。

九八年の夏から秋にかけて私は、関西大学の総合情報学部から四カ月の在外調査研究員の資格を得ていた。一カ月をヨーロッパで、三カ月をアジア、ニュージーランド、オーストラリアをまわって調査研究することにしていた。大学から長期出張ができるチャンスは、定年までにはこれが最後ということもあって、家内を同伴して訪問先をまわった。

オーストラリアでは、国際ユーモア学会の理事であったジェシカ・デービス博士（ニュー・サウス・ウェールズ大学）に会うのが目的であった。国際学会のことをもっと詳しく知りたかったし、デービス博士は九六年（平成八）のシドニー大会の実行委員長を務めた人であったので、その経験を親しく聞かせてもらおうと思ったのである。この時も家内同伴であった。

ニュー・サウス・ウェールズ大学では、ジェシカ・デービス博士の友人でウーロンゴン大学のマーグレット・Ａ・ウェールズ准教授を紹介された。彼女は日本語が達者で狂言の研究家であった。二人は、日本で是非国際ユーモア学会を開いて欲しいし、その時は必ず参加するからと励ましてくれた。私の中に、どんな風にして国際会議を開くかというイメージが徐々に作られていった。

一一月に帰国して、「笑い学会」の仲間と話し合った。これまで欧米でしか開かれていない国際会議を日本で開くことには大きな意義があるし、アジアで初めての開催を大阪で果たすことは、大阪にとっても大きな意味があるのではないかと考えた。そして、引き受ける決心を固めた。「やってみるか」である。

国際ユーモア学会の開催には、ホスト校となる大学学長の受け入れレターと地域社会を代表する機関からの歓迎レターを用意する必要があった。関西大学の石川啓学長（当時）にお願いをし、地域社会を代表してのレターは、私が長年大阪市の社会教育委員をつとめている関係から大阪市の玉井由夫教育長（当時）にお願いをした。ご両人とも快く引き受けて下さって、そのレターを本部理事会に送り、正式の承認を得ることができたのであった。

翌一九九九年（平成一一）七月にカリフォルニアのオークランドにあるホーリー・ネームズ大学で開かれた大会には私自身が参加して、来年は大阪で開催する旨の宣言をした。「来年は大阪で会いましょう！」と宣言してしまっては、もう後へは引き返せない。

一番頭を悩ましたのは、運営費のことであった。参加者からの会費だけでは、国際会議はとても賄えない。「笑いの文化」を誇る大阪での開催であるから、私は大成功させたいと思っていた。それには寄付金をあつめる必要があるがそんなことをした経験がない。日本笑い学会の理事達にも相談した。この不景気のなかで寄付に応じてくれる企業などないのではないか、と悲観的意見が多かったが、私は「やってみなければ分からないのでは」という考えであった。国際会議を支援してくれる基金と同時に関西大学にも申請をして、私は大阪を代表する企業をまわって歩くことにした。もし赤字を出せば、実行委員長の私が責任をとればよいという覚悟で、寄付のお願いにあがった。

世の中不景気の真っ只中でのお願いであったが、訪ねた会社の殆どの協力を得ることができ、私は、さすが大阪の企業だと感激した。大口の助成では「関西大学国際交流助成基金」「日本万国博覧会記念協会」のお世話になり、日本笑い学会の会員個人からの寄付もあって、結果的には外国の参加者にも満足して貰える大会にすることができ、殆ど赤字も出さずにも済んだのであった。

大会は二〇〇〇年七月二四日から二七日までの四日間をかけて、関西大学一〇〇周年記念会館において行われた。参加国は二〇の国と地域、外国からは夫婦同伴を含めて九〇人の参加があった。日本の出席者は六〇人、研究発表は総数で一二三本あった。大会初日の歓迎講演では、日本笑い学会の織田正吉副会長が「The Traditional Japanese Smile and Laughter」を講演、それを受けて私が「Osaka's Culture of Laughter」と題して「大阪の文化と笑い」を紹介した。最終日には、人類学者の山口昌男博士による基調講演「ユーモアへの比較文化的視点」があり、それを受けて「西洋のユーモアと東洋の笑い」というテーマのシンポジウムをアメリカ、オーストラリア、イギリス、中国、日本の研究者で行った。

思い返せば何と多くの人々の協力を得たことかと思う。日本笑い学会の協力は大きかったし、関西大学の教職員、学生、地域の企業、マスコミなどの協力があっての賜だったと痛感する。特に開催中の学生達の献身的協力は、外国人参加者の目にとまり、エンディング総会では、学生スタッフに対してのスタンディング・オベイションが起こった。外国からの参加者は、殆どが日本が初めてで、日本語が分からず空港の出迎えからホテルや会場への案内、バスと電車案内など、その全てを学生が担当してくれた。社会学部の木村洋二ゼミと院生の学生たち、それに井上ゼミ（総合情報学部）が若干加わっての学生ばかりであったが、そうした案内から会議室でのサポートを院生がリードしてくれて、会議の進行も無事に終えることができたのであった。全てが感謝感激の思い出である。

この大会を通じて、狂歌や川柳、狂言、落語、漫才についての発表、英語落語と狂言の実演もあって、「日本の笑い」が外国研究者に一挙に紹介された。この時の多くの日本人研究者の発表が契機となって、後にオーストラリアのJessica Milner Davis博士が編集者となり『*Understanding Humor in Japan*』(Wayne State University Press, 2006) が刊行された。日本の笑いについてこれほど多くの論文を掲載しての英書は初めてではないかと思われる。冒頭の織田正吉副会長の記念講演「The Traditional Japanese Smile and Laughter」も掲載されている。私の論文では「Osaka's Culture of Laughter」と「Humor in Japanese Newspapers」の二編が収められている。

ここで私は、当日同時通訳を担当された村松増美氏のことについて触れておきたい。国際ユーモア学会では、使用言語は英語と決められていたが、日本人の会衆も多い中では、同時通訳が欠かせない。通訳者を用意するだけではなくて、会場に同時通訳ができる設備も用意しなければならなかった。大阪にあった㈱インターグループに相談し、設備や録音、後のテープ起こしなどについて世話になった。同時通訳については、別に村松増美氏に相談した。村松氏が「日本笑い学会」の会員であることは知ってはいたが、お会いしたことがなかった。「日英同時通訳のパイオニアの一人」と言われている著名な人であることを知ってはいたが、会員の方であるから、もし協力いただけたらありがたいと思って、失礼を顧みず、いきなりお願いの電話を差しあげた。二〇〇〇年の七月に、関西大学で「国際ユーモア学会」を開くので御協力をお願いしたいと申し出た。アジアで初めて開く「国際ユーモア学会」であること、研究発表やシンポジウムの開催など、概要を説明させていただき、協力をお願いした。十分な資金がないこともお話ししたが、先生からは、全面的な協力を申し出ていただいた。本来なら、お会いしてお願いすべきところ、電話で全てを受け入れていただき、あり難かっただけではなく、私は先生から励ましと大きな勇気をいただいた。㈱サイマル・インターナショナルから若い同時通訳者を同伴していただいたし、記念講演もシンポジウムも成功裏に終わった。

この国際会議を機縁に、私は村松先生と親しくさせていただき、国際ユーモア学会にも一緒に出かけたりした。テニスに打ち興じスキーを楽しむという元気の見本のような先生が、二〇〇四年に突然脳梗塞で倒れ、闘病生活を続けられるが、二〇一三年に八二才で帰らぬ人となられてしまう。先生と共に出かけた国際ユーモア学会で、二〇〇二年のイタリアのForli大会、二〇〇四年のフランスのDijonでの大会が、とりわけ思い出深い。Forliは、ボローニャ大学の分校で、中世の要塞のような建物で、その中庭で余興として「世界ジョーク・コンテスト」が開かれた。先生は率先して参加、江戸小噺を披露して拍手喝采を浴びた。フランスのDijonでは、ホテルが一緒だったので、行動を共にすることが多かった。先生は、いつもカラーマークのペンを胸ポケットにさし、電子辞書をしのばせ、新聞を読んでは、マークして、情報収集に余念がなかった。朝食はいつも私より早く、「面白いのがありましたよ」とマークした英字紙を見せて下さった。これが先生の普段の生活かと私は感心した。お茶を飲みながら、食事をしながらでも、先生はおしゃべりで、次から次へとユーモアの話が出てくるのであった。アルコールは一滴も口にせず、飲み物の注文はいつも「ペリエール」だった。私は今もペリエールを注文する度に先生を思い出している。

大阪府立高校に「芸能文化科」が誕生

一九九〇年（平成二）一月にアメリカから帰国してからは、急に忙しくなっていった。大学では新しい学部を作る仕事が始まって、私は一九九一年四月に総合情報学部（仮称）設置準備委員（後に「総合情報学部」設立準備委員）に選ばれた。情報系の学部を新設するということで、九四年の開設を目標に動き出したのであった。「上方演芸保存振興検討委員会」の仕事が、一月から入ってきたことは先にも書いたが、そうこうするうちに、それまで有志で運営していた「笑学の会」を「日本笑い学会」に発展させようと動き出し、九四年七月に設立大会を開催した。その九四年四月には新しい学部として、高槻キャンパスに「総合情報学部」が発足、私は準備委員会の副委員長をしていて、新学部に移籍することになり、初代の学部長代理を引き受ける。

こうした動きに並行して、九一年（平成三）には、大阪府教育委員会から府立高等学校に「芸能コース」を設置するための研究会を組織したいという相談を受け、私は大変良い考えだと賛同したことから、「大阪芸能研究会」を組織し、その代表者をつとめることになった。当然のことだが、講義やゼミも滅多なことでは休講しない方針であったから、この九〇年代の前半は、「猛烈社員」に負けない働きぶりであった。それがたたってか、一九九五年（平成七）二月に胆石症で倒れ、内視鏡による手術を受け、二月二一日から三月二日までの一〇日間を入院することになった。丁度六〇才の還暦の祝いを済ました後のことであった。

「大阪芸能研究会」は、文楽・歌舞伎、能・狂言、落語・漫才等の評論・実演・作家からなる「学識経験者」と府教育委員会関係、教育現場の教諭とで構成し、九一年（平成三）一二月に第一回の「芸能コース研究委員会」を開催。府立高等学校に、これまでになかった日本の「芸能コース」を取り入れる意義について、その場合の教育内容、その方法について議論を交わした。

芸能研究会は、三月末までに一定の調査報告書を出さなければならないので、第二回研究会を九二年（平成四）一月に、そして三月に三回目を開催して、その後に「府立高等学校における芸能科目の履修に関する調査報告」と題した報告書を府教育委員会に提出した。

「芸能コース」についての調査報告書を提出したが、府教育委員会の方では、「コース」ではなく「学科」として更に検討したいという方針になり、その旨を受けて、以前の委員に若干の入れ替えをして、

「芸能学科研究委員会」を発足させ、その第一回会合を九二年（平成四）七月に開き、九三年（平成五）四月開設を目指して中味を煮詰めていった。前回の委員会に引き続いて、私が座長をつとめてとりまとめにあたることになった。

芸能科目の設置の意義やおおよその内容については、「コース」設置の時に議論しておいたので、「学科」設置では、三〇単位のカリキュラム編成、個々の科目内容ばかりでなく、実技の施設、器材から教える教員の委嘱まで、学科開設に必要な全てを短期間にとりそろえなければならなかった。府教育委員会スタッフ自身、これまで芸能関係とは縁が薄かっただけに、大いに汗をかいてもらうことになった。「芸能」は古典と現代とに分け、「古典芸能専門部会」と「現代芸能専門部会」の二部会をつくって具体的検討に入った。専門委員には、内容をよく心得た現場の専門家・評論家をお願いした。教育の狙い・手順、必要な道具も書き込んで、具体案を作成してもらった。古典部会の部会長には、和多田勝氏（エッセイスト）に、現代部会には山口洋司氏（当時、読売テレビ編成局次長）にお願いした。

専門家の協力を得て、三〇単位の教育の中味を描き出すことができたが、一番大きな問題は、施設の問題であった。委員会としては、空き教室を転用するとか、間に合わせの施設ではなく、芸能教育を行うにふさわしい本格的な舞台を用意したホールを要望した。どんな水準の舞台にするか難しい点はあったが、生徒達が誇りをもって学べる施設であることが必要であると考えた。府教育委員会では、校地内の限られたスペースであるが、そこに本格的な小劇場を建設するということになった。

「大阪芸能研究会」は、九二年（平成四）八月に入って、「芸能学科（仮称）設置にともなう施設・設備・備品に関する調査報告書」をまとめて、府教育委員会に提出した。

そして、いよいよ一九九三年（平成五）四月に、大阪府立東住吉高校「芸能文化科」はスタートしたのであった。全国で初めて、公立高校に日本の芸能を取り上げる試みが始まったのである。とは言え、「芸能文化科」の設置が、すんなりと進んだわけではなかった。「芸能」という言葉が、何か「教育」とは異質のものと考えられ、現場の先生達の抵抗に出会うという場面もあったが、教育委員会の真摯な指導と努力によって、実現することになった。

施設・設備は、翌年の一九九四年（平成六）に見事な出来映えで完成した。稽古に励む舞台も、檜作りの本格的な舞台として完成して、私たちの努力は報われたと思った。

「芸能文化科」は、一定の歴史を経て多くの卒業生を輩出しているが、私は少なくともこれをモデルとしてもう一校ぐらい名乗りをあげてもらいたいと思っていたが、それは残念ながら果たせていない。当時の中川和雄知事がいかに新しい発想をもって時代に臨んだかが分かる。日本の芸能を公教育のなかに位置づける作業は、まだ道細しで、若者たちへの継承を考えてゆくならば、もっと真剣に考えなければならないと思う。

一九九二年（平成四）に、府教委に提出した「芸能科目の履修に関する報告書」が手元にある。そこに書いた一文をここに抜粋しておきたい。

「日本において生まれ育まれてきた能・狂言、歌舞伎、文楽、舞踊、落語、漫才、講談などの日本の芸能は、家元制度や師弟関係の中で保存・伝承されてきて、学校教育の外に置かれてきたがために、日本の芸能にもかかわらず、若い人々からは縁遠い存在になり、後継者を育てるのにも困難を生ずるに至っている。若い人々に先ずは日本の伝統的な芸能から現代の芸能に至るまでを知ってもらい、関心を持ってもらうことが重要である」。

5 「日本笑い学会」の設立

一九九四年（平成六）七月九日に、「笑いの総合的研究」を目的に「日本笑い学会」が関西大学一〇〇周年記念会館で呱々の声をあげた。その前日の八日には、同ホールで「創立総会前夜祭」を開いている。発足当時の会員は五〇〇人に達していたが、退会する会員もあればまた新しく入会される会員もあって、毎年徐々にではあるが少しずつ増えて今日に至る。

当初、学会としての設立は、二〇〇～三〇〇人ぐらいが集まってくれればよいかと思っていたが、設立前に全国からの申し込みが相次いで、正直その反響に驚いたものである。というのは、「笑い学会」を設立するという記者会見を九四年（平成六）一月一七日に開き、学会設立のニュースが全国に流れたのであった。

記者会見は、阪急グランドビル二六階会議室を借りて、午後二時から行った。新聞、テレビ、ラジオのマスコミ各社に「笑い学会」設立の案内を配り、知っている記者の人には出席依頼の電話をしたりしていたが、どれだけの記者が駆けつけてくれるか、確たる見通しはなかった。気をもみながら廊下で記者の来場を待ち受けていたのを思い出す。誰も来てくれなかったらどうしようかと思ったりしていたが、一六社に及ぶ記者が見えたのであった。在阪のマスコミだけでなく共同通信社も入っていたので、ニュースは全国各地の新聞に掲載され、またテレビニュースでは、ＮＨＫが全国ニュースで取り上げてくれ、学会設立のニュースが関西だけでなく全国に流れたのであった。

「笑い」についての総合的研究を目的に掲げて発表をしたが、新聞によっては、「お笑い学会設立」と紹介したところもあった。電話で新聞社から問い合わせを受けたときも「お笑い学会」の事務所ですか、という問いをよく受けたものである。

「笑い」という「やわらかい」イメージと「学会」という「かたい」イメージがマッチングしなかったということがあったかも知れない。私が「笑い学会を作りましてね」と言った途端に笑う人もいた。「お笑い」は大事で、学会が「お笑い」を研究対象にするのはもちろんであるが、「笑い」をもっと広く考えて「人間と笑い」について研究するのだと説明をすると、なぜ「笑い学会」なのか、大体は納得してもらえた。

「日本笑い学会」は、それまでに活動していた「笑学の会」のメンバーが中心となり、全国に呼びかけて「学会」にしようとして誕生したものである。「笑い学」とは何かという議論はしたが、「笑い学」についての一定の定義があってスタートしたわけではなかった。「笑いの研究」については、その専門的研究者がいるわけではなし、笑いが関係する分野を上げていくと、哲学、心理学、社会学、言語学、人類学、文学、芸術・芸能、生物学、生理学、医学など、人文科学から自然科学に至るまでの領域が関係している。ということは人間が活動するあらゆる現象に、「笑い」がかかわっているわけで、「笑いの研究」というのは、まさに学際的研究ということになり、一筋縄ではいかないことが分かる。

これまでの「笑いの研究」は、哲学は哲学の領域で、心理学は心理学の領域で、文学は文学の領域でというように、個別の領域においてなされてきたが、「笑い学」というような発想はなかった。「笑い学」の構想については、先人たちの研究成果を取り入れることはもちろんだが、私たちは、生活の現場にある「笑いの現象」から多くを学ぶ必要があると考えた。社会生活の現場で、笑いがどうなっているのか、その体験や観察レポートなども研究発表の対象と考えていくことにした。

「笑い学」の定義がまずあるのではなくて、各ジャンルからの研究報告や現場の体験報告などから学んでいくうちに、徐々に全貌が見えてくるにちがいないと考えたのである。学会の会則には「笑いに関する総合的・多角的研究を行い、笑いの文化的発展に寄与することを目的とする」と書いた。従って、学会組織ではあるが、会員は大学や研究機関の研究者に限らず、職種を問わず、「笑いに関心を持つ」人なら、会社員でも主婦でも、誰でもが会員になれる組織作りをしようということで、「市民参加型学会」としてスタートした。この趣旨が生かされて、今日の会員構成を見てみると、大学教員、医師、歯科医師、看護師、保育士、弁護士、僧侶、作家、芸能タレント、アナウンサー、新聞記者、旅行ガイド、カウンセラー、高校教諭、公務員、会社員、実演家、主婦、大学生、栄養士、退職者など実に多様な構成となっている。

学会創立の総会を開催するにあたって、私たちは「創立総会前夜祭」を催した。いよいよ「笑い学会」

が誕生するぞ！という興奮を多くの人々に伝えたかった。「古典萬歳」の青芝フック・モンタ、「掛け合い粋曲」の林家染丸・内海英華、アルトサックス演奏の古谷充、講談の旭堂小南陵、そして日本舞踊アカデミーＡＳＵＫＡのブロードウェイミュージカル「許されざる日本舞踊」などが演じられた。出演者には、無理を言ってお願いをしたが、快く参加していただいたことを思い出す。ありがたいことであった。前夜祭は、入会したばかりの会員約二〇〇人の参加があり、関西大学一〇〇周年記念会館ホールは、熱気で盛り上がった。

その興奮を引き継いで、翌日創立総会が開かれた。記念講演として藤本義一さんに「文字とことば～笑いの地形」と題した講演をお願いし、三本の研究発表を用意した。織田正吉さんの「笑いと芸能～円朝的なものと春団治的なもの」、昇幹夫さんの「笑いの医学的考察」、安藤紀一郎さんの「地域文化と笑い」である。創立総会では「笑いと健康」「笑いと地域文化」「笑いと芸能」「笑い学総論」という四つの分科会の設置を提案し、笑いの総合的研究を目指すことになる。その後「コミュニケーションと笑い」の分科会が加わった。学会発足後、直ちに支部規定を作った。「市民参加型」を特徴とする「笑い学会支部」が次々と全国各地に結成されていった。

⑥ 関西大学「総合情報学部」の設立に参加して

大学受験生の減少で、各大学とも新しい学部や学科の増設、カリキュラムの改革、更には大学の合併や提携など、その動きは慌ただしい。一口に学部増設と言っても、新しい土地を獲得し、学舎を建てての新設は、そんなに容易に実現するものではない。

新しい土地の購入と造成、学舎の新設、新規の教員募集ということになると、莫大な資金を必要とするし、事前の準備が大変である。関西大学は、そうした一大事業として高槻の霊仙寺地区に一一万坪の土地を得て、「総合情報学部」という学部を一九九四年（平成六）四月に開設した。

私はその新学部の創設準備からかかわって、開設と同時に初代の学部長代理に就任し、学部長を補佐しながら九六年（平成八）九月までの二年半、その任を果たすことになった。当初、高槻の土地を見に行ったときは、目前に山を見るだけで、こんなところに学舎が立つなんて考えられもしなかった。

開設準備は、それだけでも忙しいのに、学外の仕事も重なって多忙をきわめた。九五年の二月には胆石症で一〇日間の入院を余儀なくされた。忙しさの渦中にあるときは、時の勢いというか、何かに突き動かされるように動きまわって、無理に気がつかないもののようであった。関西医科大学に入院し、内視鏡による手術のおかげで回復が早く、退院してから見舞いに訪ねてくれた人もいたくらいであった。私自身もう退院かと驚いたくらいである。

総合情報学部は、関西大学にとっては七番目の学部創設で、一九六七年（昭和四二）に社会学部が発足して以来の新学部の誕生であった。どんな学部を作るかについては、大学の「新学部設置検討委員会」で検討が行われていて、これからの社会を見通した時「社会の情報化」は必至で、関西大学は情報系の学部を構想していた。

私はその当時、社会学部で「マスコミュニケーション概論」という科目を担当していて、従来のテレビに加えて「ニューメディア」としてのテレコミュニケーションの発展を本気で追うようになっていた。私自身もこれからの社会を展望する中で、一九八七年(昭和六二)に『テレコム社会』(講談社現代新書)という本を書いていた。八六年にアメリカでの研究員生活を終えて帰国して書き下ろした著書で、アメリカでの見聞を反映した本であった。

新しい学部の計画は、そうした私自身の「情報化社会の進展」への思いとクロスするところがあり、私は新しいカリキュラムに夢を託す思いで取り組んだのであった。学部理念の「文系と理系の総合化」というのも夢の実現と考えていた。

『テレコム社会』は、工業化社会の矛盾を緩和あるいは解決をもたらす可能性を探って書いた本で、画一的な労働形式や労働管理、画一的な国民の行動様式など、「画一化」をテレコムが柔軟にしてくれるであろうという期待を込めて書いたのであった。

フルブライト招聘教授として二度目のアメリカ体験から帰国したのが一九九〇年(平成二)一月であった。帰国すると早々に情報系の学部を構想する有志から声を掛けられて議論の中に加わるようになった。一番難しい問題は教員の確保であるが、そのために先ずは、学部長候補を見つける必要があった。学部開設を一九九四年(平成六)に予定すると、早くからそうした人を探さねばならないということになる。新学部設置に向けての正式な組織「総合情報学部(仮称)設置準備委員会」の発足は九一年(平成三)四月であったが、それ以前から学部長候補を探す努力をしていた。

私はたまたま「日本新聞学会」(現在は「日本マス・コミュニケーション学会」)でお付き合いのあった東京大学の高木教典教授(当時「東大新聞研究所」所長)を推薦した。メディア関係のみならず広く全国的にも著名な人で新学部の長としてふさわしい人ではないかと推薦させてもらった。

九〇年(平成二)の「日本新聞学会」が六月に松阪大学で開催された機会を捉え、六月一日に松阪市内で、新学部設置準備の中心的存在であった石川啓教授(当時 社会学部長)と会ってもらった。関西大学に来ていただきたいというお願いをしたわけである。高木教典教授は、九二年三月に定年を迎えるということだったので、まず社会学部の教授として就任していただき、二年後に開設する学部の準備に当たっていただくという話をさせてもらったのである。

私は、その後も千葉県柏市にある高木先生の自宅や職場に何度か伺い、そして今度は東京に大西昭男学長(当時)と石川啓社会学部長(当時)に出向いてもらって、学長から正式に関西大学への就任を要請してもらった。高木教典教授には、関西での単身赴任という不便をかけることになったが、九二年四月に社会学部にきていただくことになった。いったん社会学部教授として就任し、新設学部準備の任に当たっていただいたわけである。

新学部の設立準備は、全学の協力を得て専門の分科会をつくって協議を行い、カリキュラム、学舎、設備、人事など着々と進められていったが、学部の宣伝、説明会、入試の実施方法など、直前の準備については、関西大学の移籍予定教員が中心となった準備委員会が当たることになった。高木教典教授が準備委員長に、私は副委員長として、コンビを組んで行動をともにした。学舎も教員も用意したが、入試が成功しなければ、「総合情報学部」を世に問う意味がないという思いで、学部の説明・宣伝に汗をかいた。新聞社や受験雑誌からの問い合わせやインタビューには、こまめに対応し、高校や予備校の説明会には、機会があればどこにでも出かけて行った。

最初の入学試験は試練と言ってもよく、どれだけの学生が受験してくれるか心配であったが、ＰＲ努力の甲斐あって志願者数一万五五八五人という全国一の記録的数字を達成できた時はとても嬉しかった。ＰＲの努力が報われた思いであった。

教員は総勢五七名であったが、関西大学の他学部からの移籍教員が八名に過ぎず、気心の分かった同志も少なく、初期の学部運営は苦労の連続であった。しかし高木学部長とのコンビで辛苦を共にできたことは、貴重な経験であったし、今は全てが懐かしい思い出となっている。

二〇一九年（令和元）四月に、総合情報学部は二五周年を迎えた。この時に『創設二五周年記念誌』（二〇一九、関西大学総合情報学部）が編纂された。高木元学部長が、存命であったなら、直接に記念の原稿を寄せられたはずであるが、いかんせん、私が「初代学部長　高木教典先生の思い出」の原稿を寄せている。その一部を原文のまま、ここに紹介しておきたい。

「先生の決断の意思は、時代の要請としてあった「地域情報化」という先生の学問的課題と関係があったと思う。設立過程や設立後に遭遇する様々な困難を乗り越えるには、そうした大きな夢があったればこそと思う。（略）先生の茨木駅前のマンションに何度かお邪魔をした時、私は先生の食生活を心配したものだ。「大丈夫、今は便利な時代ですから」といつも元気な答えが返ってきた。先生にも東大退職後の夢はおありであったと思うし、もちろん家族にもあったと思う。先生はその夢を新学部の創設に賭けられたのだった。しかも高齢にての単身赴任であった。先生の退職時、私は精一杯の感謝の気持ちを伝えたく、新阪急ホテルの大宴会場を借り、関大全体の「感謝の会」を開かせていただいた。法人、教学、事務職の多くの方々の参集を得てありがたかった。晩年の先生は入退院を繰り返しておられて、二〇一四年の一二月には自宅療養をされており、私は暮れも近い一二月二日に柏市の自宅にお見舞いに上がった。娘さんの介護を受けておられて、ベッドの上の先生と暫し、思い出話に花を咲かせた。その中で先生は、東京では旨い牛肉が食べられないと言われていたので、美味しい肉を送りましょうと約束し、私の地元の「伊賀牛」をお送りした。後ほど「美味しかった」と電話をいただき、それが先生との最後の会話となった。」

ゼミ生と「井上サロン」

二〇〇七年（平成一九）七月二七日、私は関西大学の東京センターに招かれて「関西大学東京経済人倶楽部」の集まりで講演の機会を与えられた。東京駅近くの丸の内のサピアタワー九階にセンターはあった。私が在職している間に、東京駅の八重洲口にセンターは設けられ、そのセンターを訪ねたことがあったが、サピアセンターに移転してからの東京センターは初めての訪問であった。二〇〇人が入る教室と中教室程度のセミナールーム、広々としたロビーなどがあって、関係者が研究や研修、講演、談話などに利用できるようになっていた。

この二〇〇人が入る真新しい教室で、私は四〇分「笑いと健康」のテーマで講演をして、その後交流会が開かれた。関西大学出身の一〇〇人を超える経済人が集まったわけであるが、その中に私のゼミ卒業生が六人来てくれていた。卒業以来一度も会ったことがなくて、名前がすぐに思い出せない人も混じっていた。交流会が終わってから飲みに行ったのは言うまでもないが、社会学部のマスコミ専攻で同じだった植条ゼミの卒業生も合流して、暫し飲むことになった。学生時代の話にもどって話題はつきず、笑いも尽きなかった。

次の二八日、午後の二時半には、大阪の難波市民学習センターに入るべく東京を出発した。学習センターの催しは、ゼミ卒業生の一人が代表となって「笑わせ力」プロジェクトというグループを結成するので、それへの出席を頼まれていたのである。和室で、座布団を敷いての会で、落語の披露もあった。私は「笑わせ力」についてのパネルディスカッションに参加をした。

人を笑わせるというのはとても難しい。用意したギャグやシャレがすぐに受けるかと言うとそうでもない。笑いには、その場の空気が重要で、それに見合って発せられたユーモアが笑いを生む。

初対面の関係のなかで、あるいは職場のなかで、「笑わせ力」の技を蓄積していくことは可能ではないか。ユーモアは、緊張を解き、相手の気持ちをほぐし、対立を避け、雰囲気を変え、元気をつける効果を発揮する。難しい状況やしんどい空気を変えて、問題を解決する方向に働いてくれる。もっと言うならば「ユーモア・ソルーション」となるわけである。

この「笑わせ力」プロジェクトのメンバーは、今は三人だが、いずれも「ユーモア・コンサルタント」を目指している。そのうちの一人は既に「ユーモア・コンサルタント」を肩書きにして、企業研修に呼ばれて、「笑わせ力」の実践に取り組んでいる。

私は思うに、今日までは、笑いをコミュニケーション・スキルとして捉えてこなかったし、そうした学習を何もやってこなかったのではないか。そういうスキルは、プロが演じる「お笑い」の世界にあるだけという認識ではなかっただろうか。学校の教科書に漫才のテキストが載ったことがあるであろうか。「ボケとツッコミ」の会話が、コミュニケーション・スキルとしてもっと研究されてよいし、実生活への応用が考えられてよい。

こんなことを言っている私自身にしても、「笑わせ力」がなくて、ということはコミュニケーション・スキルを心得ているとはとても言えたものではない。長年、大学で講義を続けてきたが、学生の評価もそうであった。「先生は、日本笑い学会の会長なのだから、もうちょっと笑わせてくれてもよいのではないか」と学生から苦言を呈されたこともあった。

二〇〇七年（平成一九）八月四日、一六回目となる井上ゼミ卒業生の会が開かれた。毎年夏に行われているのだが、前年は私の手術入院のため休会となって、二年ぶりの会となった。私の社会学部での二一年間、総合情報学部での九年間の三〇年間に、私のゼミを終えた卒業生は、幹事に訊くと、六四七人であると言う。

一九七八年（昭和五三）の時には、五〇人のゼミ希望者があって、半分に減らすことも出来ず、二クラスをもつという事態が起こった。当時、私は四二才で元気があったが、いくら頑張っても指導が行き届かず、それ以降は学生の希望があっても、二度と二クラスを持つことはなかった。ゼミは三年次と四年次の二年間に渡って続き、学業の総決算として卒業論文を書くことになっている。私のゼミは五〇枚以上（四〇〇字詰原稿用紙）を書かなければならないことにしていて、この方針は三〇年間変わることがなかった。

振り返ってみて、私はゼミ生に恵まれていたと思う。学生にとってはどのゼミに入るかは重大関心事であるのだが、希望すれば必ずそのゼミに入れるとは限らないのである。私のゼミは、いつも定員以上の学生の応募があって、そういう意味では頗る恵まれていたと言える。

私が「日本笑い学会」を設立して、事務局を私の研究室に長年置いてきたが、そのアルバイトにゼミ生の世話になり、また学会の総会を開催するにあたってアルバイトに応じてくれたのも、いつもゼミ生たちであった。

学生数が多いと、学生個人と接する時間が少なくなる。私は学生と自由に話し合える場を学外に設けることにし、月に一度であるが、大阪市内で気軽に飲んで話せる会、「井上サロン」という私的なゼミサロンをスタートした。一九九一年（平成三）七月から始めて、私が退職するまで続けた。定例の曜日だけを決めて、都合のつく人だけが集まるというやり方で、人数の予約なしで受け入れてもらえたのも店のオーナーの厚意があればこそであった。

最初は現役の学生だけであったが、私は卒業生にも声をかけていった。続けている間に卒業生の出席が多くなっていった。時には私と学生一人という日もあったがサロンを続けていた。「井上サロン」は、教師と学生との関係、先輩と後輩といった年齢を超えて遠慮なく話し合える場になったように思う。私もよくおしゃべりをして、若い彼らに刺激を与えているつもりが、逆に私の方が刺激を受け元気をもらっていたようである。

ゼミ卒業生の会が組織されていて、私が退職してからも年に一度の総会が、会長や幹事役を決めて、開かれている。総会は夏に開かれることが多いが、時には春の「関西大学ホームカミングデー」に合わせて、千里山キャンパスで催された時もあった。

二〇一六年（平成二八）四月三日に、私の傘寿を祝う会が、千里山の教室を借りて開かれた。五〇人からの卒業生が集まってくれた。一期生で初めて顔を出してくれた人もいた。冒頭に四五分間の挨拶が用意されていた。挨拶の時間としては長いのだが、私がいつもしゃべりすぎる傾向があるので、予め時間が決められていたようだ。

私は、八〇才を振り返って、自分を動かしてきたもの、それは何だったのか、主旋律のようなものを探ると何だったのかについて話した。冒険心とも言えるかも知れないが、興味が湧くと「やってみるか！」と、向う岸がはっきり見えないのに川を渡ってしまうのである。予期しないチャンスや人との出会いから始まるのだが、そういう向こう見ずなところがあった。忙しすぎて、二度の大病を患って、家族に大変な心配をかけた。現在、元気でおられるのは、皆のような励ましがあればこそだと思っている。これからはそんなに忙しい目を見ることはないと思うので、次は「九〇才を祝う会」をお願いしたい、と挨拶をした。

8 最終講義の「現代コミュニケーション・ライフ考」

一月の正月休みも終わると新学期である。この頃になると、定年退職を控えた教授たちが「最終講義」を迎える。私の場合、退職後も大学院へは非常勤講師として出講し、四年間続けて二〇〇七年(平成一九)一月一五日に、大学院での講義を終えた。七〇才になっての年度の最後である。大学での最終講義と言えば、この大学院での講義が最後となるのだが、通常は、学部における最後の講義を「最終講義」と呼んでいる。

学部での「最終講義」は、二〇〇三年(平成一五)一月一四日の四限目(一四時四〇分〜一六時一〇分)の「情報メディア論」が「最終講義」となった。私はこの他に「社会学」の講義も担当していて、いずれにも「最終」が訪れるのであるが、「最終講義」は一つしか出来ないことになっていて、私は「情報メディア論」を「最終講義」とした。

「最終講義」というのは広く学内外に広報され、卒業生や一般の市民も聴講できるという講義なのである。人によっては、これまでの教職歴や学園生活を振り返っての話をする人もいるが、私は、普段の授業の最終回であると同時に「最終講義」を聞いていただく方々にも理解ができる一定のまとまりのある講義にしたいと考えた。題は『現代コミュニケーション・ライフ考〜「現実世界」と「メディア世界」

のはざまで〜』とした。コミュニケーション・バランスの概念について説明した。

当日は、普段の受講生約二〇〇人に加えて、学部と大学院のゼミ卒業生、大学の同僚、私の友人、親族など外部からの参加者も多く見えていた。その夜に卒業生による「退職記念パーティ」が予定されていたので、卒業生の顔が多く見られた。火曜日の昼であるから勤めのある人は、休暇をとって出席してくれていたに違いない。いつもとは違った顔ぶれに、私の気持ちもやや高ぶっていたようである。

私は家内には「最終講義」のこと、夜のパーティのことを知らせてはいたが、息子夫婦や孫たちがどうするのか確認はしていなかった。私が講義に向かうために校庭に出ると、家族の全員が来ていることに気がついた。長男と次男の夫婦、それに小学校一年生と幼稚園の男の孫二人も来ていたのである。息子たちは会社を休み、孫たちは学校と幼稚園を休んでの参加であった。

よく来てくれたと思いつつ、私は演壇に向かって講義の準備をし始めた。すると、教室の後ろの方から、一年生の孫が演壇の私のところにつかつかと寄ってきた。孫からすれば、大学に来たのは初めてであり、大教室に驚いていたと思うのだが、日頃見慣れているおじいちゃんが、どうして演壇の前に立っているのか、不思議なものを見る思いがしたのではないか。「何をしているの?」と不思議そうに尋ねたので、「これからおじいちゃんがお話をするから、後ろでおとなしく聞いてね」と諭すと、後ろにいる親のところにおとなしく帰っていった。

孫が私の「最終講義」に顔を見せてくれるとは思っていなかったので、急に胸に熱いものがこみ上げてくるのを感じた。一年生と幼稚園児ではあるが、「最終講義」の場面が記憶として残り、大きくなったときに、演壇の私の姿を思い出してくれるのではないか、そうした想いがまた私の気持ちを高揚させたようであった。

講義が終わると、在校生の井上ゼミ代表が、花束を贈呈してくれ、皆の拍手に見送られて教室を出た。教員生活で一度しかない行事である。教室の外では、卒業生や友人、家族との記念撮影が行なわれた。

夜の卒業生によるパーティは、家内同伴で招待され、梅田のホテル・グランヴィアで行われた。ゼミ卒業生七〇名、遠路をかけつけてきてくれた人もあった。卒業生からの要望もあって、卒業生諸君にはまとめて話す機会のなかった「笑い学」についての記念講演を行った。その後、盛大なパーティで私の退職を祝い三〇年の労を労ってくれた。

大学院でのことにも触れておかなければならない。修士課程の講義であったが、六七才の定年後も非常勤で受け持っていた。総合情報学部の大学院だけが、天六学舎を使っていたので天六に通った。天六学舎の遠隔教育は、総合情報学部に特有のもので、修士課程を作る時に、社会人の入学を予定し、大阪市内の交通の便利のよい場所で、受講出来るようにということで、当時の最新技術を使って、遠隔教育の設備を作った。双方向で画像と音声が交信できる教室を作って、総合情報学研究科だけが使っていたのである。

講義題目は「情報メディア論」として、学部と同じ科目名を使っていた。題目は同じでも学部では現状を重視しながら、大学院では歴史を重視した講義を行った。「無文字社会」から「文字社会」、そして印刷術の登場までのコミュニケーションの後を辿った大学院での講義は、自分自身にとっても新鮮で、熱心に講義に励んだ思いが残っている。

大学院の「社会情報学専攻」では、講義の他に「課題研究科目」の主担を担当していた。通常は「演習」と呼ばれているケースが多いが、学生が修士論文を用意する場となる科目で、総合情報学研究科では、研究課題を設定して複数の教員が指導に当たる仕組みにしていた。「情報社会とメディア」をテーマとして、それに関係する教員、私を含めて四人が担当し、授業には四人が出席し、学生と混じって議論を展開した。修士課程は、社会人を積極的に受け入れていたこともあって、学部からの進学組よりも多かった。社会人には、退職組や主婦の方もいたが、現役の会社員が多くいて、企業体験をもった人々の議論がいつも活発に展開し、進学組を激励しなければならない場面がよくあった。一〇〇枚（四〇〇字）以上の修士論文を審査するのは大変であったが、学部とは違った刺激があった。

退職と同時に、こうした社会人学生との議論の場から遠ざかってしまったが、講義だけを非常勤講師として受け持っていた。その大学院での講義「情報メディア論」を終えて、私はやっと「これで終わった」という実感を得た。二〇〇七年（平成一九）一月一五日、丁度七一才の誕生日を迎えて八日目であった。

私にすれば、テレビ局から転じてから三四年の長きに渡って話し続けてきたわけである。天六学舎での「最終講義」は、高槻学舎との遠隔教育であったから、眼前の出席者は少なく、まさにひっそりと終わった。「やっと終わった」という解放感もあり、「無事に過ごせた」というホッとした安堵の思いもあった。

その日は、天六学舎で授業を済ませたので、我が家に到着したのは午後九時半頃であった。待っていてくれた妻と食事をしながら「これで終わったよ」とつぶやくと、「長い間、ご苦労さんでした」と妻の一言。顔を見合わせて「やっと終わったね」となぜか笑い合った。一瞬の笑いで全てが通じ合った感じである。

研究サロンに参加して

教育の場では、教員はそれぞれの専門科目を担当して教育に当たるが、教員の一人一人は同時に研究者でもあって、自らの研究課題に取り組む。課題の探索は、専門化を必要とするが学際的な交流も欠かせない。異分野の研究者から刺激を受け、学ぶことがないと、自らの研究も進まない。学内では、学科・学部を越えた共同研究が奨励される。

学部の教養課程に「総合コース」が設けられ、各学部から担当者が出て「大阪論」を担当したことがあるが、これも共同研究の姿勢があればこそ出来たものだった。

共同研究には、さまざまな形があるが、サロン的な集まりで討議だけを重ねての共同研究も楽しい。一九七九年（昭和五四）に発足した㈳生活文化研究所（所長／板東慧）という団体で、研究者と専門家で構成する学際的な会員構成のサロンがあった。時代の変化の中に見られる「生活文化」をテーマとして専攻が違うメンバーが討議し合うのである。ここで出会えた諸先生からは多くを教えられ、いつも討議は楽しかった。

一九八七年（昭和六二）三月のことであるが、時代の変化を告げる現象や言葉を取り上げて、時代を分析するという企画があった。時代の曲がり角の意味で「Jの時代」と名付けて、テーマを出し合い、それを会員で討議して、その内容を担当者がまとめて原稿化するというものであった。紹介は当時の肩書で統一しているが、板東慧（中部大学教授）、端信行（国立民族学博物館助教授）、三輪昌子（生活評論家）、中川米造（大阪大学教授）、米山俊直（京都大学教授）、井上宏（関西大学教授）の六人がメンバーで、一室に会し、時間をかけて議論し合った。論じるテーマは、一人が四つ出して合計で二四テーマ。討議し合った内容をどうして原稿化していくか、中川教授の指導があった。会議室の白板に大きな模造紙を貼って、担当者が議論を聞きながら、キーワード的な表現、言葉を模造紙にランダムに書いていく。カラーのサインペンを使って、縦書きあり横書きありしても、気のついたことは書き入れていく。丁寧に書くのではなく、メモを残す意味で書き残す。議論を終わると、その模造紙をそのまま担当者が持ち帰って、これを参考にして、担当者が読む原稿にまとめる、というやり方であった。今日では、グループ討議用のソフトも開発されているのであろうが、この時、こうした研究方法は、私にはとても斬新に思え刺激的であった。

この企画には『読売新聞（大阪）』の協力があり、いつも新聞社の会議室を借りて行い、討議の内容を記事化して、その年の三月から始めて約一年余（夕刊）に渡って連載された。全部で二四のキーワードを出し合って、一人四つを受け持った。私が担当したのは「アマフェッショナル」「タッチ」「主役」「大阪」の四つである。後に一冊の本『Jの時代〜生活文化の曲がり角ウォッチング』(生活文化研究所編著、ＰＨＰ研究所、一九八八)にまとめられた。

私は、この「生活文化研究所」の理事であり続けていたことから、私の提案で研究所の中に「上方研究の会」を発足させた。二〇〇一年(平成一三)のことである。生活文化研究所の賛同を得ながら、「上方研究の会」独自の会員も可能にするという方法で、新しい参加者を募った。

「生活文化」を念頭におきながら、私は「上方文化」の存在を探りつつ、普遍的で且つ独自の文化としての理念を追ってみるのは、未来を見据える時に必要で意義あることではないかと考えたのであった。二〇〇一年(平成一三)一〇月に発足の会を開き、当初はほぼ二カ月に一回のペースで活動を続けたが、やがて不定期の開催となった。約六年かけての活動であった。二〇〇八年(平成二〇)一月の第三二回の研究会で、道修町の「旧小西儀助商店」の見学と天六の「大阪くらしの今昔館」を訪ねたのが、最後になったのではないかと記憶する。研究方法としては、私は、「上方風」を残す仕事や建物、食べ物や工芸・芸能などの現場を訪問し、現場の空気を体感し、そしてそこの主との対話を通じて現在の「上方風」を探索しようと試みたのである。

研究成果を踏まえて、一七人の会員にそれぞれの専門を通じて、「上方文化」についての論考を新しく起こしてもらい、一冊の本にまとめ上げた。それが『上方文化を探索する』(井上宏編著、関西大学出版部、二〇〇八)と題した著書で、今は故人となられた著者もおられて、この書を手にすると懐かしさが込み上げてくる。

共同討議で思い起こすのに、国立民族学博物館（館長／梅棹忠夫）で行われたシンポジウム「日本人と遊び」への参加がある。民博の守屋毅助教授からの誘いで、朝から夕刻まで三日間を費やすという長時間のシンポジウムに参加したのである。梅棹館長主導のもとで、毎年一回開催されている「現代日本文化における伝統と変容」研究の一環で、六回目が「日本人と遊び」であった。私は、「芸能」の部で「寄席からテレビへ」の題で報告した。三日目の終わりに総括討論が行われた。若干の方々を記すと、梅棹忠夫（国立民族学博物館）、石毛直道（国立民族学博物館）、井上章一（国際日本文化研究センター）、井上忠（甲南大学）、祖父江孝男（放送大学）、田中優子（法政大学）、服部幸雄（千葉大学）、米山俊直（京都大学）、熊倉功夫（筑波大学）、小山修三（国立民族学博物館）、井上俊（大阪大学）などであるが、総勢二六人の参加の下で行われた。異分野の専門家との討議は、とても刺激的で勉強になったことを覚えている。その時の私の報告を含め、シンポジウム全体の記録が守屋毅編『日本人と遊び』（ドメス出版、一九八九）にまとめられている。

社会教育委員を引き受けて

一九七五年（昭和五〇）と言えば、私が読売テレビから関西大学に移って二年目で、助教授になってまだしものことであった。突然、大阪市教育委員会社会教育部の事務局から連絡が入って、大阪市の社会教育委員を引き受けてほしいという依頼があった。私の三九才の時である。大学の方がとても忙しく、しかも私は「社会教育」が何であるのか、その専門家ではないし、一般常識の程度でしか知ってはいなかった。私はその頃、新聞のコラムなど、依頼原稿をよく書いていたから、そうした書き物から、若手として面白いと思われたのかも知れない。「社会教育委員」の説明を受け、私は興味を覚えて「やってみるか」と大胆にも引き受けてしまう。

委員会には勉強の積りでよく出席した。議長に、大阪大学の元木健教授が就任されてからは、議長の話を聞くのが楽しみであった。元木教授は、「社会教育」を専門とする教育学者で、居並ぶ委員や事務局職員等に「社会教育とは」を説く立場にある人であったが、柔らかい物腰の先生で、とても話しやすい先生であった。ところが、数年たった頃、突然、元木先生が東京の大学に移られ、大阪を離れることになり、議長を辞されたのであった。はからずも、私にその議長役が回ってきた。社会教育委員会議は、大阪市内の社会教育に関係する団体代表や各界の有識者によって構成されていて、経済界、労働界、地域婦人会、ＰＴＡ団体、社会福祉団体、文化団体、それに新聞、放送、大学の有識者等によって構成されていた。その議長を長年務めることになって、私自身、各界の代表者を知ることになった意味は大きかった。

大阪市は政令指定都市で、指定都市だけの社会教育委員会議を、持ち回りで開いていたが、一方では全国社会教育委員の年次大会もあり、私自身、他都市の社会教育の現場を視察するために、よく出張をさせてもらった。副議長をされていた「キリスト教ミード社会館」の岡本千秋理事長とは、出張を共にする機会が多かった。『ミード社会館』は社会福祉法人として活動されており、その実際の活動ぶりを見学させてもらい、教えてもらったことが多々あった。大変な勉強家でもあって、社会教育委員時代に、博士号を取られて、お祝いの会に出席した覚えがある。故人となられて久しいが、忘れがたいお人であった。

三〇数年に渡る社会教育委員であったから、思い出も多いがいくつかを書き残しておきたい。一つは、大阪市が全市をあげて年に一度、取り組んでいた「大阪生涯学習フェスティバル」のことである。私は、毎年、実行委員会委員を務めていて、その実際を見てきたが、大阪市民が何十万という規模で参加し、その催す展示会は、壮大で見事なものであった。市民が日頃の学習、練習の成果を一堂に展示して見せるお祭りは、「これ、私が作ったの、見て！見て！」という大阪人の心意気が伝わる催しであったように思われた。生涯学習では、自らが「する」という点が大事で、その心意気を育て、応援するのが社会教育ではないかと思ったものである。規模をグッと縮小しては、現在の「総合生涯学習センター」内で、年に一度行われてはいるが、あの大規模なフェスティバルの迫力には及ばない。

「する」という観点からして、もう一つ書き留めておきたいことがある。「総合生涯学習センター」で、現在も行われている「ネットワーク・ラボ」と「ネットワーク・サロン」の活動である。市民自らが学習をするためにグループを作り、そのグループが成長して、その成果を市民向けにサロンを開催して届けるという、この一連の活動をセンターがサポートするわけである。「町人学者」を生み出した大阪の伝統と「する文化」の気風が、「文化サロン」を主催できる市民グループが輩出することにならないか、という考えからスタートして、初期のころは、私自身、その応募団体の選考委員を務めていた。そうした考えを私は、「なにわの生涯学習」（井上宏編著『上方文化を探索する』関西大学出版部、二〇〇八）という論考にまとめている。

私は市民の「する文化」に興味があって、一九九九年（平成一一）にオープンした「大阪市立クラフトパーク」の運営企画委員の委嘱を受けてしまう。立地は、都心から少しはなれた平野区長吉六反というところにあったが、敷地面積は広くて、建物自体も本格的でちょっとした美術工芸専門学校のようであった。木工、染色、織物、金工、吹きガラス、バーナーワーク、ステンドグラス、キルンワーク、陶芸などの専門工房を作っていて、一般の市民が自分の作品を作るのである。運営企画委員は、二〇一六年（平成二八）三月まで務めるが、工房を見て回るのがとても楽しかった。年に一度はフェスティバルがあって、近隣住民も参加して大いに賑わう。場所が、ちょっと交通の便が悪いので、立ち上げの時は苦労が多かったが、今では全国に類をみない「日本で唯一の総合工芸施設」として知られるようになっている。

一九九二年（平成四）に、吹田市に「千里リサイクルプラザ」が出来たとき、そこに「千里リサイクルプラザ研究所」という付置研究所が設立された。その時の研究所長が、末石冨太郎（大阪大学名誉教授）という「環境問題」研究の専門家で、この先生から誘いがあった。先生は、先に触れた「生活文化研究所」の理事で研究所のサロンを通じて知り合った先生であった。一九三一年（昭和六）の生まれで、私より五才年長であったが、人なつこく大変話しやすい先生であった。その先生から、「市民研究所」を作るので、そこの主担研究員を引き受けて欲しいと依頼される。市民研究員を募集して、「市民研究会」

を組織し、市民自らが「リサイクル問題」に取り組むという構想の説明を受けた。「循環型社会」を目指すには、ごみのリサイクルをどのように進めるのが良いか、そしてそうしたリサイクルを重要と考える文化、価値観をどうして育てるかなど、テーマを分けて研究して、提案していくわけである。

公募で多くの市民の応募があって、七つの研究会が誕生し、私は主担研究員として「意識調査研究会」と「イベントと環境情報研究会」の二つを担当した。「意識調査研究会」では、一九九三年（平成五）に一二〇〇名を対象に「ごみを発生させる意識」を追跡する調査を実施した。データの統計処理を、主担研究員側が受け持ち、意見欄の整理やその他業務は市民研究員が行った。ごみ意識の喚起に「リサイクル川柳」の公募をして、市民研究員が議論し合って、優秀作の選考をしたこともあった。

大阪府の仕事で、忘れがたい委員の仕事があった。大阪府立弥生文化博物館運営協議会委員をかなり長い間、引き受けていたのである。博物館は一九九一年（平成三）二月にオープンしたが、設立前から館の機能や役割について議論をする会議が持たれていた。考古学者の佐原真氏や民族学者の佐々木高明氏が入っていたが、写真や映像関係の専門家、雑誌編集者、テレビディレクターなど、考古学とは関係のない人材も集められて、これからの博物館施設の在り方について議論を重ねた。何故か私もメディア研究者として招かれていた。立地が、和泉市池上町という遺跡が発掘された場所ということで、入館者のことも考えながら、博物館の仕様をどのように考えるべきか、議論したのであった。博物館がスタートして、「大阪府立弥生文化博物館運営協議会」が設けられ、私を始め、準備段階で討議に参加していたメンバーは、そのまま協議会委員に就任した。そして新たに考古学専門の委員や地元の委員が加わった。

私は、二〇一六年（平成二八）に出された辞令を最後に退任した。開館から数えると、約二五年もの間、「弥生文化博物館」に係わってきたことになる。「空間系メディア」としてどう考えて行くかは興味ある問題でもあった。「笑い学」との関係がなかったわけではなく、「古代人は笑っていたか」をテーマに埴輪の展示やシンポジウムをしたのは、懐かしい思い出である。私としては、歴史資料の持つ意味、歴史を学ぶ事の意味について学ぶことが多かった。委員会で話を交わすだけであったが、金関恕館長とは親しく話ができ、その識見と人柄に魅せられていた。

二〇〇八年（平成二〇）、橋下徹知事の時に、財政難から弥生文化博物館を廃止するという案が出された。この時は、私も委員の一人として、その存続の必要性、歴史展示の重要性をアピールする文章を提出した。私が、大阪府立上方演芸資料館の二代目館長をしている時に、存続問題が浮上した時のことを思い出し、熱いアピール文を書いた。

弥生文化博物館が、現在も積極的な活動を続けるに至っているのは、喜ばしい限りと思っている。

第六章　大学を定年退職してから

1 退職直後の忙しさ

二〇〇三年（平成一五）の三月末日に、三〇年間つとめた関西大学を定年退職することになった。私は大学を卒業後、読売テレビ放送に就職、三七才の時に関西大学社会学部に転職した。不安を持ちつつ「やってみるか」と思い切った。テレビ局に一三年間勤務して、それから三〇年間を大学で過ごしたわけで、六七才で定年を迎えた。

普通は、大学院を終えて助手なり講師をつとめて助教授、教授と言う風に昇格して、アカデミックな世界の中で生涯を過ごす教員が圧倒的に多い。私は、そういうステップを踏まない教員であった。学外の仕事も多く、「教授らしからぬ教授」であったかも知れない。

九四年に、関西大学は大阪府高槻市に新しい学部として、総合情報学部という学部を設立した。私はその学部作りの準備からかかわっていたので、設立と同時に新学部に移籍し、初代学部長代理を勤めた。学部を作ると、次に大学院修士課程、そして博士課程を順次作っていくことになり、その全てが整って私は退職することにした。

関西大学では、規則上は六五才定年になっており、一年ごとに更新して七〇才（現在は六七才）が上限となっていたが、私は引き際のタイミングがきたような気がして、三年早めて辞してしまった。

私は、大学院を経ずに、三七才の時に放送局からの転職で、いきなり専任講師となり、一年後に助教授に昇格、七年間の助教授を経て、一九八一年（昭和五六）に教授となった。

大学での研究・教育、学内行政はけっこう忙しいもので、大学では年を取ったからと言って、教育の持ち時間が減るわけではない。学部執行部の役職にでもつけば、若干の持ち時間の減少が認められるが、企業に見られる定年間際の「窓際族」という存在はない。むしろ年を取るほどに大学院の授業を持たなければならないし、修士や博士の審査も加わり、却って忙しくなるのが普通である。振り返ってみると、私は大学の外の仕事もけっこう忙しくこなしてきたので、六七才は忙しさのピークにあった。

退職すると、「隠居」の気分でおれるのかなと思っていたが、そうはならなかった。忙しい日々が続くことになった。在職中に約束した本の出版があったし、非常勤講師の約束もあった。大学とも縁が続いて、非常勤講師として大学院総合情報学研究科で「情報メディア論」という講義を担当。それ以外にも、金城学院大学と仏教大学の大学院で「情報メディア論」を受け持ったし、家の近くの皇學館大学社会福祉学部では、「英書講読」の非常勤講師も担当した。

皇學館大学は、自宅の近くで、車を走らせて二〇分位のところにあり、出講した時は、図書館の個室を借りていた。午前中に授業を済ませ、学食で昼食をとり、午後は図書館の個室で原稿を書いたり読書に耽ったりしていた。忙しくはあったが、快適な時間でもあった。

忙しい目をしたのは、関西大学と約束していた出版であった。定年後一年までの間に二冊の本を出版しなければならなかったことである。一九九二年（平成四）に『大阪の笑い』を出版していたが、その続編を出すという約束をしたままになっていたので、『大阪の文化と笑い』と題した本を出した。もう一冊は、私の専門の学術書を一冊出すことであった。それは、私の「最終講義」を含めた論文集としての『情報メディアと現代社会』としてまとめた。

関西大学では、その当時、教授時に出版申請をしていて、退職した時、名誉教授になった場合は、その年度末までに発行すれば、自己負担なしに出版できるという制度があった。そのおかげで、『情報メディアと現代社会』が出せたわけである。

その他に、現職中から『ESTRELA』という月刊誌に「笑い学事始」という読み物を連載していたが、それが丁度二〇〇三年（平成一五）末に終わったので、早速一冊の本にまとめて、二〇〇四年（平成一六）に世界思想社から『笑い学のすすめ』として出版してもらった。

出版で大変苦労したのは、ミネルヴァ書房刊行の『叢書　現代のメディアとジャーナリズム』の第七巻『放送と通信のジャーナリズム』の責任編集者の責務を果たすことであった。私が在職中の二〇〇一年（平成一三）に、仏教大学の荒木功教授（当時）と責任編集を引き受けたが、依頼した執筆者の病気や死去があり、そこへきて依頼していた執筆者から原稿が出なくなるという事態や、時間が経ちすぎるという理由で、提出原稿の返却を求められるということもあった。最終締め切りで、原稿で抜けたところは、二人の責任編集者が補って、やっと完成をみたが、それは二〇〇九年（平成二一）に入ってのことであった。事態はどうあれ、全ては編集者の責任において考えなければならなかった。荒木功氏は、二〇〇七年（平成一九）一月に突然病死され、本の完成を見ずに逝ってしまわれた。誠に残念なことであった。

コラム執筆者も含めて、一四人の執筆者であったから、かかる大勢の執筆陣による編集は、私も初めてのことで、それだけに苦労が多かった。最初の原稿執筆の依頼を慎重にすべきだったし、人数が多すぎると危険も大であることを十分に知っておくべきだったと反省した。

二〇〇三年（平成一五）三月末をもって退職したが、この六七才から七〇才までの間、退職して、暫し一休みというわけにはいかなかった。とは言え、退職記念で、家内と約束していたヨーロッパ旅行を果たさなければならず、それは二〇〇四年（平成一六）に入って、一〇月三〇日から一一月八日まで、イタリア旅行に出かけて実現した。旅行社のツアーに参加しての旅行であったが、ツアー旅行は初めての経験で、自分で手配も何もせずに済むので、私自身も、旅行をエンジョイすることができた。暫しの休憩となった。

退職してからも原稿執筆や講演の機会は変わらず、「日本笑い学会」の会長職もあって、生活環境の激変というものはなかった。家内に言わせると、激変があったという。給料が入らなくなったことである。それは確かに激変だ。しかし、忙しさは殆ど変わらなかったようだ。

そして、七〇才になって、二〇〇六年（平成一八）四月二七日に狭心症で検査入院となり、五月一〇日に手術を受けることになった。疲労が溜まると、身体のどこかにしわ寄せが行くようだ。六七才前後から重ねてきた無理が、心臓に出てきたわけである。長い階段や坂道を登ると、途中で息苦しくなるという症状があったが、年をとればこういう現象もでてくるのかも知れない、という程度にしか考えていなかった。父親が倒れたのが、やっぱり狭心症だったことを思い出して、父親に似ているのではないか、やっぱり弱いところに無理がでてきたのかなと思っていた。

2 心臓手術で一カ月の入院

病名は「狭心症」であるが、手術に至るまでには、何段階かの検査を受けなければならなかった。以前から、私は「通風」を患っていて、大阪市内の開業医から薬を求めていたが、時々切れてしまって、薬を飲まずに過ごしていた時があった。定年になってからは、大阪まで出て行くのが億劫になり、ある日、薬だけなら、家の近くのかかりつけ医で診てもらおうと、出かけたのである。久しぶりの訪問だったので、先生が心電図もとっておきましょうかと、（かなり以前に心電図をとってもらったことがあった）言って、心電図をとってもらうと、ちょっと異常が出ていますと言う。大きな病院で精密検査を受ける必要がありますね、という診断を受けた。

坂道を歩いていて途中で息苦しくなるのは、老化のせいであろうと勝手に解釈していたのだが、心臓に問題があるらしいことが分かったわけである。私は早速その心電図のコピーをもって、大阪警察病院にいる知人の医師のところにかけつけた。診てもらうと、やはり問題ありで、当院の「心臓センター」であらためて診察を受けることになった。

二〇〇六年（平成一八）四月一〇日に、運動負荷検査、ラジオアイソトープ検査を受け、更に四月二〇日に、頸動脈超音波検査や血液検査などを受けた。結果はそれらだけでは患部が見つからず、四月二七日に「検査入院」となった。結局はカテーテルを挿入して、血液循環の様子を造影剤で撮影して患部を発見するという方法が取られた。左冠動脈の二本の血管の根元が詰まっていた。普通の血管だとステントを入れて膨らますという手術が可能だが、それが出来ないので、残る方法は、バイパス手術だけという説明がなされた。

妻と二人の息子も呼び出されて、血液の流れを示すビデオを何回となく見ながら医師から説明を受けた。バイパス手術の方法、当該病院における年間手術数、不成功の確率、不成功だとどうなるのか、詳しい説明を聞いた。脅かされたようなものだが、「あなたの心臓そのものは元気なので、手術する価値がある」という医師の言葉が、私の胸に響いた。価値があるなら「やってみるか」と決心した。

看護師からは、「あなたはラッキーでした」と言われた。「救急車で運び込まれて、急遽手術を受ける人もいるのですから」。事前に十分の検査を受けて手術に臨めたということは、やっぱりラッキーとしか言いようがない。

手術に同意して、それから更に脳の検査、歯の検査など、全身に渡る検査を受けた。その上で手術担当医の説明を受けて、五月一〇日が手術日と決まった。さてそれからだ。

五月三日から五日まで連休であった。私は、「検査入院」というのは、検査が終わればすぐに帰宅出来ると思っていた。このまま入院が続くと、継続中の仕事に支障をきたすので、いったん帰宅する必要があると申し出ると、担当医は、許可が出せないと言う。「あなたの心臓は、いつどうなるか分からないのですよ」という説明である。私としては、「検査を受ける前と全く同じ状態ですから連休三日は大丈夫です」と言うも、許可が出なかった。それでも、私はどうしても帰宅して、入院後の段取りをつけておきたかった。うるさく頼むと、部長に相談となって許可が出た。連休中の自宅では、秋にかけての用件の始末と学会誌に掲載予定の原稿の最後の仕上げをどうしてもしておきたかった。

既に退職して、二〇〇六年（平成一八）一月七日に古希を迎えたにもかかわらず、本年度に入って引き受けた非常勤講師が三大学あった。皇學館大学社会福祉学部の「英書講読」、仏教大学大学院の「情報メディア論」の通年講義、それと関西大学文学部の半期総合講座「笑いの人間学」があった。四月は無事に授業が持てたが、入院中はこれらが持てなくなるので、どうすべきか。もし五月以降、ずっと持てなくなると、授業は不成立となってしまう。方針を決めて各大学に連絡をしなければならないが、いつ退院できるかどうか分からない。休講が可能な回数は、休講させてもらい、退院した後で、補講を重ねて、時間数を補うということにした。手術は成功疑いなしと、自分勝手に決めていた。

結果的には、退院が五月二九日となった。しかし、衰弱した身体の回復にどれ位の時間がかかるのか、この点がはっきりしない。関西大学の「笑いの人間学」については、最初から、テーマによって、ゲスト講師を文学部の先生二名、落語家一名の三名を予定していたので、文学部の関屋俊彦教授と奥純教授に代講をお願いして、六月二〇日から復帰して最後に四回の講義をし、レポート試験も出来た。まさにゲストに救っていただいた授業であった。

もう一つ、放送大学大阪学習センターからの集中講義があった。「大阪の文化と笑い」がテーマの面接授業である。実施は五月一三日と一四日であった。手術直後の授業で、急な変更をお願いしなければならなかった。年度内の実施なら、ということで、翌年の二月一五日、一六日に変更してもらった。既に履修届が出されていたので、変更のために履修できなかった人もあったと聞き、迷惑をかけてしまった。それでも二八人の履修生があった。感想文に「白犬の尾っぽ」（尾も白かった）と書いてくれた人が多くあって、ちょっと嬉しい気持ちになった。

その他に、講演が入院中に一つ、退院直後に一つあって、友人に代講をお願いすることで切り抜けることができたが、依頼者にも代理講師にも大変な迷惑をかけてしまった。

気持ちの上で、友人にも頼みにくい講演が二つあった。一つは、総本山知恩院布教師会主催の「おてつぎ文化講座」（第四七一回）として、仏教大学四条センターで講演するものであった。題は「笑いと健康〜笑いの不思議」で、病後の私には、だからこそという思いがあった。先方には、私の病気のことについては告げていなかった。退院後一二日目なので、体力的に講演ができるかどうか、私は担当医師に相談してからと思って、講演の四日前に病院に出向いた。医師が言うには、「それはあなた次第で、無理だと思えば止めておいた方がよいし、やってみようという意思があるのならやったらよい」というものだった。私の心は「やってみるか」と傾いていたので、「やる気です」というと、「やればよろしい」という明快な答えが返ってきた。

講演会は、先ずはお坊さん、信者さん方の読経から始まった。演台の後ろには大きな仏壇があって、仏さんの空気に包まれて演台に立つような気分であった。仏さんは、全て先刻ご承知で、今日は私が元気をいただいて帰りますとお願いして、無事に講演は終わった。付き添いで来ていた家内も講演を聴いていて、「ちょっと弱々しい感じがした」と正直なところを語ってくれた。

3 検査入院中に書いた原稿「笑いと心のゆとり」

検査入院中に帰宅の特別許可を得て、手術前にどうしても片付けておきたいことがあった。その中に、学会誌に発表予定だった原稿を仕上げるということが入っていた。どんな原稿だったのか。『笑い学研究』一三号に発表しようと思って、書きかけの原稿があった。「笑いと心のゆとり」の論文で、結びの部分が書かれていなかったのである。(「笑いと心のゆとり」『笑い学研究』一三号、二〇〇六。『笑いの力』関西大学出版部、二〇一〇、所収)。

私は、西田幾多郎の「純粋経験」の概念にヒントを得ながら、「笑いの体験」を考えていた。私は、笑うと心にゆとりが生まれると言うが、どうしてゆとりが生まれるのかについて考えていた。笑うことで心にゆとりが生まれ、「笑う前」の自分とちょっとは違った自分になるのはどうしてか。自己を取り戻し、自信を得ることになるのはどうしてなのか、について書こうとしていた。

大いに笑った後、「気持ちがスッキリした」「軽くなった」「スカッとした」と述べたり、「どうしてあんなにクヨクヨしていたのか」「まじめに考えて損した」「アホみたい」と言ったりするのはどういうことなのかについて考えてみたかった。

笑う行為のプロセスには「笑う前」と「笑っている最中」と「笑った後」がある。「笑う前」は、日常の当たり前の生活で、個人は現実のさまざまなしがらみの中で生きている。さまざまな縛り・約束事の中で生きている。ストレスに満ちた生活もある。

「笑っている最中」は、まさにその人が「わっはっは」と笑っている最中で、その人は笑っている対象(外在的なものであれ、自分自身のことであれ)に注意の焦点が集中して笑い続ける。短時間であるかも知れないし、あるいは、断続的に数分間続くかも知れない。そして、笑いがおさまって、「笑った後」が訪れる。そのときに、どうしてあんなに笑ったのかとか、何がおかしかったのかと考えこむ場合もあるが、気持ちの上で「笑う前」の自分の気持ち・気分と何か変わっていることに気がつく。そして、「笑う前」の自分とはちょっとは違った自分になる。いわば、少しは「変身」する。何故そうなるのか。「笑っている最中」の意識の中にその秘密が隠されていると考えられる。

「笑いと心のゆとり」の論文の中から、「検査入院中の帰宅」中に書いた部分を抜粋しておきたい。「自己を統一体として保とうとする意識が潜在的に働いていて、あるいは自己の底に『本来的な自己』とでも言うべきその人の『生』が働いていると考える。現在の自己が、何らかの形で、この『本来的な自己』と合体できた瞬間、その瞬間を経験した時、人は分裂なき自己を発見することになる。西田哲学の『純粋経験』がこれに当たるのではないか。主客の分離がなく、ただそのことに我を忘れて没頭する。対象に没入し、自分を無にしてしまう。雑念がなくなる。これは言ってみれば、至福の時間かも知れない」「嬉しい楽しいことに出くわして、笑いがこみ上げるというのは、笑いが『本来的な自己』と一致あるいは共振して、幸せを感じ取って、笑いが溢れ出る。その反対に、つらいこと苦しいことがあって、『本来的な自己』が遠くに追いやられていると、自信が持てず矛盾の中で翻弄されてしまう」「笑うという行為は、その笑っている間は、自己を無にする、意識はひたすら笑うことのみで、何故笑っているかとか、何を笑っているのかといった反省的意識は働かない」「ただ笑うことがあるのみとなる。その無の状態というのは、現在の意識が、本人の底に眠る『本来的な自己』と重なってしまう状態、自己を無にするなかでその重なりが起こってしまう。（略）笑いはまさに日常的な行為の中に現れて、私たちに『無』の境地を断続的に用意してくれている、そういう営みと言えないか。意識してはいなくても、そうした笑いの働きによって、私たちは日常を生きる元気、心のゆとりを得ているのではないかと考えるのである」。

（『笑いの力』二三〇－二三一頁）

――というような文章を書いて、その翌日には、また病院に戻って麻酔検査などを受け、手術の日を待ったわけである。手術は、もちろん全身麻酔で、私の意識は消え、気がついたのは、集中治療室を出たばかりのベッドの上であった。酸素吸入器をつけ、喉や腹には何本かの管がぶら下がっていて、私の心臓の鼓動が拡声器を通して大きく響いていた。ともあれ、手術は無事に終わり、私は確かに生きていたのである。

多くの友人や関係者に心配をかけたが、家族にかけた心配が何よりも大きかったと思う。付き添いの妻の表情で、私の回復具合が分かる感じであった。

私は病床で、約一カ月何をしていたのか。前月の四月には、長男夫妻に初めて女の子が生まれ、私は産院に駆けつけていて「新生児微笑」が見られるとよいのにと長男に話していた。その直後に私の検査入院があったので、長男には、「新生児微笑」を何とか写真に撮れないかと頼んでおいた。撮影に苦労したのであろう、ビデオを回し続けて、その一コマに「微笑」を見つけて、それをプリントにして病室の枕元に置いてくれた。生後八日目の様子だと言う。

それから毎日、私は孫の「微笑」とつき合った。見つめることが深くなっていったと思う。もう一つ奥に何かがあるような気がしだしたのである。人間が持つ「普遍の命」とでもいうもの。普遍の命がなければ個別の命もないわけである。新生児微笑は、人類普遍に見られるというから、まさに普遍の命に出会えているのだと思うようになった。それが毎日の私の癒しになったのではないかと思っている。

それに副産物というのか、赤ちゃんの微笑の写真が置いてあるだけで、部屋の雰囲気が変わるのである。出入りされる看護師たちも掃除のおばさんも、先ずそれに気がついて、明るい笑顔で声をかけてくれる。「お孫さんですか?」という声かけに始まって、赤ちゃんのことで部屋に花が咲くのであった。

 円覚寺「大方丈」での講演

退院一二日目の知恩院さんの「おてつぎ文化講座」が、私が病後初めて取り組んだ講演であった。付き添いでついてきてくれた妻に聞くと、いつもの感じと違って、ちょっと弱々しい感じがしたという。自分でもその通りだなと思ったが、手術後初めての講演だったので、自信を与えてもらって、有り難いと思った。もし、主催者に事前に相談していたら、きっと断られていたという気がする。迎える立場に立てば、講演中に、もし倒れられたらと心配してしまうであろうから、私は何も言わなくて良かったと

思った。

お寺さんからの講演が、もう一つ入っていた。七月二五日、鎌倉の円覚寺における「夏期講座」（第七一回）であった。知恩院さんの時と同様に、入院の件は何も言わなかった。

その年の夏期講座は七月二二日から二五日までで、私の講演は最終日の午前九時四五分から一〇時五五分で、円覚寺の「大方丈」に於いてであった。

前日の夕刻に鎌倉に到着。円覚寺さんに用意していただいた鎌倉パークホテルに投宿。今回は、妻も付き添いで同伴。どんよりとした曇り空。海岸沿いをタクシーで走るが、初めて見る由比ケ浜は、寒い夏というところか、人も少なく、海の水も濁って見えた。

二五日、八時半に円覚寺さんからの迎えの車がきた。お坊さんの運転である。車中、一〇分ぐらいは、お坊さんとおしゃべりをする。京都の出身で、大学も京都だったという。

円覚寺前に到着すると、大方丈とは別の控の間に案内される。六畳ぐらいの和室に、テーブルが一つ置いてあって、両側に座布団が四つ並べてある。座るなり、前に硯石と筆、記念の記帳が出される。今までの客人の一筆がしたためられている。

老僧の一人が現れ、私を紹介するので経歴などの確認をしたいと告げられる。「テレビ局にお勤めであったとか」と問われ、読売テレビ時代のことを話すと、「実は私はＴＢＳにいて、兼高かおるの番組を作っていました」と言われて驚く。「二〇年勤めて辞めて、修行をして禅僧になりました」とのこと。「二足のわらじをはいていたんですね」「ＴＢＳの時は、何というお名前で?」「朝比奈です。今は八三才です。今の教学部長の朝比奈は、息子です」。私とメールで連絡を取り合っていたのは、この老僧の息子さんだったのか。

先ずは私の本を献本しようと差し出すと、朝比奈さんが、「管長は今講演中なので、終わればここにお戻りになります」とのこと。部屋には、スピーカーを通して管長の声が流れていた。足立大進臨済宗円覚寺派管長である。

さて、何を揮毫するか。毛筆が苦手なので、こういうことは、できれば避けたいところなのだが、目の前に出されてどうぞと言われれば、書かないわけにいかない。下手でもそれはそれでよし、と書くことにするが、さてどんな文句を書くか。一瞬考えたが、講演でも話す一部を書くことにした。「先ずは笑うこと、笑いは実践なり」と書いた。

時間がきて、朝比奈老僧に案内されて、大方丈の方に向かう。見回すと、ものすごい人で溢れている。大きな方丈は立錐の余地のない混みようで、隣接した小部屋にも人は溢れ、廊下、庭の石段にも人が腰掛けるという混みようでびっくりしてしまった。

講演は七〇分で、きっちり七〇分で切り上げた。「笑いの力～笑いの不思議」という題で、話し慣れてはいたが、うまくまとまったような気がした。妻の評価では、「大変良かった」とのことで、安心した。

今回の講演では、笑って変化する心の問題をいつもより多く論じるようにした。笑いが身体にどのような変化をもたらすかは、笑う前に血液や尿や唾液などを採取し、体の一部を測定し、笑った後でそれらがどのように変化するかを測定して結果を出す。心がどのように変化したかを、笑う前後で経験的に感じ取ることはできても、機械的に測定するというのは困難である。実際に心が笑う前と後とでは変化するという意識のプロセスを、私は哲学的に考えてみたいと言った。

笑うという行為は、笑う対象があって、それに注意が集中し、笑ってしまうが、笑っている間は、その時間が短くあれ、断続的であっても、私たちは、雑念を飛ばして笑っている。もし、雑念が浮かんで注意の焦点がずれてしまえば、笑いは消えてしまう。笑っている間は少なくとも雑念で縛られていた自分を解放することになる（笑いの解放作用）。ということは、自分の心を空にする、無にするということになる（笑いの無化作用）。

西田幾多郎の言葉をもってすれば、笑いは、「純粋経験」そのものとも言える。笑うという行為に身をまかせ、我を忘れて笑いにのめりこみ、笑っている自分を意識して何故笑っているのかなどの反省的意識が働くことはない。

この笑いに身をまかせてしまうというのは、日常的に起こることである。雑念にとらわれてある自分から自由になり、本来あるところの自分に気がつく、あるいは本来的な自己が現れてくると言うか。従って、「我に返る」とか「自己に目覚める」とか、あるいは「心にゆとりが生まれる」と言われるわけである。笑いは、そういう瞬間を日常的に、私たちにもたらしてくれている。悩み事があっても、大いに笑ってしまうと、笑っている間は、悩み事を忘れてしまい、笑ってエネルギーを吐き出し、何らかの変化を身体的にも起こし、ある種疲れた感じにもなると、悩み事があほらしく見えたり、なんでこんなことで悩んでいるのかと思いだしたり、先の自分に距離をおいてみる目が生じる。つまり、心にゆとりが生まれるわけだ。こんなことを、少し熱を入れて話したのが、今回の特徴になったと思われる。

講演が終わって、案内に従って廊下を歩いていくと、多くの人達があらためて拍手をして下さる。座っておられた客の間を通り抜けるようにして歩いている時も拍手をいただいた。有り難いことだと思う。元の控の間に戻ると、足立大進老師と次の講師の田中仙翁氏（大日本茶道学会会長）がおられ、田中氏と名刺の交換をして挨拶。お二人とも、部屋でスピーカーを通して聴いておられたわけだ。しばし雑談を交わし、昼食をここで一緒にとりましょうということになる。素麺とごま豆腐、なすびの煮物とお漬物が、お膳で出された。薬味の種類が多くて、おいしかった。帰りをホテルまで車で送ってくれた禅僧の話しによれば、あの昼食は特別食ですよ、ということであった。辞去の際には、足立大進管長が自ら揮毫された書を下さった。ありがたいことであった。

5 放送大学で「大阪の文化と笑い」の「集中講義」

二〇〇七年（平成一九）二月に放送大学の集中講義を終えた。二〇〇六年（平成一八）度の放送大学面接授業を受け持ったのであった。本来なら昨年の五月に終えているはずであったが、突然の私の入院で、二〇〇七年の二月に延期となった授業である。当初は九〇人からの応募があったが、二月に変更になって二八人の受講生となった。多くの人が受講の機会を逸したことになり、大変迷惑をかけ、申し訳のないことをしてしまった。

「笑って元気で！」というのは、私の生活目標ではあっても、忙しすぎると笑う機会も減って身体に無理が生じるということを悟ったわけである。早く元気が回復できたのは、笑いのおかげ、とりわけ孫たちの笑いであったように思われる。孫たちの笑いは、不思議な力をもっていて、心のなかに思い描くだけで元気がでるような気がするから不思議である。若い命の輝きというのか、生命力そのものに直結した何ものかを感じさせ、それとのつながりにおいて自分があることを感じて癒される、という感じになるからであろうか。

大学の集中講義は、通常は遠方の大学から先生を招いて、宿泊してもらいながら集中して半年あるいは一年分の授業をしてもらうもので、私も遠方の大学によく呼ばれたものである。放送大学の集中講義は少し変わっていた。

放送大学の大阪における面接授業で、二日間でもって一コマ二時間一五分を五コマ実施する。合計で一一時間と一五分を担当したわけである。各時間には、トイレ休憩を挟むが、それにしても長時間の集中である。私の場合は、一日目に三コマ、二日目に二コマと分けて行ったが、終わったときは、さすがに疲れてはいたが、しんどさはなかった。やりとげたという満足感があった。まるでトーキングマシーンのように話し続けたのだから疲れるのは当然だとしても、爽やかさがあった。とりわけ昨年五月の手術の後では、初めての体験であるだけに、体に自信を持つことができた。

テーマは「大阪の文化と笑い」で、このテーマで一般向けの講演はしてきたが、かくも長時間に渡って話をした経験がなかった。話すということは、反復もかなりあるが、相当の量がないと、材料がなくなってしまうわけで、授業が終わった時は、ともあれ「これで終わった」と安堵したものである。頭の回転もまだまだ大丈夫という、自分が蘇生したような気分も味わうことができた。

私にとって長い時間であったが、受講生の皆さんにとっても、じっと座っていること自体、大変だったでしょうと話すと、皆さんは私の体調を心配されていて、「先生の方が大変だったでしょ」と慰められた。

普通の大学の集中講義は、一コマが一時間三〇分で、半期講義、あるいは通年講義を一週間のうちに済ましてしまう。多くは半期講義（一五コマ）を一週間で済ますケースが多い。大学に在職中、地方の大学で非常勤講師を頼まれると、集中講義になる。大阪から毎週通うということができないから、特定の週にかためてもらうわけである。

思い出してみると、初めての集中講義は、一九八四年（昭和五九）に熊本大学文学部で行った「テレビの社会学」である。京都大学の先輩に招かれての熊本行きであった。講義が終わると、私の慰労をかねて大勢の学生たちと大コンパとなり、焼酎をかなり飲むことになった。先輩には熊本名所や温泉旅館も案内してもらい、集中講義を大いに楽しんだのであった。

二度目の集中講義は、福岡の九州芸術工科大学芸術工学部であった。一九八八年（昭和六三）度から一九九五年（平成七）度までの七年間、「視覚伝達論Ⅱ」という科目を受け持った。私の都合で、いつもクリスマス前後で授業を行っていた。土日や祝日には大学の事務職員が休んでしまい、助手や助教授の先生に世話をしてもらっていた。宿舎は大学の近くに確保されていて、ホテルと大学とを往復するだけの、味も素っ気もない生活であった。大学が休業の時に授業が行われるのであるから、学生も乗り気でなかったと思われるが、それでも出席はかなりあった。

九州芸術工科大学には、できれば講師の交代をしてもらいたくて早くからお願いをしていたのだったが、要員が見つからず、ずるずると継続してしまっていた。私は、一方で甲府にある山梨英和短期大学にも集中講義で出かけていた。甲府は遠方ではあったが、私学でそれなりの待遇があって、出かけるとホッとして、気分を一新できる旅行気分が味わえていた。山梨英和短期大学では、一九八八年（昭和六三）度から一九九五年（平成七）度まで「映像文化論」を担当し、多くの女子学生が相手の集中講義であった。私の関西弁が面白いということもあってか、学生たちがよく笑ってくれて楽しく授業ができた。宿舎は甲府市内にあって、温泉の湧く旅館で、講義が終わって夕刻に宿舎に着き、すぐに温泉に浸かるという、この楽しみが何とも言えなかった。その後、一人きりではあったが、ゆっくりと夕食をとって、明くる日の講義に備えるという時間の経過が実に快適であった。季節はいつも夏を選んでいたので、控室ではおいしい葡萄をごちそうになった。講師室では、毎時間、おしぼりとお茶が用意され、助手か副手の方であろうか、行き届いた親切なサービスが思い出される。私が出向いた集中講義で、ここほどに行き届いたサービスを受けたところはなかった。

⑥「島之内寄席」から「天満天神繁昌亭」

二〇〇六年（平成一八）九月一五日、大阪の天満に「天満天神繁昌亭」が開席した。㈳上方落語協会と天神橋筋商店連合会とが協同して、天満に落語の定席を作ろうという計画を立て、市民、民間団体からの寄付を募って実現をみたのであった。『上方芸能』の一六三号（二〇〇七年三月）が、「繁昌亭」の大特集号を組んで、各界の喜びの声を伝えている。私も簡単な「期待と提言」を書かしてもらった。

客席は二階席も入れて二〇〇席程度であるので、こじんまりした感じがあって、一番後ろでも見やすいし聞きやすい。地下鉄南森町駅から商店街を通って天満天神さんの裏手に出る。歩いて三分ぐらいか、駅から近いが、天神さんの裏手でちょっとひっそりとした感じがあって、私は良い雰囲気だなと思った。寄席としては、北や南の繁華街のど真ん中にあるよりもよいのではないかという気がした。

「天満天神繁昌亭」のことから、私は一九七二年（昭和四七）に始まった「島之内寄席」のことを思い出していた。上方落語協会が島之内教会を借りて、毎月五日間の興行を行ったのである。六代目笑福亭松鶴師匠が先頭に立って観客を誘導していた姿を思い出す。どんな寄席であったのか、当時の私のメモを繰ってみた。私はその年の八月に行っている。

暑い盛りの頃であった。切符売りから下足番、おしぼりのサービスまで一切を噺家たちが担当していた。赤いちょうちんの灯りを横にして中に入ると、「いらっしゃい！」の掛け声に迎えられ、木札と交換に靴を預けて四四〇円の入場料を払う。中へ入って行くと「冷やしあめをどうぞ」のサービスを受ける。つめたいのをグッと飲むと、一瞬汗がひく思いで、思わずうまいなあと声がでる。客席は畳で小さな座布団を尻に当てる。会場は暑かったので窓を開け、両側に扇風機が一台ずつ置かれていた。客は圧倒的に二〇才位の若い人が多く、ところどころに年配者の姿が見えた。ざっと二〇〇人ぐらいが入っていただろうか。むんむんする暑さにもかかわらず、拍手が入り笑いが入り、場内の空気は絶えず揺れ動いている。中入りにはおしぼりのサービスがついた。つめたいタオルで顔を冷やして気分を変える。帰りは木札を出して「にの十番さん」などと言う大きな声と引き換えに靴を受け取る。外では、会長の笑福亭松鶴師匠をはじめとして、当日の出演者一同がずらりと出口の両側に並んで「ありがとうございました。またどうぞ」と声をかけている。真近に噺家の顔を見て、客たちは満足そうな笑顔をして「さいなら」と帰っていく。

そして私はこんなコメントも残している。安い料金で、午後六時から九時半頃まで、これだけ長く楽しませてくれる場所は他にないのではないか。二月に始まった定席が毎月五日間とは言え、かなりの客を動員し、ファンがついてくることになったのも、もっともなことと思われる。場のやわらかい雰囲気が大変気持ちよかった、と書き残している。

教会で演じられた「島之内寄席」は、単に噺を聞く空間というのではなく、客が入場するところから帰るまでを一つの空間として、その全体を楽しんでもらう、つまり寄席情緒の再現に努めたのではなかったかと思う。

もうひとつ遡って、大正時代の寄席風景がどんなものだったかを振りかえってみよう。と言っても文献に頼るしかないのだが、『上方はなし（上）』（五代目笑福亭松鶴編、復刻版、三一書房、一九七一）第一集に一九一八、九年（大正七、八）頃の寄席風景が書かれている。「その頃、寄席へくる客はそれぞれ落語家の得意はなしを、よく心得ていて、高座へ落語家が出て来てすわれば、とたんに客は威勢よく声張り上げて落語家へはなしの注文したものだ。たとえば、松鶴が出ると『ひやかしい』（註、「新町ぞめき」のこと）だとか『天王寺ッ』。円枝だったら『首つりッ』（註、「夢八」）のこと、染丸であったら、『電話ッ』、蔵之助は『飴金ッ』という風に。すると、落語家は『へイ、へイ』とこたえて客より注文された『はなし』をしゃべり出す。もしそういう場合、客の『はなし』の注文が雑多にわたる時は、中を採って、どの『はなし』の注文客へも当り障りのない『はなし』を落語家自身が選定し語り出すのであった。以上のような、まことに和やかな客と落語家が一体になった寄席風景」（中西美津夫「寄席の今昔」同書一五頁）なのであった。

平成の寄席には、そうした大正の寄席は最早ない。落語家に注文を出す客は、かなりの落語通だったのかも知れない。今日の舞台では、客との間にそれほどの密着度があるとは思えない。「繁昌亭」に見える客には、一度は行っておこうと物珍しさで顔を出している人もいるであろうが、落語に興味をもっている人が見えているようである。広く言えば落語ファンである。

今日のテレビは希にしか落語を写し出してくれないし、落語を見たことがないという若者もいる。落語は、専らホール落語で頑張らねばならない状況があるが、落語専用の寄席小屋ができたということは、少なくともそこへ行けば落語が見られるということで、意義深いことである。寄席の収入は微々たるものであろうが、ここが落語の根拠地であって、ベテランも新人もここから先ずは情報を発信するのだという心意気が感じられる限り、客足は落ちないと思われる。

落語寄席の面白さは、ベテランの噺だけできまるものではない。各演者のキャラクター、時事や世相をネタにした枕、新作も大事である。それらが総合的に進行して行くと、寄席全体が面白いということになる。この寄席空間の全体の面白さは一人の落語家で作れるものではない。全員の舞台に賭ける意欲と熱意があって実現するに違いない。

7 学会一五周年記念『笑いの世紀』を出版

大学を定年退職してからも、病後も日本笑い学会の会長はそのままで、会長としての職務を果たしてきた。二〇〇九年（平成二一）に学会は、一五周年記念として『笑いの世紀』（創元社）という書籍を出版した。そして、二〇一〇年（平成二二）の学会総会において、私は会長職を辞して顧問となった。

私が二〇〇六年（平成一八）に心臓を患って入院した時、手術が成功しても、その後の会長職は無理なのではないかという心配は、学会の中にあったように思われる。二〇一〇年（平成二二）の総会は、関西大学千里山キャンパスで開かれて、こんなことがあった。

昼時で、受付の人も食事に出かけて、受付をたまたま私の家内がしていた。初老の紳士が受付にやってきて、つまり遅れて見えて、これから手続きをするのだと言う。その時の家内との会話である。

紳士「会長の井上さんは、僕はよく知っているんだが、亡くなられたんだよね」

受付「いいえ、生きておりますし、まだ会長をしています」

紳士「今の井上さんは、別の人で、会長をしておられた井上さんは亡くなったんだよ。間違いないよ」（断定的に）

受付「いいえ、生きております」（井上の家内であるとは告げず）

紳士「そんなはずはない。今の会長の井上さんは別の人なんだ」（断固ゆずらず）

受付「では、よくお調べになって下さい」

これを聞いて大いに笑ったが、その紳士がどなたか全く見当がつかなかった。私の「入院→心臓病→死」という噂がどこかであったに違いない。ともあれ、私は手術後、元気を回復して二〇〇九年（平成二一）に念願の一五周年記念出版を実現し、その翌年に七四才で会長を辞した。八期一六年間の会長であった。

私は、学会発足の時から、記念出版のようなことができればよいがと願っていたが、八期目の会長時代に、その夢が果たせたのである。

一五周年は、早くから予算も積み立て出版が出来るように準備をした。出版事業委員会を作って出版構想を具体化していった。私は全体の統括に当たり、委員長は、理事の成蹊大学名誉教授の羽鳥徹哉（故人）氏にお願いした。

『笑いの世紀～日本笑い学会の15年』（創元社、二〇〇九）の「笑いの世紀」という題は、木村洋二副会長（故人）が、会議の中で提案して、それは良い題だと皆が賛成して決まった。木村氏は、私との会話の中で、普段から「二〇世紀の特徴はイデオロギーや宗教の対立であったが、今世紀はユーモアの時代にしなければ」と言っていた。私は、今世紀に学会が出版するにふさわしい題だと思った。

さて内容をどうするか。学会一五周年だから、学会員の一五年の成果をまとめようとなった。学会は、創立以来、年刊で『笑い学研究』という学会誌を真面目に出版してきた。その真面目さが、学会の伝統を作ってきたと言うべきか。調べると、二三八編の論文・随想・報告があったのである。その他に、学会は隔月で『日本笑い学会新聞』を発行しており、ここにも講演やシンポジウムなどの抄録が掲載されている。ここから選んで本を作ろうということになった。

とは言うものの、本に収録できるのは、四〇編にも満たないぐらいであるから、どういう基準で選ぶのか。出版事業委員の九人に推薦をしてもらい、羽鳥委員長のところで集約してもらうことにした。私は、羽鳥委員長と頻繁に連絡をとり、東京と大阪で長時間の打ち合わせをした。

推薦された原稿を読んで、採用論文を決めて行くだけでも大変なのだが、羽鳥氏は、二三八編全部をテーマ別に分類され、「笑い学研究」がどれだけ多くの分野に渡って行われているかを明らかにされた。

その羽鳥氏が、二〇一一年（平成二三）一二月一二日に肺炎で突然死去された。七五才の生涯であった。私と同年齢でもあったのでショックであった。出版の喜びも束の間という感じで、とても残念な思いがした。私は、『日本笑い学会新聞』第一〇四号（二〇一二年（平成二四）二月二〇日）に追悼文を書かせてもらった。その一部を転載して、再度羽鳥徹哉氏を偲ぶことにしたい。

「先生は、学会の理事ではあったが、東京在住であったので、普段の理事会出席はかなわず、特別な役割を担っていただいていた。「学会賞選考委員」や学会一五周年事業の「出版事業委員会委員長」を担っていただいた。とりわけ忘れ難いのは、一五周年記念としての『笑いの世紀』の出版である。何度か大阪へも来ていただいたし、私が東京に出向いて打ち合わせをしたりした。東京での打ち合わせは、いつも喫茶店の片隅で長時間に及んだ。

先生の尽力がなければ、出版記念は実現しなかったと思う。先生には過去一五年間の『笑い学研究』の全てと『笑い学会新聞』新聞掲載の講演録の全てを読み直して、選定と編集にあたるという大仕事を引き受けていただいた。選定には九名の委員の助力を得ながら、最終的には羽鳥委員長にとりまとめをお願いした。短期間のうちに、「笑い」についての多様な論考四〇編を編集できたのは、委員長の「笑い」についての博識と編集経験があればこそであった。先生は、川端康成の研究者として川端文学研究会会長を務めるかたわら、『笑いと創造』（ハワード・ヒベット＋文学と笑い研究会編、勉誠出版）を第六集まで刊行するという偉業を成し遂げられた。その第五集は、一回目の「笑い学会賞」に輝いた。『笑いと創造』全六巻の刊行は、世界の笑い学研究にも見られない偉業と言わなければならない。先生の笑い学研究への業績と笑い学会への貢献に深く感謝すると同時に、ご冥福を心からお祈りする次第である」。

『笑いの世紀』は、二〇〇〇部を発行し、一〇〇〇部を学会が買い取って、九〇〇人の会員（会費納入済）に無償配布し、残部一〇〇部を贈呈と保存のために残した。学会の活動に刺激されて、「笑い学」に興味を持ってくれる人が増え、実践的研究にしろ理論的研究にしろ、学会を踏み台にして育っていく人が増えれば、学会としては喜ばしい限りである。

8 「笑い学研究所」の夢を見て

一九九四年（平成六）に「日本笑い学会」を立ち上げて以来、私は大学で「笑いとユーモア」の研究所ができないものかと願っていた。その時点で、私は関西大学の教授であったから、関西大学で先ず先鞭がつけられればという思いがあったが、私自身が「笑い学」に関する講義を持っていなくて無理な話であることは分かっていた。先ずは「笑い学会」を立ち上げて、学会活動が広まっていけば、そのなかから「研究所」を作る大学も出てくるかも知れないし、関西大学でも可能になるかも知れないという思いはあった。

関西大学では、二〇一〇年（平成二二）に新しい学部として「人間健康学部」が発足したが、この学部作りに参画したスタッフに、社会学部の木村洋二教授（故人）がいた。彼は、社会学部の「マス・コミュニケーション学専攻」に所属していたが、専攻は理論社会学で、「笑い学」に興味を持っていて、一九八三年（昭和五八）には『笑いの社会学』（世界思想社）という本を上梓していた。それは、彼が主張する「笑いの統一理論」を目指して書かれたものであった。

彼は私の社会学部時代からの畏友で、「日本笑い学会」では副会長の任にあった。彼は、新学部の「人間健康学部」において、「ユーモア科学コース」の設置を計画し、準備をしていたが、新学部開設直前に病死してしまう。学部開設前年の二〇〇九年（平成二一）四月に、突然病に倒れ、入院する。「原発性肺がん」という診断で、肺がんの先進治療を受けるが、手術は成功せず、入院から四カ月後の八月には、帰らぬ人となってしまった。

社会学部時代には、「吉本興業寄附講座」として全学部生対象の「笑いの総合的研究」を開設し、年初には毎年「関大笑い講」を開催、また笑いの測定機として「横隔膜式笑い測定機」を開発。笑いの量を計る単位を「aH」（アッハ）と命名して世界に発表するなど、彼の活動で学内に「笑いとユーモア」についての認識が広がっていった。それだけではなく、彼は病死の一年前の二〇〇八年（平成二〇）四月に「ユーモア・サイエンス学会」という学会を創設していた。「日本笑い学会」の組織原理とは違った専門家集団としての学会をスタートさせたのだった。新学部においての「ユーモア科学コース」開設を念頭においていたのだと思う。そして学会誌『笑いの科学』第一号（松籟社）を、二〇〇八年五月に発行したのであった。私も協力して原稿を寄せたし、学会誌の編集員も引き受けていた。この雑誌編集にかけたエネルギーもさることながら、『笑いを科学する～ユーモア・サイエンスへの招待』（二〇一〇、新曜社）の出版も準備していたのである。残念なことに上記の本が日の目を見る直前に彼は病死してしまう。『笑いの科学』という雑誌は、第二号を二〇一〇年三月に発行するが、私は、何とこの号で木村洋二教授の追悼文を書いている。彼は、新学部の「人間健康学部」の誕生を待ち望みながら、準備だけして開設を見ることなく逝ってしまったのである。その無念や想像に余りあるものがある。

新学部は、人間健康をテーマとして、「スポーツ」と「福祉」の二専攻で開設されたが、学部設立の準備段階では、木村教授の「ユーモア科学」というコースも用意されていた。しかし、文部科学省の最終段階では、「ユーモア科学」はコースとして申請することができなかった。スタッフや科目は既に準備を済ましていたから、四人の新スタッフが着任し、「ユーモアスタジオ」や「ユーモア科学測定室」なども用意され、開講科目として「ユーモアの思想史」「ユーモアの社会学」「ユーモア・コミュニケーション論」などが用意されていた。そして、「関西大学ユーモア科学研究センター」の設置も計画されていた。しかし、不幸にも、あまりにも早い死であった。回復することだけを念じていたが、私は見舞う度に悪化する姿を見て、彼のユーモア研究の構想について、何も話すことができなかった。

木村教授存命の間に、決まっていた新任人事は、二〇一〇年（平成二二）四月の人間健康学部の開設と同時に着任し、木村教授が用意した「笑いの科学」関連の科目は新任のスタッフによって開講された。ユーモア科学を先導していた中心人物が、まさにこれからスタートという時に亡くなったことの衝撃は大きかった。計画としてあった「関西大学ユーモア科学研究センター」構想は、彼の死とともに消滅していった。

二〇〇三年（平成一五）に退職していた私は、彼と会う度に、新学部におけるユーモア研究の話や「ユーモア科学研究センター」の構想の話を聞かされ、その度に私は嬉しい思いをし、「ユーモア科学研究センター」ができた時の夢を語り合っていた。

「笑いとユーモア」に関する講義は、新任のスタッフによって開講されたが、日本の笑い学研究にとっては、これだけでも画期的なことで、ここまで漕ぎつけた木村洋二教授の努力と新任の先生方に感謝するしかないと思っていた。

私は、『笑いの力』（関西大学出版部、二〇一〇）という本の「笑い学のすすめ」という章において、木村教授の「ユーモア科学研究センター」構想に触れた文章を収めている。『日本笑い学会』の設立から一六年目にして、「笑いとユーモア」の重要性の認識が高まって、大学においてやっと研究・教育の拠点ができたことは喜ばしい限りである」（同書二七二頁）と。

この原稿を書いた時点では、木村洋二教授が急逝されるなどとは、夢にも思っておらず、彼への期待に胸をふくらませていた。

彼が夢見た「関西大学ユーモア科学研究センター」構想の消滅は、後任のスタッフが継承できれば良かったのだが、誰も継承することが出来ず、木村教授の夢は消えてしまった。「吉本興業寄附講座」も「関大笑い講」も、そして「笑い測定機」の活用も消えてしまった。「ユーモア科学コース」を念頭に準備した「ユーモア・サイエンス学会」も学会誌『笑いの科学』も消えてしまうことになり、現在（二〇二一年度）では、二名のスタッフが残って、笑いとユーモア関連の講義科目を担当するだけの状態となってしまっている。今後を見守ることにしたいが、私の胸の内には、一旦は可能であるかに見えた「関西大学ユーモア科学研究センター」が、消えていった無念があった。しかし、関西の大学なら、どこかの大学が、そうした研究所を作ると言い出すかも知れないという思いがあった。

二〇一四年（平成二六）の秋頃に、追手門学院大学の先生から電話をいただいた。私の京都大学文学部社会学専攻の後輩に当たる人で、何度かお会いしていた先生で、話がしたいということで、九月にお会いすることになった。追手門学院大学が、二〇一六年（平成二八）に創立五〇周年を迎えるので、その記念事業を計画しており、その一つに「笑い学」の研究所を作り、学生向けにユーモア学の講座も設けたいという話があった。私はもちろん賛同し、その後追手門学院大学の坂井東洋男学長にも会った。学長から直接、研究所設立の目的や内容について説明を受けて、私は初代研究所所長を引き受けることにした。学長が「ユーモアのある学生を育てたい」という抱負を述べられたのが、今でも強く印象に残っている。

研究所のスタートは、二〇一五年（平成二七）一〇月一日であったが、その記者発表を一〇月八日に行った。場所は、追手門学院大学の「大阪梅田サテライト」（阪急ターミナルビル一六階）においてであった。研究所の名は「笑学研究所」であり、その名にふさわしく、記者会見も特別なものとなった。大阪の笑いの神様「幸せを運ぶ」ビリケンさんの木像と着ぐるみが、記者会見場に登場したことである。記者から多々質問もあったが、和やかな空気の内に終了し、記事は全国の各紙に広く報道された。

所員は、所長含めて五人（翌年に一人増えて六人）、客員研究員三名という陣容でスタートした。所長以外の所員は、追手門学院大の専任の先生方で、社会学部、心理学部、国際教養学部所属の専任の先生方であった。

誕生したばかりの笑学研究所は、早速一一月二六日に大学内の大教室を使い、「設立記念シンポジウム」を開催した。基調講演として、尾上圭介氏（東京大学名誉教授）が「大阪の文化と笑い」について講演、追手門学院客員教授ロザン（菅広文・宇治原史規）の「笑タイム」と「ディスカッション」が持たれた。そして、翌二〇一六年（平成二八）二月二九日には、研究所として第一回「笑学研究所公開講座」を茨木市立男女共生センターにおいて開催し、所長の私が「笑いの効用～笑って元気に生きる」について講演した。

二〇一六年四月から「笑学入門」の講義が始まったが、その履修生の多さにびっくりであった。大学で初めて開講される科目とあって、「どんな講義か」に関心がもたれたのであろうが、その次の二〇一七年（平成二九）は、余りに多くの履修希望が出て、大教室収容の人数以上の希望者になり、抽選となって履修者が決まったが、受付業務が大変だったようである。

二〇一六年、追手門学院大学は、創立五〇周年を迎え、年が明けての一月四日に、全国紙に大きな全面広告を掲載した。「大阪に幸あれ、笑いあれ。ずっと大阪五〇年。追手門学院大学」というコピーの下に、坂井東洋男学長が「笑学研究所　名誉所長」のたすきをかけたビリケンさんの着ぐるみと肩を組んでの写真が掲載された。新聞の全面広告であるから、目立たぬ訳がない。こんな大きな広告で、スタートを祝ってもらった「笑学研究所」は幸せであった。

私の所長は、二〇一五年（平成二七）一〇月から二〇一七年（平成二九）三月までで、その後、半年間は特別顧問として残った。既に八一才を迎えていたが、前年度に引き続いて、特別講師として春学期の

「笑学入門」の二コマ「笑いの力」と「ユーモアのこころ」を担当した。

二〇一八年（平成三〇）度と二〇一九年（令和元）度は、新しく開設された総持寺キャンパスでの授業で、科目名は「笑学基礎」と変わり、履修生の数も変わったが、私の担当は変わらず、翌二〇二〇年（令和二）度も担当が予定されていたが、新型コロナウィルス感染拡大で、対面授業が中止となった。私の講義は、前年度に録画されていたビデオが使用され、八四才の高齢の講師としては助かったわけである。

二〇二一年（令和三）度は、コロナ対策下にあったが、四月二三日に授業が持たれた。Ｚｏｏｍによるオンライン講義になるかと思っていたら、大学から「対面講義」で行うと連絡が入った。追手門学院大学の新しい総持寺キャンパスに出かけると、受講生六八人で、大きな教室が当てられ、学生はまばらに座ってゆとりがあった。「笑学基礎」という科目で、その二回目に、私は「笑いの力」の題で講義した。全員マスクをしており、私も初めてのマスク講義をすることになった。授業は従来の九〇分授業ではなく、一〇五分になっていて、私が九〇分話して、残り一五分の間に学生が、授業についての感想文を綴る。私が驚いたのは、学生は紙を使わず、自分のパソコンで感想文を入力し、先生に送るという仕組みになっていたことである。新型コロナウィルス感染がもたらした影響の一つと思われたが、これまでの慣行が急速に変わっていくことを実感する。

9 『笑いとユーモア』のエッセー集を出版

二〇一六年（平成二八）の九月に、久しぶりに新刊書を出すことになった。私が居住する名張市にあるケーブルテレビ会社「アドバンスコープ」から『井上宏の見ーつけた！笑いとユーモア』というエッセー集を出すことができた。地域版図書という感じで、地元の「ブックスアルデ」という販売店の扱いで、市内三カ所の販売店に並べてくれた。全国的には、Webでお知らせして、申し込みを受け付けて郵送で販売するという。「地産地消」ではないが、地ビールの販売のような感じである。

五〇〇部の出版で、著者買取二〇〇部、印税なし、刷り増しになったら、その分から印税を払うという契約であった。

地元で、買ってくれた人から声をかけられることがあって、「面白かったから、回し読みしているの」と言う人がいた。「回し読み」と言うのは、良かったので人にも勧めているということを意味する。著者にしてみれば、買ってほしいわけだが、それでも二年半で完売したことを思えば、よく買っていただいたと言わなければなるまい。

エッセーばかりで本にしたのは、今回が初めてである。これまでに出してきた「笑い」に関する本は、論文を中心にまとめて、それに関連してエッセーを収録してきた。エッセーの特徴は、私自身の体験をもとに書いていることである。そのお蔭で、体験が大事であり、体験から考えることが大切だと思うようになった。今回のエッセー集『井上宏の見ーつけた！笑いとユーモア』は、私自身の体験、見聞がもとになっている。研究のために多くの著書や論文を読むことも大事だが、自らが「笑う体験」をして、その体験の意味を自らに問うことが大切だと思った。

本を出版するのは、とても嬉しいことであるのだが、よく売れて印税がかなり入ってきたという例はほとんどない。一九八四年（昭和五九）に『笑いの人間関係』（講談社現代新書）を出版した時は、一四刷りまでの刷り増しがあって、これが一番売れた本だったように思う。私の場合は、本を出版すると、大体損失になる。

本そのものではなくて、本の中から入試問題が出題されると、その問題が、受験問題集に掲載されて、印税が入ってくる。こうした印税は、僅かな額であるのだが、思いがけなく入ってくるのでありがたい。出題で一番よく使われているのは『現代メディアとコミュニケーション』（世界思想社、一九九八）と、『笑い学のすすめ』（世界思想社、二〇〇四）であろうか。

私の文章が入試問題に採用され出したのは、高等学校の『国語Ⅰ』（東京書籍、一九九三）の「評論」の部に、私の書いた「ブラウン管上の事件」という文章が採用されてからであった。その時「評論」の部で採用されていたのは、外山滋比古氏と私の文章だけであった。高校の『国語』の教科書に掲載されたということは、初めてのことで、「ほんとかいな」と信じられないような気持ちであった。目次を見てみると、「随想」の部には、黒井千次、渡辺美佐子。「小説（一）」には、三浦哲郎、芥川龍之介、そしてその次が「評論」で、外山滋比古、井上宏とある。その後は「小説（二）」で大岡昇平、太宰治と続いている。

かつて自分が高校生の時に、芥川龍之介とか太宰治の名前が入った教科書を手にして、有名な作家を遠くに眺めやっていたことを思い出す。その彼らの名前と同じようにして「目次」に自分の名が連なっていることに驚きを持ったし、不思議な気持ちであった。教科書に掲載されるためには、文章を選定するための委員会や会議が何度も開かれたであろうし、私の文章をなぜ「評論」の部に採用したのか、様々な手続きがあったに違いない。私は、外山滋比古のような評論家で有名な人間ではないし、ここは、やっぱり文章の内容が選者の目を惹いたのではないかと思った。私のような目線でテレビを論じている人がいなかったからではないかと思われた。

いよいよ本が完成に近づいてくると、心が弾み、出来上がりが待ちどおしくなる。出版社から刷り上がりの見本が送られてきた時は、実に嬉しいものだ。「できたぞー!」とまず家内に見せる。家内が喜んでくれるとまた嬉しい。家内は、いつもそうするのだが、まず仏前に供えて、仏さんに報告する。

三七才で読売テレビを辞めて大学教員になり、二年後に初めて出した本、『現代テレビ放送論〜〈送り手〉の思想』(世界思想社、一九七五)については、特別の思いがある。ハードカバー、ケース入りで立派な本が出来上がった時の感激は、今でも忘れられない。

完成の知らせを受けて、私と家内とで、京都にある出版社の世界思想社まで本を取りに出向いたことを思い出す。父親がとても喜んでくれて、中味は全然分からないと言いながら、たくさんの本を買ってくれた。後でわかったのだが、わけわからないままに、「息子が出した本です」と言って、商売関係の知人に配って歩いてくれたという。家庭では、子どもの時から「勉強嫌い」で通っていた次男が、本を出すまでになったということが、とても嬉しく自慢したかったのだろうと思う。

『井上宏の見ーつけた！・笑いとユーモア』は、出版二年半で完売した。部数は少なかったが、二年半での完売は早かった。私は、当然重版になると思っていたのだが、出版元の会社（ケーブルテレビ会社）が、出版から手を引くことになり、重版はしないことになった。私は、てっきり重版はあると思っていたので、手元に本を少ししか残していなかった。

これは困ったことになったと思った。時々は出かける講演や講義などで、紹介したり、プレゼントしたりする本がなくなったわけである。出版元の方は、どこかで出版が可能なら本のデータを提供しますという。

私が考えたのは、イラストや写真をカットし、エッセーの中味を若干入れ替え、題名も表紙も変えて、「新装改訂版」として出版できないかということであった。この話を春陽堂書店の編集部の人に伝えたら、相談にのっていただけることになり、『笑いとユーモアのこころ』という本として、二〇一九年三月にデビューすることになった。

諦めかけていた本が、日の目を見たので、私は嬉しかった。初版六〇〇部で、多くの書店には並ばないとしても、アマゾンでのネット販売で注文してくれる人があって、その二カ月後には、重版が決まった。

本を出すというのは、私のような者にとっては、「損失事業」なのだが、一種の趣味になっていると言えないことはない。損失であっても、趣味を兼ねていたらよいではないかと思えるわけだ。出来上がった本の多くは、友人や知人に贈呈しているが、贈られた方は、きっと迷惑と思っておられるに違いない。そう思いつつ贈るのは、やはり趣味の延長なのかも知れないという気はする。カラオケで下手な歌を歌っているようなものかも知れない。しかし、たまには上手に歌えたと思う時もあるからやめられないのであろう。

10 大阪府立上方演芸資料館への期待

二〇二一年（令和三）二月二五日、上方演芸資料館（ワッハ上方）の「運営懇話会」が開かれた。と言っても、昨年から猛威を振るう新型コロナウィルス感染下での開催なので、資料館に集っての開催ではなくて、遠隔会議のZoomを用いた会議となった。私は、初めてのZoom会議で議長役（運営懇話会会長）を務めたのであったが、無事に終えることができて安堵した。「聴くこと」に力が集中し、面談の会議よりも疲れた感じであった。

「運営懇話会」の委員は、知事の辞令を受けて、「上方演芸の保存・振興に資する企画及び資料の収集、保存及び活用等に関し意見を述べる」ことと「上方演芸の殿堂入り」事業の実施に当たり、該当者を知事に推薦することを務めとしている。

私は、二〇〇二年（平成一四）三月に二代目館長を辞してから、暫く資料館から遠ざかっていた。その間約九年が過ぎて、二〇一一年（平成二三）六月に、私は再び「運営懇話会」委員に招かれ会長の任に就いた。そして、八五才になった現在（二〇二一年）もなお会長を引き受けている。資料館の設立準備の段階から数えると、若干の空白はあったが、約二〇年間の長きに渡って係わってきたことになる。何故そんなに長く係わったのかについて私の思いを綴っておきたい。

設立の準備委員会は、一九九〇年（平成二）に始まったが、一九九六年（平成八）一一月に資料館がオープン。この時には、大阪府には「財団法人大阪府文化振興財団」があり、資料館はその財団の下で運営されることになった。準備委員会は「運営懇話会」と名を変えて、そのまま存続し、私の会長職はそのまま継続となった。一九九九年（平成一一）四月に二代目の館長（非常勤）に就任し、三年間務めて退任する。

私の退任後に、資料館は大阪府の直営になり、その後二〇〇六年（平成一八）四月から、「NPO法人ニューウェーブ日東大阪」という在阪の民放局が組織したNPO法人が指定管理者になって運営に当たった。資料館は、なんば千日前にある「YES・NAMBAビル」の四階から七階までを吉本興業から借用していて、年度毎に家賃を払わねばならない施設で、毎年家賃交渉が行われたが、大阪府は、財政の悪化と共に、自前の施設を吉本興業に返却していくことになる。縮小である。

NPO法人の運営が二〇一〇年（平成二二）一二月まで続くが、この一二月に演芸ホールの「ワッハホール」は廃止、つまり吉本興業側に譲り渡したわけである。「ワッハホール」は、演芸用の本格的寄席劇場として設計建築されたホールで、東京からきた見学者も、こんな立派な演芸ホールはないとびっくりするぐらいの、よくできたホールであった。

翌二〇一一年一月から三月まで資料館は休館、同年四月から吉本興業が指定管理者となり、運営に当たる。二〇一三年（平成二五）四月に、展示室とレッスンルームを廃止。当初はビルの四階から七階までを資料館が使っていたが、ホールと展示室、レッスンルームを廃止したので、資料館は七階のワンフロアーのみとなり、そこに資料収蔵庫とライブラリー室を残し、放送資料視聴ブースも縮小された。六階にあった事務室も無くなった。二〇一五年（平成二七）四月に、資料館は再び府の直営となり、二〇一八年（平成三〇）には、七階にあった資料収蔵庫が大阪府の咲洲庁舎に移転し、その空いたスペースを使って、同年一二月にリニューアル工事が行われ、翌二〇一九年（平成三一）四月にオープンし、現在（二〇二一年）に至っている。

指定管理者が二〇一一年（平成二三）四月から吉本興業になり、入場者増に努めるが目標が果たせず、資料館の在り方が「大阪府市文化振興会議アーツカウンシル部会」において審議され、二〇一四年（平成二六）に、資料館は大阪独自の文化である上方演芸を後世に伝えていくことを使命として、資料の整理・活用につとめるという提言が出される。二〇一五年（平成二七）四月には、吉本興業の指定管理が終わり、大阪府の直営となる。「運営懇話会」は、そのまま継続し「殿堂入り候補者」推薦の業務を担当する。

そして、先の「アーツカウンシル」の提言に従って、特別部会として「資料整理部会」を設け、この部会が約七万点ある資料の再整理を行った。そして、二〇一六年（平成二八）度には、初めて資料館のいる。デジタル化された資料は、順次ホームページで紹介することも可能となってきた。『年報』を出すことができた。『年報』には、資料館の運営状況を報告しつつ、資料の紹介解説も行って

資料館は、資料の保存・整理するのを使命としているが、それらを如何に活用して、現代に生きる人々のみならず、後世の人々に伝えていくか、その方策を考えて行かなければならない。私達が日常的な楽しみの源泉として親しんでいる落語・漫才・喜劇・浪曲・講談・諸芸などの「演芸」は、私達の「日常の文化」なのであり、身近にあって誰でもが手軽に楽しめる「文化」としてあり続けている。長い歴史をもった「演芸文化」で、明治に遡っても、一五〇年以上は経ち、江戸の元禄時代に遡れば、三〇〇年以上の歴史をもつ「演芸」であるわけだ。

この演芸の資料館が「上方演芸資料館」なのであって、上方が生み出した演芸の根拠地となるべき館であるはずで、本来なら独立館として、大阪が誇るべき施設の一つに数えられ、日本中からも外国からも注目を浴びるような存在になり得る資格がある、そんな施設であるはずなのである。

私は、一九九〇年（平成二）に「上方演芸保存振興検討委員会」の立ち上げから係わって、二代目館長を務め、その間約九年の空白があるとしても、今日（二〇二一年）もなおその「運営懇話会会長」として係わり続けているのには、私なりの思いがあるからである。資料館に歴史資料が保存されているかぎり、収蔵庫・展示室・ホール・ライブラリーなどが一堂に揃った独立館が可能になるかも知れない、そんな夢を見ているからである。

昔の演芸資料が、どうして大事なのか。これも考えておかなければならない。私達は、現在に生きて

いて、現在のものには当然関心を持つが、人によればそれだけでよいのではないかと思う人がある。演芸の中味は、現在に花咲いて、それらはどんどんと過去に去って行くのであって、過去に目をやることはないではないか、次から次へと未来がやってくるのだからと思っている人がいるかも知れない。

過去に思いをいたすのは、思いが過去にあるのではなくて、現在においてあるのであって、過去の優れた「作られたもの」を見つめると、現在の私達の想像力が働いて、刺激を受けて「作られたもの」が、私達の創造力を刺激する「作るもの」へと転化するのである。未来には本来何も無くて、過去の「作られたもの」が、何らかの形で「作るもの」に転じて、現在の私達を駆り立てる。それが新しい文化の創造につながるわけで、優れた過去の「作られたもの」が大事なのである。資料館では、過去の優れた演者を「殿堂入り」として顕彰し、彼らの資料を収集保存している。優れた「文化財」を大事と心得ない国民は、未来に輝く文化を持てない国民とならざるを得ないと思われる。

坪内逍遙は、一九二八年（昭和三）に早稲田大学に演劇博物館を作った。「演劇」という言葉が使われるようになるのは、明治に入ってからで、それまでは「芝居」と称されていた。演劇博物館を設立したときの坪内逍遙の言葉が残っている。「よき演劇をつくり出すには、内外古今の劇に関する資料を蒐集し、整理し、これを比較研究することによって基礎をつくる必要がある」と述べたと伝えられている。

「上方演芸資料館」は、「演芸」に特化した博物館であり、そこには「演芸」に造詣が深い学芸員が求められる。だがそうした人材を養成する機関がない。現在では、学芸員個人の意欲と学習によって、その任が果たされているというのが実情である。資料館にとって、「資料の収集・保存・整理」は必須だが、これに「研究」が加わらねばならない。「研究」が加わって、昔の資料の発掘や発見、新しい解釈など、演者が果たせない分野についての活動が期待される。将来において、資料館の機能全体を一体化した独立館が出来た時には、研究機能の充実ばかりではなく、資料を活用した企画展示や情報発信、新しい資料制作も可能となる。そうしたとき、まさに大阪でしか出来ない大阪らしい資料館が誕生するに違いない。坪内逍遙が「演劇博物館」を作った時のような意気込みが待たれるところである。

11　「笑い」の「最中」について

私の研究は、二〇世紀後半に登場したテレビという新しいメディアの研究から始まった。その後テレビと競合する多くのメディアが登場し、そうした「ニューメディア」も含めて、私は後に「情報メディア論」という科目を立てて、研究することになった。

メディア研究は、「媒体」の研究ということになるが、それは「コミュニケーション」を媒介しており、「メディア」と「コミュニケーション」は、表裏の関係にあって、メディア研究は、コミュニケーション研究と重なり、そのコミュニケーション研究が私の「笑い」への関心を強く後押ししていた。コンピュータを介したコミュニケーション論ではなく、対人関係のコミュニケーション論において、「笑顔と笑い」の重要性を考えるようになる。人間のコミュニケーションにおいて先ず重要なのは、言葉である。言葉は、抽象的な空間でやりとりされるのではなく、具体的な場所が必要で、私の場合は、それは

「おおさか」であった。私が生まれ育った場所である。大阪の「笑いの文化」の探求に関心を持ち、とりわけ漫才の対話に興味を覚えた。

私の関心は、大阪の笑いから「人間と笑い」へと関心が移り、「人間は笑う存在」という考え方に至る。人類がまさに人間として生き始めた時代から、笑いは存在し続けてきて、これからも人間として生き続ける限り笑いが消えて無くなることはない、という視点が重要であると考えるようになる。人間が「笑う」という行為を対象に、私は「笑い学」というものが考えられてよいのではないかと考え出す。一九九四年（平成六）七月九日に「日本笑い学会」が誕生する。私が初代の会長に就任して、八期一六年間を務め、二〇一〇年七月に退き顧問に就任。笑い学会の設立は、仲間の有志がいてこその立ち上げであったが、日本にこれまでなかった学会の旗揚げで、大学に身をおくものとしては、大胆な試みであったと思う。私の「やってみるか」のチャレンジであった。

「笑い学」の定義もなく、「笑い」を対象に研究する目的だけを掲げ、しかも会員は大学関係の研究者に限らず、職業を問わず、市民の誰でもが参加出来る学会、即ち「市民参加型学会」として立ち上げたのであった。「笑いの研究」は、これまでの人文学研究の方法としてあった資料や文献、実験室に依存する方法ばかりでなく、人間の多様な生活の場で見られる「笑い」の体験や実践にも学ぶべきという考え方をしたのであった。

大阪の地での誕生であったので、当初は「お笑い」を研究する学会と受けとめた人もあった。私達は「お笑い」の研究もするが、「笑い」そのものを研究する学会であると、丁寧に応えてきた。設立から二七年を経て、今日（二〇二一年）では「笑い学会」が、素直に受けとめられるようになったと思われる。大阪に本部を置き、北海道から福岡に至るまでに一七の支部が設置され、それぞれ独自の活動を行っている。毎年、年次総会を開き、年刊の『笑い学研究』という研究誌を発行、隔月刊の『日本笑い学会新聞』を発行する。

「笑い学とは」に迫る会員の努力の結晶として、設立一五周年記念誌として『笑いの世紀』（創元社、二〇〇九）を刊行した。その中に私の『「笑い学」研究について』（二〇〇二）という論考が収録されているが、私自身はその後に『笑い学のすすめ』（世界思想社、二〇〇四）という本を上梓する。この本の出版時において、「笑い学」と称した書籍が刊行されているのかどうかを調べたが、「笑いの研究」とか「笑いの構造」といった名の本はあるのだが、「笑い学」という言い方をしたものが見当たらなかった。もっと古きを調べればあるのかも知れない。しかし、『笑い学のすすめ』とは、また大胆な名をつけたものである。

『笑い学のすすめ』は、「笑い学」について体系的に論じた積もりでいたが、日を経るに従って、まだまだ考察が足らないことに気がつき出し、新しく論文を書いていった。二〇一〇年（平成二二）にそれらを『笑いの力』（関西大学出版部）にまとめる。しかし、なかなか「笑い学」の旅は終わりそうになく、時間ができればまた考え出す。

新たな考えで二〇一八年（平成三〇）の『笑い学研究』（第二五号）に「『いのち』と響き合う笑い～笑いの『最中』をめぐって」という論文を書いた。八二才での久々の投稿であった。「笑う」という行為を

「笑う前」と「笑った後」と区別して、人間がまさに「笑っている最中」に焦点を絞って人間が笑うことの意味を考えてみた。これまでの私の「笑い学」では、この「最中」という視点が欠けていた。この「最中論」は、哲学者の西田幾多郎の「純粋経験」の概念に依拠しながら考えたものであった。「最中」の笑いは、「我」を吹き飛ばし、忘れさせ、笑う対象に只々注意を集中し、「我を無化」してしまう。次から次へ自らの意思とは関係なく、笑いのエネルギーが込み上げる。まるでポンプで吸い上げるかのように笑いが湧いてくる。湧き上がってくるエネルギーは、「いのち」の何を吸い上げているのか、ということを考えさせる。吸い上げられるのは、「本来の自分」ではないか、と私は考える。笑う前の俗世の自分では無く、「本来的にあった自分」が頭をもちあげたのだと考えたい。笑いが終わったとき、我に返るわけだが、「肩の荷がおりたような」「すきっとしたような」気持ちを体感する。これは「ゆとり」が生じたことを意味し、ある種のいのちの「再生」と言える。「本来」の自分が頭をもたげたわけである。

ここで、「いのち」をどう考えるのか。私は、分子生物学者の福岡伸一氏の「いのち」の定義に関心を持った。福岡氏は、「すべての生体分子は常に「合成」と「分解」の流れの中にあり、どんなに特別な分子であっても、遅かれ早かれ「分解」と「更新」の対象となることを免れない」（『新版 動的平衡』二〇一七、小学館新書、三〇頁）と言う。「いのち」というのは絶えず流れながら「分解」と「合成」が、同時的に進行している存在というわけだ。

私は、これまでに「笑い」を「生きるための『バランス剤』」として考えると同時に「ホメオスタシス」（恒常性の原理）からも考えてきた。ホメオスタシスというのは、生体が一定の状態を保とうとする働きのことを言う。両者がある種の「セットポイント」で均衡を保っていることが「元気に生きる」ということであって、笑いがそのことに貢献している、という風に私は考えてきた。福岡氏の言うように、「分解」と「合成」という相反する活動が同時的に進行する「動的平衡」が「いのち」であるならば、「バランス剤としての笑い」は、まさに「いのち」の働きに重なっていると考えられないか。いのちを維持するのには、外部から取り入れた栄養を体内で「合成」し、必要で無くなった物を「分解」して外部に放出しなければならない。この「合成」と「分解」の営みが、吸ったり吐いたりする呼吸と同様に、同時的に均衡を保ちながら流れて行くところに「いのち」の存在があるならば、「均衡」に揺らぎが生じると、「いのち」に異常が発生することになる。心身のバランスが崩れるわけである。

私達は、健康診断で血液検査をしてもらい、血液から読み取れる様々な数値を知らされるが、その分析表に「正常値」の範囲が示され、この値の中に数値が収まっておれば、「正常」つまり「健康」という判断がなされる。つまり、「正常値」は、血液成分から読み取ったバランスの範囲を示していると解される。バランス、つまり「均衡」が崩れると「異常」という判定になり、「異常」が続いていくと、ということは「分解」の進行に「合成」が追っつかず、それはやがて「いのち」が危険にさらされ、終には「死」が訪れることになる。吐いて吸ってという「均衡」は死の直前まであるが、吐いて、その後に吸うことがなければ、そこで「死」ということになる。「いのち」にとっては、さまざまな身体のなかのバランスがとても大事で、このバランスに「笑い」が貢献していると考えられるのである。

12 「ユーモアのこころ」について考える

二〇一九年（令和元）の「日本笑い学会」第二六回大会が、岡山理科大学岡山キャンパスで開かれた。私は、この時に「研究発表」を申し込んで、『「ユーモアのこころ」について考える～「精神的価値」としてのユーモア』という演題で発表をした。前年度の学会誌『笑い学研究』に投稿しての続きとして話しておきたかった。

「笑い」と「ユーモア」は、洒落やジョーク、笑い話や滑稽譚などを意味して、殆ど同義的に使っている。片や日本語、片や外来語である。全く同じことを意味するなら、「笑い」だけで事は済むのだが、両者には、ちょっと違うところがあって、使い分けを必要とする場合がある。ユーモアは語源的にラテン語の「humor」（フモール）に遡り、元々は「体液」を意味した。その名残は現在でもあり、英和辞典には「体液」の訳語も掲載されている。そこからくるのであろう、ユーモアには、表現者の「人柄」や「資質」に言い及ぶ点がある。「ユーモラスな人」という表現はあっても、同じ意味で「滑稽な人」とは言えないし、「諧謔な人」とも言えない。ユーモアは、態度、心の持ち方、精神状態など、人の内側を示す場合には必須の言葉となる。従って、精神の状態に「バランス」や「均衡」をもたらす、という言い方で考えると、「笑い」という言葉よりも「ユーモア」という言い方が適っている。

「ユーモア」を人間が持つ重要な資質の一つと考えると、その資質を生み出す「こころの持ち方」が問題となる。どんな精神のありようを意味するのかと言ってもよい。矛盾を抱えながら、矛盾の一方に目を向けると同時にもう片方をも見つめているこころ、とでも言おうか、広く言い表せば、「ゆとりのこころ」とも言える。矛盾の両者に目を行き届かせながら、状況全体を見つめる目をもってポジティブに生きる姿勢とでも言おうか。

どんなところにユーモアを感じるのか、いくつかの例をもって考えてみる。

（一）自然に共感するユーモア。俳諧の季語に「山笑う」というのがある。新緑の頃になると、山肌に鮮やかな緑の模様が見えるように思える時がある。「山笑う」と感じるかどうかは、人によって違うが、山々の美しさを受け入れ、自然に共鳴して自分の心が心地よくニッコリとなれば、「山笑う」が納得できる。日の出や日没の美しさに感動し、「ああ綺麗！」と思わずつぶやくときには、皆が笑顔になっている。桜満開の花道を歩く人たちは、皆が笑顔になっている。自分の育てた花がきれいに咲いたとき、おもわず「きれい！」とニッコリしてしまう。自然のいのちと私達の「内なる自然」が共鳴し合っているかのようなこころの状態は、「ユーモアのこころ」と言ってよいのではないか。

（二）二〇一三年（平成二五）に三浦雄一郎（八〇才）さんが、エベレスト登頂に成功した時、NHKがその模様をテレビ中継した。三浦さんは、最終キャンプ地で持参したお茶と羊羹でお茶会を開く。疲れと緊張の中でのお茶会。これは、緊張一辺倒にはならない三浦さんの「平衡感覚」と「ゆとり」を感じさせる「ユーモア」ではないかと思われる。

登頂が成功し、喜びに沸き立つキャンプから、映像はすぐに日本の自宅の奥さんに切り替わる。

奥さんの電話の第一声、普段の調子で「あなた、早く降りていらっしゃいよ」の一言。普段、いつもかけていることばであったのであろう。緊張と大騒ぎの只中にあって、巻き込まれず普段と変わらない奥さんの態度は「ユーモアのこころ」というべきと思われる。

（三）狂言の『宗論』における宗教論争。法華僧と浄土僧の宗論で、法華僧は甲斐の身延山に詣で京都への帰途、浄土僧は信濃の善光寺から京都への帰路で、二人が京都までの帰路を共にする。道中で宗旨の論争になり相手を攻撃しての口論となる。道中最後の宿で早朝からいつもの教文を唱えようとして、浄土僧が「南無妙法蓮華経」を唱え、法華僧が「南無阿弥陀仏」を唱えてしまう。しくじりに両僧はハッとするが、「法華も弥陀も隔てはあらじ」と笑って和解する。両者ともより大きな普遍的価値に気づくわけである。対立を越えた向こう側に立って笑えたのは、ユーモアのこころと言えるのではないか。

（四）「ユーモアとは、にもかかわらず笑う」ことであると言った人に、アルフォンス・デーケン神父がいる。「悲しい」「苦しい」「死にそうだ」といった状況「にもかかわらず」、笑うことができるのは、その悲しみや苦しみと同時に笑うことを意味している。ということは、矛盾する「二面価値的」なものを統一して、その均衡の上に首を出して生きるわけである。このこころの状態は、ユーモアと言えるものではないか。

河盛好蔵の『エスプリとユーモア』（岩波新書、一九六九）の中に、「悦びと悲しみが夜の森のなかで出会って、おたがいに相手を知らないで愛しあった。そして生まれた息子がユーモアである」（同書三二頁）という言葉が紹介されている。

（五）「個」と「全体」とのバランスを図る。黙々と草を食む羊の中で首を上げて全体を見渡す羊もいるという話がある。仲間うちの代表が全体を見ていないことにはいつ天敵に襲われるかも知れないわけだ。専門に熱中しているだけだと、自分が世界のどこにいるのか分からなくなる。「個」への集中は、往々にして「全体」を見過ごしてしまう。「個」と「全体」の両者に目配りするということは、大変に難しいのだが、この均衡をはかる視点を見失っては迷走するだけとなる。この均衡を見つめる目を持たせてくれるのは、ユーモアのこころではないかと思う。「ゆとり」のこころでもある。

（六）九三才の柴田トヨさんの詩集『くじけないで』（飛鳥新社、二〇一〇）のなかに「忘れる」という詩がある。誰しも歳をとっていくと、「忘れる」ということに気がつき出す。私の場合も人ごとではなく、八五才の今、「よく忘れるなあ」と、つぶやいているときがよくある。かと言って、別段「痴呆」が入ってきたというわけではない。自動車の免許更新の時に受ける「認知症テスト」では、何の問題もない。でも人の名前とか、漢字を書くとき、とっさに出てこない時がある。そんな時私は、「なぜ出てこないのだろう」と、ちょっと残念な気持ちになる。そんな時、子どもの時もよく忘れものをしていたからな、と自らを慰める。

トヨさんは、「忘れる」こと自体を「寂しいと思わなくなった」と言う。そして自らに、それは「どうしてだろう」と問いかける。トヨさんは更に踏み出して、忘れてゆくことの「幸福」と「あきらめ」をつぶやく。「あきらめ」は分かるが、「忘れてゆくことの幸福」という心境が、八五才の今の私には、実感としてつかみ難い。想像することはできそうな気がするが、「忘れてゆく」ことを「幸福」と表現し、「寂しい」とも思わなくなった境地を何と表現すべきかと思う。「寂しいと思わなくなった」の中に、私は何か突き抜けたものを感じる。

トヨさんの「忘れる」の詩の最後は「ひぐらしの声が聞こえる」で終わる。きっと笑顔で聞き取ったに違いない。この世での俗事は、どんどん忘れていくけども、自然の声は確りと聞きとっている。迫り来る「死」を視野にいれながら、「ゆとり」を持って生きている心境とでも言うのであろうか。これも「ユーモアのこころ」ではないかと思われるのである。

哲学者の西田幾多郎の言葉に、「絶対矛盾的自己同一」という概念がある。矛盾し合っているのだが、互いに他が無しには存在できない。矛盾の両者は、左右にあるのか、上下にあるのか、表裏にあるのか、前後にあるのかは分からないが、私達には同時的に両者の間を生きているわけで、その間を生きていく知恵として人間に与えられているのが「ユーモアのこころ」ではないかと考えるのである。

あとがき

我が家の庭に山桃の古木が一本植わっている。春には、新しい芽を出してくれるかどうかが気になる古木である。時々は、眺める私の姿を映し出しているような感じがして、新芽を見るとホッとするのである。

七〇才で心臓を患って大手術を受けるが、その後は幸い元気で過ごすことができて、庭の山桃を眺めて暮らすことが多くなった。この古木は、ぐねぐねと曲がりくねった幹をつけて大きくなったような様相を呈している。この樹に励まされてという訳であろうか、古木を見上げながら原稿を書き綴っていった。

本書の最後は「ユーモアのこころ」で終わっている。ここで私の「笑いを学問する」が終わってしまったというわけではない。私は、最後の方で哲学者の西田幾多郎の「絶対矛盾的自己同一」という言葉を引用している。西田幾多郎の哲学は、日本語で書かれていながら、読解が難しいことで知られているが、その内容には共感を覚えるところがあり、退職後から理解するべく努力をしてきた。しかし、未だに理解出来たとは言い難い心境なのだが、「笑いを学問する」を西田幾多郎の哲学で語ることができたらというのが、今の願いである。

自分の研究生活を回顧してきて、先ず思うのは、いかに多くの方々の世話になってきたかということである。学生時代に世話になった先生や先輩・同僚、読売テレビで共に仕事をした仲間達、関西大学でお世話になった教職員の方々、「日本笑い学会」でお世話になった方々、大学の内外で実に多くの方々のお世話になった。当時は、当たり前のこととして通り過ぎたこととは言え、そうした方々との出会いが、私にさまざまなチャンスをもたらし、私を「やってみるか」へと誘っていただいた。先ずは、そうしたお世話になった方々に厚く御礼を申し上げたい。既に他界された先輩・友人・知人も多く、読んでいただけないのがとても残念で、ご冥福をお祈りするばかりである。

仕事の場として一番長く過ごしたのは、関西大学であった。関西大学は、大阪では一番古い私学の大学として知られ、私は大阪を舞台に、大いに羽ばたくことが出来たのではないかという気がしている。

関西大学勤務が三〇年と長かったので、大学の教職員の方々には、随分とお世話になった。とりわけ「日本笑い学会」においては、その創立総会からはじまって、「関西大学一〇〇周年記念会館」をよく利用させてもらった。「国際ユーモア学会」の時には、四日間に渡っての利用であった。いずれの場合にも学術利用には、特別の便宜がはかられて、ありがたいことであった。

学会大会の開催には、大勢の事務スタッフが必要であったが、決まって私のゼミ生達が応援してくれた。彼らがまさに縁の下の力持ちであった。幸いなことに、井上ゼミには優秀な学生が大勢いて助けられた。私は、社会学部と総合情報学部の教育に携わったが、その間に卒業したゼミ生は六〇〇人を超えている。両学部のゼミ卒業生を一体として「井上ゼミ卒業生の会」が組織されていて、毎年「井上ゼミ総会」が開かれている（二〇二〇年（令和二）と二一年（令和三）はコロナ禍により中止）。現在も私との関係が続いていて、私の傘寿の時には、五〇人ぐらいが記念の会を開いてくれた。私を元気づけ、エールを送ってくれるありがたい卒業生である。

書き終えてみて、抜けている事項にも気がついて書き足そうと試みたが、原稿枚数は本書に収まる限界を遥かに超過していて、削減の努力をしなければならなかった。削減はしたが、気がかりな原稿が一つあった。私が八二才の二〇一八年（平成三〇）に母校の大阪府立高津高校同窓会から、同校の「百周年記念講演シリーズ」の講師として招かれた時のことである。後輩の高校生に語りかけたのだった。演題は「笑いを学問する」で、私の失敗談も重ねながら「やってみるか！」の精神について語ったのだが、その熱心な聴講に感動したのであった。年代の差はあれ、通じるものは通じるのだと思ったのだった。本書が若い人の目に触れれば、うれしさ倍増である。

これまでに上梓してきた書籍は、私自身の研究成果を活字化するものであったからであろうか、そんなに苦労がなくて書籍化できたように思う。しかし、今回のようなエッセー風書き下ろしの回顧原稿は、回ごとに読めるようにという配慮をしつつ、重複箇所にも気を配るということで、原稿の減量に汗をかいた。

本書の出版に当たっては、大学に提出する書類で「推薦者の辞」が必要とされ、その推薦の弁を関西大学の関屋俊彦名誉教授に書いていただいた。手間を惜しまずご協力いただき厚く御礼申し上げる次第である。

最後になったが、本書を出版するに当たって、妻への感謝の意を記しておきたい。今年で五八回目の結婚記念日を迎えた。妻は、私の仕事の伴走者であり、仕事の理解者であり且つ批評家でもあった。米国フルブライト委員会からの招聘でアメリカに渡ったが、夫婦同伴でキャンパス内に居住ということで、妻の賛同があって実現した渡米であった。アメリカの大学で「フルブライト・プロフェッサー」として過ごした経験は、夫婦にとってかけがえのない財産となった。

本書をまとめるに当たって、関西大学出版部の樫葉修氏には、大変お世話になった。予定枚数をかなりオーバーして、原稿の削減は難工事であったが、根気よく努めて下さり、やっとのことで出版に漕ぎ着けることができた。厚く御礼申し上げる次第である。

二〇二一年（令和三）八月

井上　宏

井上宏の著書・編著一覧

1 テレビ番組論〜見る体験の社会心理史（仲村祥一・津金沢聡広・井上俊・内田明宏と共同執筆） 読売テレビ放送 一九七二
2 現代テレビ放送論〜送り手の思想 世界思想社 一九七五
3 大阪文化への提言〜道楽〈たのしみ〉のすすめ（上田篤・守屋毅と共編） 大阪都市協会 一九七六
4 テレビの社会学 世界思想社 一九七八
5 まんざい〜大阪の笑い 世界思想社 一九八一
6 笑いの人間関係 講談社現代新書 一九八四
7 ユーモア交渉術（秋田實著 井上宏編） 創元社 一九八四
8 ニューメディア研究〜情報新時代を考える（多喜弘次と共著） 世界思想社 一九八四
9 放送演芸史（編著） 世界思想社 一九八五
10 テレビ文化の社会学 世界思想社 一九八七
11 なにわ〈きのう・きょう・あす〉（守屋基明・市川浩平・横田健一・山田幸一・吉田永宏・肥田皓三・薗田香融と共著） 京都玄文社 一九八七
12 テレコム社会 講談社現代新書 一九八七

13　大阪の笑い　関西大学出版部　一九九二　日本図書館協会選定図書

14　成熟社会のパラダイムシフト（板東慧・小室豊允・菊池光造・本山美彦と共編著）啓文社　一九九二

15　笑いの研究（昇幹夫・織田正吉と共著）　フォー・ユー　一九九七

16　笑いは心の治癒力　海竜社　一九九七

17　現代メディアとコミュニケーション　世界思想社　一九九八

18　笑いは心を癒し、病気を治すということ　素朴社　一九九九

19　大阪の文化と笑い　関西大学出版部　二〇〇三

20　笑い学のすすめ　世界思想社　二〇〇四

21　情報メディアと現代社会〜「現実世界」と「メディア世界」　関西大学出版部　二〇〇四

22　上方文化を探索する（編著）　関西大学出版部　二〇〇八

23　放送と通信のジャーナリズム　叢書　現代のメディアとジャーナリズム第七巻（井上宏・荒木功　責任編集）ミネルヴァ書房　二〇〇九

24　笑いの力〜笑って生き生き　関西大学出版部　二〇一〇　日本図書館協会選定図書

25　井上宏の見ーつけた！笑いとユーモア　アドバンスコープ　二〇一六

26　笑いとユーモアのこころ　春陽堂書店　二〇一九

以上

井上　宏（いのうえ　ひろし）

一九三六年　大阪市に生まれる
一九六〇年　京都大学文学部哲学科社会学専攻を卒業、読売テレビ放送に入社
一九七三年　関西大学社会学部に転職。専任講師、助教授を経て一九八一年に教授
一九九四年四月　新設の関西大学総合情報学部に移籍
二〇〇三年四月　関西大学名誉教授
専門は情報メディア論、コミュニケーション論、笑い学研究

一九七五〜二〇〇九年　大阪市社会教育委員
一九九四年「日本笑い学会」設立、以後二〇一〇年七月まで会長、一〇月より顧問
一九九九〜二〇〇二年　大阪府立上方演芸資料館（ワッハ上方）館長

一九九五年　大阪府知事表彰
一九九六年　全国社会教育委員連合表彰
一九九七年　大阪市民表彰
一九九九年　文部大臣表彰
二〇一五年　瑞寶小綬章

主な著書として、『情報メディアと現代社会』『大阪の笑い』『大阪の文化と笑い』『笑いの力』（いずれも関西大学出版部）、『笑い学のすすめ』（世界思想社）、編著に『上方文化を探索する』（関西大学出版部）など

笑いを学問する　研究の歩みを回顧して

2021 年 12 月 20 日　発行

著　者　井　　上　　宏

発行所　関　西　大　学　出　版　部
〒564-8680　大阪府吹田市山手町3-3-35
電話（06）6368-1121／FAX（06）6389-5162

印刷所　株式会社　遊　　文　　舎
〒532-0012　大阪市淀川区木川東4-17-31
電話（06）6304-9325／FAX（06）6304-4995

ISBN 978-4-87354-744-2　C0036　　落丁・乱丁はお取り替えいたします。

刊行図書案内

日本図書館協会選定図書
第3回日本笑い学会賞大賞受賞

笑いの力～笑って生き生き～

井上　宏著

四六判　定価 一、五四〇円

現代人は生きる活力としての「笑いの力」を忘れていないか？

大阪の文化と笑い

井上　宏著

四六判　定価 一、四三〇円

笑いを大事と心得た大阪人の心と笑いの文化の関係を浮き彫りに。

日本図書館協会選定図書

大阪の笑い

井上　宏著

四六判　定価 一、四三〇円

笑いの重要性を説きながら、大阪人の生活態度や価値観と笑いを分析。